M

Nunuche Story

Du même auteur

Latex, etc., Plon, 2011 ; Pocket, 2013.
Tombeau pour Don Juan, Plon, 2013.

Margaux Guyon

Nunuche Story

roman

PLON
www.plon.fr

© Éditions Plon, un département d'Édi8, 2014
12, avenue d'Italie
Tél. : 01 44 16 09 00
Fax : 01 44 16 09 01
www.plon.fr

ISBN : 978-2-259-22256-3

Pour M., S., T.,
Et I., toujours.

« Dans mes livres il s'agissait de toi,
je ne faisais que m'y plaindre
de ce dont je ne pouvais me plaindre sur ta poitrine.
C'était un adieu que je te disais,
un adieu intentionnellement traîné en longueur,
mais qui, s'il m'était imposé par toi,
avait lieu dans un sens déterminé par moi. »

Kafka,
La Lettre au père.

Elle connaît désormais par cœur le chemin qui mène à la boîte aux lettres. Elle se sent observée chaque fois qu'elle la frôle. Dans ce jaune criard, jaune poussin ou jaune d'or, réside un reproche silencieux. Dans cette éclatante couleur, au milieu du gris parisien – gris du ciel, gris des trottoirs, gris des imperméables –, elle voit une provocation. Cette boîte aux lettres, désormais symbole de toutes ses angoisses, est l'agression personnifiée.

Trois fois, elle l'a approchée. La grosse enveloppe kraft se noyait dans son sac parmi les objets futiles – rouge à lèvres, portefeuille, bouteille d'eau, agenda, un livre peut-être. Trois fois, elle a détourné les yeux.

Léna se sermonne. Elle a fait imprimer le manuscrit – sans omettre page de titre, exergue et dédicace ; elle l'a fait relier le plus soigneusement possible. L'employé a dû s'y reprendre à deux fois ; si elle s'était écoutée, elle lui aurait demandé de recommencer, mais elle a compris qu'il fallait se résigner, que le résultat ne serait jamais digne de ses espoirs, même les moins fous.

Bien sûr, elle n'aurait pas pris ce luxe de précautions pour envoyer son manuscrit à un éditeur. Sans doute se serait-elle contentée de l'envoyer par mail, comme ils font tous à présent. Mais pour lui...

Elle avait acheté une enveloppe suffisamment grande, suffisamment épaisse pour le contenir. Une enveloppe qui ne s'éventrerait pas. L'employée de La Poste l'avait regardée lorgner les enveloppes classiques et avait ricané. Rien n'arrive entier dans ce genre d'enveloppes, surtout pas un manuscrit de plus d'un kilo, enfin si, il pourrait arriver, mais dans quel état ? Que me conseillez-vous alors, madame ?

Oui, le manuscrit était lourd. Elle avait choisi du papier de qualité, légèrement glacé, un papier qui rende la lecture agréable. Elle n'avait pas oublié les interlignes 1.5 alors qu'elle écrit toujours en interlignage simple. Elle avait inscrit l'adresse sur l'enveloppe certifiée indestructible, de sa plus belle écriture. Elle avait d'abord sorti son vieux stylo à plume, qu'elle n'utilisait guère plus, avant de se raviser. Une goutte d'eau et elle pouvait dire adieu à l'adresse. L'adresse deviendrait alors une prière, pire encore, une supplication. Comme si elle l'avait trempée de ses larmes. Alors elle avait attrapé le premier Bic qu'elle avait trouvé, et elle avait inscrit l'adresse, qu'elle connaissait toujours par cœur, d'une écriture hâtive. Elle s'était efforcée de mettre de la désinvolture dans ces trois lignes qui lui coûtaient tellement. Le résultat n'était pas vraiment convaincant. Elle s'interdit de recommencer. Sciemment, elle n'avait acheté qu'une enveloppe. Inutile d'inscrire au dos l'adresse de l'expéditeur. Si l'enveloppe se perdait... Elle ne pouvait rien contre le hasard. Elle n'aurait rien à voir là-dedans. Léna préférait de loin l'impersonnalité de la boîte aux lettres aux doigts sales de l'employée qui l'avait renseignée : Je peux la poster pour vous, elle partira dans une heure. Non, merci, je dois vérifier l'adresse. Le paquet aurait tout le temps d'être tripoté par des mains douteuses.

L'enveloppe est donc dûment affranchie, elle contient ses deux cents pages et des poussières en interlignes 1.5 ; l'adresse est correcte, correctement rédigée, d'une écriture soignée mais pas trop, qui tend vers l'italique et laisse penser que l'émotion n'a aucune part dans ces trois lignes. Une écriture tout à fait impersonnelle, en somme.

Ne reste plus qu'à l'insérer dans la fente. Pourquoi ce geste simple l'obsède-t-il autant ? D'aucuns y verraient un dilemme freudien, se moque-t-elle. « Comme une lettre à la poste », expression désormais honnie. Elle ne l'entend plus sans un frisson d'horreur, depuis que l'enveloppe pèse au fond de son sac. Trois jours, ce poids supplémentaire sur l'épaule.

Elle avance vers la boîte jaune, injure au pâle soleil de cette grise journée de mai. Elle a passé l'âge des enfantillages. Elle qui n'a jamais cru aux tropismes, aux traumatismes, ressent une angoisse physique. Elle attrape l'enveloppe au fond de son sac, la soupèse. Elle soupire, écarte toute pensée annexe. La distance entre sa main et la fonte jaune diminue dangereusement. Elle relève le clapet métallique de l'autre main, se refuse à fermer les yeux. Elle n'a rien d'une héroïne romantique, elle ne compte pas défaillir face à la gueule béante. Point de preux chevalier prêt à se soumettre à l'ordalie à sa place. Elle est seule.

Ses gestes sont lents, presque maladroits – elle d'ordinaire si vive, si précise dans ses mouvements. Jamais de gesticulation inutile, le juste pendant de sa paresse de couleuvre. Elle songe que les passants doivent la dévisager, se demander ce qu'elle fait depuis de longues minutes, plantée là, immobile comme une statue. Plus probablement, ne l'ont-ils pas même remarquée. Après tout, elle n'est qu'une utilisatrice ordinaire du service public le plus courant qui soit.

Son poignet se casse légèrement. L'enveloppe est en chute libre. Son geste aurait pu être plus élégant. Léna écoute l'enveloppe rejoindre ses consœurs, factures acquittées, lettres aux huissiers, cartes postales, au fond de la cage de fonte, ou dans une dimension parallèle.

Elle n'arrive pas à se sentir soulagée. La délivrance qu'elle espérait ne vient pas. Son calvaire commence.

Première partie

1

"Miss Moon, would you tell me please what the fuck you're doing in my office ?"

Léna attrape une tasse en porcelaine pleine de thé brûlant, en boit une gorgée, avant de se concentrer de nouveau sur son écran d'ordinateur. La lumière tamisée de l'alcôve crée un halo autour du Mac. La combinaison des lumières blanche et jaune l'hypnotise. Ou alors est-ce le texte…

Holy fuck. Mr Sunset at this hour of the night ? I thought he was too busy having dinner with the stunning blond I saw earlier in the hall. He was really a control freak. So dedicated to his job, for the sake of the rich, the poor, the orphans.

La traductrice trempe de nouveau ses lèvres dans le breuvage au goût délicat – un thé noir aromatisé aux agrumes et aux amandes. Se remettre dans le bain n'est pas aisé. Isobel Carmicheal, l'auteur du roman illisible qu'on lui a demandé de traduire, écrit décidément au kilomètre. Déjà deux romans. Deux gros romans de trois cents pages, si ce n'est plus. Un troisième en route.

Dans un moment d'égarement, elle envie sa facilité – avant de relire dix lignes.

— Mademoiselle Lune, pourriez-vous me dire s'il vous plaît ce que vous foutez dans mon bureau ?

Léna sourit en traduisant mot à mot. Ils sont loin, les temps osés où l'on se creusait la tête pour offrir au lecteur toutes les nuances de l'imagination de l'auteur. Coffin Ed Johnson and Gravedigger Jones. Ed Cercueil et Fossoyeur. Chester Himes pouvait supporter une traduction littérale.

Ah, le bureau. Le lieu tragique par excellence, l'endroit à volonté des romances américaines. Les nuits qu'on y passe – le nœud de l'intrigue. Grand fonds d'investissement new-yorkais dont l'immeuble surplombe Central Park, basé au soixante-neuvième étage... Tout est dit.

Putain sacrée. Monsieur CoucherdeSoleil, à cette heure de la nuit ?

Elle a un petit rire – même si elle sait que la plaisanterie sera sacrifiée en français, dans la version finale. Isobel n'a pas dû l'écrire *on purpose, anyway*. Le second degré, ce n'est pas son truc.

Je pensais qu'il était en train de dîner avec la superbe blonde que j'ai croisée un peu plus tôt dans l'entrée.

Ne pleure pas, Mila. Si M. Sunset était jusqu'ici coutumier des relations d'un soir – il tirait tout ce qui bougeait quand il ne matait pas du porno sur PornHub, et la blonde serait passée à la casserole, ton intuition t'honore –, ce n'est plus le cas. Vos yeux se rencontrèrent. Fin du Sunset dur, désabusé, cynique. Fini les « il n'arrivait pas à s'attacher », « il se lassait vite », « pour lui les filles étaient toutes les mêmes ». Première fois vue et aussitôt aimée, noble parmi les ignobles apparue. Avec des mots explicites et compréhensibles pour une Américaine de l'Iowa : il n'a plus de repos, son cœur endormi depuis de longues années recommence à battre lentement. Pour toi (*sic*).

Dans ses moments d'égarement, Léna parle aux personnages de *Dangereux Louboutin*. Après tout, ils font partie de son quotidien.

C'est vraiment un fou du contrôle. Tellement dédié à son travail, pour défendre les riches, les pauvres, les orphelins…

Léna rit franchement. Une exclamation lui parvient de la chambre. Les pauvres et les orphelins ? L'aposiopèse est de son cru, bien sûr. Mila, tu t'apprêtes à affronter le monde rude du Private Equity (du capital investissement pour les non-initiés, mais ça sonne mieux en anglais). Private Equity, ça en jette dans un roman : « C'était un as/une déesse du Private Equity. Le monde de la finance tremblait devant Mila Moon. »

Bref, ma chère Mila, puisqu'il faut tout t'expliquer : M. Sunset ne se préoccupe pas plus du sort de la veuve que de celui de l'orphelin. Il se remplit les poches de billets verts malgré (ou plutôt grâce à) la crise financière qui fait des ravages parmi la classe moyenne laborieuse – à laquelle tes parents et toi appartenez.

Mila, tu creuses ta propre tombe.

I willed my hands to stop shaking. I tried very hard to smile in a friendly way. He stared at me for a minute that felt like thirty thousand years. I swallowed.
"Miss Moon ? I'm waiting", he groaned.
Wow. Fuck. He didn't look the least happy.

J'intime à mes mains l'ordre de cesser de trembler. Je rassemble toutes mes forces pour lui sourire amicalement. Il me scrute des yeux pendant une minute qui me paraît durer trente mille ans. J'avale.

Avaler ? Mais quoi ?

— Mademoiselle Lune ? J'attends, grommelle-t-il.
Waouh. Putain. Il n'a pas l'air content du tout.

Quelle perspicacité.
Léna passe une main dans ses cheveux, soupire insensiblement. Elle parcourt le fichier de gauche.

"Sir, I was just looking through details about Sudan…"
"In my office ? Do you still need a baby-sitter, miss Moon ?" he cut me off, glaring. "And for god's sake, put on decent shoes."

Tes talons à plateforme l'excitent, petite. Ils donnent même son titre au roman dont tu es la flambante héroïne. *Dangereux Louboutin.* Léna ignore pourquoi l'éditrice a choisi de traduire le titre de la série *Those Red Heals* par *Dangereux Louboutin.* Elle n'en a aucune idée, vraiment. Du haut de son mètre soixante-dix-sept, avec un cher et tendre d'un mètre quatre-vingt-deux, elle ne portera jamais de chaussures à plateforme, même rouges. Surtout rouges.

— J'étais juste en train de vérifier un détail à propos du Soudan, monsieur...
— Dans mon bureau ? Vous avez toujours besoin d'un baby-sitter, mademoiselle Lune ? me coupe-t-il en me fixant. Et, pour l'amour de Dieu, mettez des chaussures décentes.

Cette remarque est encore plus pitoyable en français qu'en anglais, pense-t-elle.

He said that with the most impressive cocky smile I've seen in my life. Then, he stormed out of his office, slamming the door behind him.
"What a pain in the ass !" I mumbled, looking at my sneakers – it's 2 am, fuck. The universe is conspiring against me.

Dieu, qu'ils sont vulgaires, ces Américains...

Il dit ça avec le sourire de bite le plus impressionnant que j'aie vu de ma vie. Et puis il sort comme une tempête du bureau, en claquant la porte derrière lui.

— Quelle douleur dans le cul ! marmonné-je, regardant mes baskets – il est 2 heures du matin, putain. Tout m'afflige et me nuit et conspire à me nuire.

Bite, tempête, baskets, Racine ! Léna se laisse aller. Sérieusement aller. Les citations lui brûlent les doigts. Léna, pour l'amour de Dieu. Pour l'amour de Dieu : elle note. Ah, tous ces putain. Fuck, fuck, fuck. Sa capacité d'adaptation est en berne. Ne pleure pas, Mila, Harold t'aime en secret.

Maintenant, un peu de sérieux, se sermonne-t-elle.

— Mademoiselle Moon, vous pouvez me dire ce que vous foutez dans mon bureau ?

Bordel de merde. M. Sunset, à cette heure de la nuit ? Je le pensais en plein dîner avec la superbe blonde que j'ai croisée un peu plus tôt dans l'entrée. Quelle éthique du travail ! Il ne peut s'empêcher de donner de sa personne, pour défendre les riches certes, mais surtout les pauvres et les orphelins.

J'intime à mes mains l'ordre de cesser de trembler. Je rassemble toutes mes forces pour lui sourire amicalement. Il me dévisage pendant une minute qui me paraît durer une éternité. J'avale ma salive.

— Mademoiselle Moon ? J'attends, grommelle-t-il. Waouh. Putain. Ses yeux lancent des éclairs.

— J'étais juste en train de vérifier un détail à propos du Soudan, monsieur...

— Dans mon bureau ? Vous avez toujours besoin d'une baby-sitter, mademoiselle Moon ? me coupe-t-il en me toisant méchamment. Et, pour l'amour de

Dieu, ne remettez plus les pieds ici sans des chaussures décentes.

Il lâche cette dernière phrase avec un sourire prétentieux comme j'en ai rarement vu dans ma vie. Il se rue hors du bureau en claquant la porte derrière lui.

Je marmonne : « Quel enculé ! » en regardant mes baskets – il est 2 heures du matin, pour l'amour de Dieu. L'univers conspire contre moi.

Un seul putain. Léna se félicite, prend une profonde inspiration et songe à relire le premier chapitre dans son ensemble :

En me levant ce matin, je me suis rappelé mon premier jour en tant que stagiaire d'Harold Sunset chez P.I.N.K. Investment Partners. Je portais ma jupe porte-bonheur et les talons hauts que mon père m'avait offerts – des Louboutin, bien entendu, en cuir verni beige. Ils ont toujours été un peu justes mais je ne l'ai jamais avoué à mon poup. Il m'épaule dans toutes les épreuves depuis ma plus tendre enfance, il me couvre de cadeaux ; je peux bien faire l'effort de supporter trois ampoules quand je porte ces beautés. « Ma fille, avait-il écrit sur la petite carte glissée dans la boîte que tout être de sexe féminin rêve de recevoir de son géniteur ou de son amant (de n'importe qui, en fait), chaque fois que tu porteras ces chaussures, tu penseras que tu es une Moon. » Je suis en général plutôt obnubilée par la douleur de mes doigts de pieds comprimés dans l'escarpin, mais ça m'apprend la vie. La douleur d'être une Moon. La force morale. L'éthique de toute une existence.

Mila Moon, prête à tout défoncer.

Je portais cette jupe et ces talons, à Noël, il y a sept ans... J'avais chassé le souvenir d'un battement de cils, comme ce matin. Mieux vaut ne pas faire resurgir le passé, surtout puisqu'il me perce chaque jour un peu plus le cœur. Le présent n'est que trop présent.

Le premier jour, donc, je m'étais dirigée d'un pas d'autant plus assuré que je combattais à tout instant la souffrance piétonnière vers l'associé du fonds d'investissement qui m'avait recrutée. Je l'imaginais vieux, ventru, avec des chaussettes rouges comme ultime fantaisie. Il m'apparut grand et fort, les épaules carrées, les yeux bleus et un regard perçant, la crinière blonde dans laquelle je rêvai instantanément de plonger mon visage, et le costume parfaitement adapté à sa silhouette athlétique. J'étais à deux doigts de l'évanouissement. De toute évidence, il y avait deux Harold Sunset sur LinkedIn.

— Mademoiselle Moon, je présume... (Au moins ne m'avait-il pas prise pour une secrétaire, comme tant d'autres avant lui.) Je me présente : Harold Sunset, Managing Director chez P.I.N.K. depuis cinq ans. Je piloterai votre stage. J'attends de vous une attitude irréprochable, une réactivité et une disponibilité sans failles, et enfin que les formes soient respectées entre nous. Je ne suis pas votre « pote », vous me vouvoierez et vous m'appellerez monsieur. J'oubliais : la tradition veut que l'on détaille son parcours. Je sais que vous venez d'une obscure petite faculté de l'Iowa mais qu'on vous a recrutée pour vos résultats aux tests de logique et pour votre potentiel, notamment en mathématiques. J'ai personnellement fréquenté les bancs d'Harvard, passé un an à HEC Paris... (Paris, oh, mon Dieu... *The* pont des Arts, *the* tour Eiffel, Saint-Germain-des-Prés !) Avant de faire la nique aux Rosbifs à la LSE. Vous savez tout. Maintenant, au boulot.

Quel homme ! J'ai dû ouvrir la bouche très grande – Paris, Paris !... Même si je ne savais alors pas que la LSE était la London School of Economics. J'ai dû attendre que le meilleur ami de M. Sunset également associé chez P.I.N.K. (c'est une histoire d'amitié et de famille, cette boîte, vraiment), Maxim d'Aubert, me prenne sous son aile pour m'expliquer les règles du bureau et pour me rassurer sur le mauvais caractère de M. Sunset :

— Il est parfois rude, mais c'est un excellent professeur. Je suis sûr que vous parviendrez à vous entendre, Mila.

S'il savait jusqu'à quel point... Je me mords les lèvres jusqu'au sang.

Grand et mince, avec des petites lunettes rondes, des yeux où brille une lueur de bonté, Maxim a grandement participé à me mettre à l'aise dans la banque. Son accent français n'enlevait rien à son charme et à la franchise de ses manières. Bien au contraire ! Quelle élégance. Les rares fois où il m'était donné de travailler avec lui, je m'acquittais de ma tâche avec une fougue particulière et il m'en savait gré. M. Sunset, lui, ne dit jamais merci. Les nuits blanches que j'enchaînais – et que j'enchaîne ! – pour préparer des Powerpoint l'ont toujours laissé indifférent. J'ai lu dans une étude que chaque heure de sommeil en moins fait vieillir notre peau à une vitesse deux cents fois supérieure à la normale, augmente la densité des capitons et décime nos neurones. Je lui en ai touché un mot, il a éclaté d'un rire tonitruant en me traitant de pauvre cloche, ce qui reste gravé en lettres de sang dans mon cœur. Il se fiche pas mal de mes rides, de ma cellulite ou de mon cerveau. En tout cas, il s'en fichait. La nuit dernière a bouleversé mes certitudes à propos d'Harold.

Et je viens de l'appeler Harold ? Bon Dieu de merde.

Ce matin, devant mon mug Starbucks, le souvenir de ce premier jour remonte pour se superposer à celui d'hier soir. Mon estomac se tord en pensant au bouleversement terrible qui s'est produit. Mon affreux tortionnaire de patron, si beau, si séduisant, si viril, si tyrannique... Je suis incapable de mettre les mots sur des faits aussi simples, alors que j'ai une telle facilité à expliciter les étapes de mon raisonnement sur mes *slides* quand il s'agit d'évaluer le potentiel d'une entreprise en restructuration...

Je suis arrivée aux aurores pour me vider la tête et peaufiner ma présentation de ce matin. Je préfère ordinairement finir tard à me lever au chant du coq, mais je n'ai pas eu le choix cette fois. Je m'installe dans mon bureau sans fenêtre et mon costagiaire, John, qui a la trace des touches du clavier sur la joue, me fait signe de partager mon café. Il a passé la nuit là. Je lui tends un deuxième mug.

Je me plonge dans un dossier en cours – des puits d'extraction de pétrole au Soudan – sans rebondir sur son exclamation. J'ai répondu par un simple sourire. Mais John a besoin de contacts sociaux. Je connais si bien ce genre de moment : passer la nuit devant un ordinateur dans une pièce à peine éclairée rendrait un ours sociable. Même s'il avait goûté à la chair humaine. Parole de Mila.

J'ai peur que ma voix ne me trahisse.

— Alors, l'extraction du pétrole, ça sera rentable ou non ? Profitable aux Soudanais ?

— C'est un dossier pourri, Harold – euh… M. Sunset – est furieux. L'un des associés l'a mis sur la table par népotisme. J'aurais dû tout faire pour maquiller les problèmes et refiler ça en prés' à la réunion de ce matin, mais Sunset me l'a interdit. Il m'a dit qu'on pouvait faire ce métier avec éthique et qu'il était hors de question qu'on mente aux investisseurs, même si on le fait tout le temps. Il y a des vies humaines en jeu. Je trouve ça courageux et beau.

— Qui, Harold ?

— John, par pitié, tu es vraiment fatigué, tu ne sais pas ce que tu dis, fais-je sans réussir à m'empêcher de rougir.

— Mila, même une plante verte le trouverait *hot*. Ce type est une bombe, et tu le vois tous les jours. Tu travailles avec lui…

— Toi aussi.

— Oui, parfois. Mais je ne suis pas *son* stagiaire. Toi, il t'a *choisie*. Il y a bien une raison. Si j'étais toi, j'en profiterais. Et pas qu'une fois, hmmmmmmm…, dit-il en accompagnant ses paroles d'un geste sans équivoque.

Il fait passer son index droit dans un cercle formé par son pouce et son index gauche. *Gross.*

— Si tu insinues que j'ai été choisie parce que j'ai mis une jolie photo sur mon CV, tu te mets le doigt dans l'œil jusqu'au coude. Il n'y avait pas de photo sur mon CV, et pas mon tour de poitrine non plus.

Je me suis presque mise à crier, la pression, le manque de sommeil et... H... Harold. J'ai même du mal à penser à lui sous son prénom. M. Sunset.

— Tu t'énerves facilement pour une fille indifférente.

— Il me laisse parfaitement indifférente, c'est le mot.

John reprend ses mimiques obscènes.

— Bordel, John, je n'arrive pas à me concentrer ! Putain ! Lâche-moi la grappe !

Au moment où je brame mes insultes, je sens une ombre derrière moi. Je baisse la tête en attendant que la voix de stentor de mon maître de stage me rabroue. Je sens sa présence comme un animal sent la pluie. Je suis prête à me faire humilier devant John dont le seul tort est de m'avoir gentiment taquinée après une nuit de dur labeur. J'ai surréagi, et il a fallu qu'il fasse irruption dans le bureau pile à ce moment-là... Merde alors.

— Mademoiselle Moon.

Je pivote lentement sur mes talons, John triture sa cravate noire rayée de rose. La plante de mes pieds est si douloureuse que je dois étouffer un gémissement.

Je fais face à cet homme, grand comme un baobab, et mes pupilles se dilatent, de peur ou d'émotion. Ou d'excitation. Je ne peux m'empêcher de sentir la dentelle de ma culotte s'appesantir entre mes jambes. Rien que la vibration de ses cordes vocales me met dans tous mes états. Mais il est hors de question que je lui montre l'effet qu'il a sur moi. Il doit me croire totalement immune à sa séduction, froide comme un glaçon et sèche comme un coup de trique. S'il met sa main entre mes jambes, toute ma stratégie tombe à l'eau, bien entendu.

— Reprenez-vous, rassemblez vos documents et suivez-moi dans mon bureau. Nous avons un ou deux détails à régler, débite d'une voix froide M. Sunset en me foudroyant du regard.

Que fait-il ici de si bonne heure ? Je pensais avoir un peu de répit. Il s'éloigne d'un pas lourd et claque la porte. Je tremble de tous mes membres, j'enfourne les dossiers dans mon sac et je marche vers son bureau. Ma jupe porte-bonheur. Les Louboutin, cadeau de papa. Sois forte, Mila ! C'est dans cet état d'esprit que je toque timidement à la porte de son bureau, après avoir lissé mon chemisier en soie blanche et mes longs cheveux châtain-roux. Mon déodorant est si performant que je suis sûre que mes aisselles sont archisèches. En revanche, je ne peux pas maîtriser les brûlures causées par l'anxiété dans toute ma trachée. Elles vont descendre dans mon œsophage si ça continue.

— Entrez ! tonne-t-il comme Zeus ou le roi Triton dans *La Petite Sirène*.

29

Il se trouve que je suis fan de Disney, mais je n'ai pas jugé utile de le préciser dans mon CV. Il n'y avait pas grand-chose à faire dans l'Iowa entre six et seize ans, que Dieu me pardonne.

Il est debout face aux fenêtres à la vue sur Central Park, du 69e étage. Je détaille son corps – ses muscles saillants tendent son costume au niveau des épaules. Ses cheveux blonds ondulés descendent sur son cou taurin, parangon de l'impression de force qu'il dégage. Les reflets dorés de sa chevelure m'aveuglent presque. Le contraste avec son costume bleu nuit, un Hugo Boss, j'en suis sûre, est saisissant. Sa peau, bronzée à l'année, est mise en valeur par sa tenue. Il rayonne de puissance et de sex-appeal.

Je me rends compte que j'ai la bouche ouverte. Ma contemplation n'a pas duré plus d'une demi-minute mais c'est déjà trop. Je me reprends : « Tu es une Moon, ma fille. Tu ne couches pas avec ton boss. Oh, là, là… » Mieux valait ne pas penser à mon poup. J'ai l'impression que je vais éclater en sanglots : s'il savait que sa fille allait se faire virer pour avoir laissé un associé glisser sa main sous sa jupe ? Et pas que sa main… Mon Dieu, comment sortir de ce pétrin ?

Parce que là, ma fille, tu as vraiment déconné à plein tube. Tu as écrasé le tube.

Malgré ces pensées totalement désespérantes, mon attitude est fière :

— Vous désirez, monsieur Sunset ?

Je bombe la poitrine et je serre les fesses, je joue avec mes longs cheveux cuivrés, ils frôlent mon épaule avant de revenir sur mon décolleté dans un mouvement sensuel. Mon regard se veut aussi noir que le sien. Il se retourne, me fixe en attendant que je détourne les yeux. Il peut toujours courir.

L'image de ses yeux, rendus fous par le désir, la veille, se superpose à son attitude actuelle digne d'une statue de cire de chez Madame Tussauds. Même si je ne suis jamais allée à Londres, je connais mes classiques, connard. Je me donne de la force en l'insultant mentalement. Enculé de ta race. Et je me revois à quatre pattes sur la moquette, en train de ramasser le dossier éparpillé sur le sol. Je sens une main dans le bas de mon dos, qui descend sur la courbure de mes reins et sur mes cuisses, avant de remonter ma jupe et de découvrir mes fesses. Puis sa deuxième main s'en mêle. Il s'agenouille derrière moi. M. Sunset prend son temps. Il effleure mon corps tendu comme un arc, puis se décide enfin à passer les doigts sur ma culotte en dentelle rouge et en satin noir. Je frémis longuement. Je suis trempée, instantanément mouillée et perdue. Mon corps entier palpite sous ses longs doigts. Sa main est si grande qu'elle couvre ma fesse entière. Il pourrait me battre et m'abandonner toute bleue, pleine de contusions, en plein bureau, en pleine nuit. L'idée de sa main qui frappe mon cul, de sa main qui gifle ma joue ne me dégoûte pas autant qu'elle le devrait. Voire pas du tout.

Que m'arrive-t-il ? Suis-je devenue folle ? Perverse ? *J'aimerais* qu'il me frappe ?

— Ça vous plaît, mademoiselle Moon ?

Je ne réponds pas, je suis trop médusée. Il triture mon clitoris, que le sang a irrigué jusqu'à ce qu'il double de volume. Je frissonne.

— On ne vous a pas appris la politesse ? A répondre quand on vous parle ? Je vais vous corriger...

— Oui...

Sa main s'abat sur ma fesse.

— Oui, monsieur.

— Je vois que tu es moins bête qu'il n'y paraît.

Comment ose-t-il prendre ces libertés ? Mon corps entier voudrait se révolter et pourtant... C'est bon, putain, un homme, un vrai. Mes petits amis antérieurs, des flirts trop alcoolisés, ne m'ont pas habituée à une telle fermeté.

Je sens sa queue dure contre mes fesses. Il bande comme un taureau alors que je n'ai encore rien fait, presque rien dit, rien provoqué. Il écarte ma culotte, introduit un doigt en moi, me force.

— Tu mouilles..., dit-il.

Sa phrase est un pléonasme. Comme je ne réponds pas, il s'imagine me punir en me prenant violemment. Je hoquette de plaisir, c'est bon, c'est si bon de le sentir en moi. En même temps je m'en veux du plaisir que je prends, c'est terrible, il est mon *boss*. Je travaille dix heures par jour avec lui, sous lui... Il m'irrite tellement avec ses petites manies, son impolitesse, ses humeurs... Il m'irrite et il m'excite.

Pourtant, tout avait tellement mal commencé, ce soir-là.

— Mademoiselle Moon, vous pouvez me dire ce que vous foutez dans mon bureau ?

Bordel de merde. M. Sunset, à cette heure de la nuit ? Je le pensais en plein dîner avec la superbe blonde que j'ai croisée un peu plus tôt dans l'entrée.

2

— Tu viens te coucher, Léna ?

— J'arrive, mon ange.

Léna abandonne la porcelaine et le thé refroidi sur la table et traverse l'alcôve pour rejoindre la chambre. Thomas pose le livre qu'il feuilletait sur la tête de lit, *Junkspace,* Rem Koolhaas – un petit bijou dont on ne se lasse jamais –, et ouvre les draps. Les traits de son visage sont un peu plus tendus que d'ordinaire, la fatigue, sans doute. Ses cheveux bruns, presque noirs, contrastent avec la pâleur de sa peau et des draps. Ses yeux verts luisent comme ceux d'un chat quand il éteint la lampe de chevet. Léna sourit dans la pénombre, sa chemise d'homme tombe sur le sol, dévoilant son long corps mince ; elle se glisse à côté de lui, un peu contrariée de ne pas avoir terminé son chapitre du jour. Mais il est déjà tard. Il faut du temps pour renouer avec les expressions et le vocabulaire (si limité soit-il) d'un auteur. Thomas se demande si les quelques pages torrides dans lesquelles Léna s'est plongée la mettront d'humeur. Cela arrive parfois quand le passage n'est pas trop niais. De rares fois. Désire-t-il vraiment qu'elle soit émoustillée par sa traduction ?

Il est déjà tard.

Je n'en peux plus d'Isobel Carmicheal, songe Léna pendant que Thomas l'embrasse dans le cou. Des baisers légers sur sa peau brûlante, la sensation des draps frais dans la chaleur estivale. Elle est encore pleine de sa traduction.

La démarche d'un léopard des neiges vers sa proie, calme et mesurée. Ses lèvres s'écrasent contre les miennes, et sa langue pénètre ma bouche avec violence. Il me plaque contre le mur de fenêtres et écarte mes deux mains comme celles d'un crucifié. Puis ses mains me délivrent et parcourent tout mon corps. Je sens l'élixir de vie couler le long de mes cuisses, ma culotte en dentelle crème assortie à mes Louboutin est descendue sans ménagement.

Non, c'était satin noir et dentelle rouge.

La couverture de mauvais goût du livre apparaît devant ses yeux, et se superpose à son image hypnotique préférée. La boîte aux lettres jaune. L'escarpin rouge brillant éclipse la boîte aux lettres jaune. Elle caresse distraitement les cheveux fins de Thomas. Les soirs où ils ne font pas l'amour se comptent sur les doigts d'une main. La traduction de *Dangereux Louboutin I* avait beaucoup contribué à la fantaisie sexuelle de Léna, qui ne voulait pas être en reste par rapport à ses personnages. Reproduire les parties de jambes en l'air décrites dans l'opus la faisait mourir de rire. Elle se gaussait, en traductrice futile. Elle semblait prendre un plaisir presque coupable à se plonger dans ces aventures qui n'en étaient pas. Même si Thomas savait pertinemment

35

qu'elle n'était pas aussi légère qu'elle s'efforçait de le faire croire. Elle valait mieux que ce qu'elle traduisait. Mieux que ce qu'elle paraissait. La frivolité aussi est un masque – enfin, pour certaines...

Donc, ils jouaient. Tester les hypothèses d'Isobel Carmicheal amusait beaucoup Thomas. La plupart n'étaient pas réalistes – on ne déchire pas une culotte si aisément que ça, on se déshabille mutuellement avec difficulté dans une voiture, on ne peut pas rêver d'une cabine d'essayage dans un magasin de lingerie (même aux Galeries Lafayette) où une vendeuse ne passe pas dix fois la tête derrière le rideau pour surprendre la nudité de sa cliente. Et on n'invite pas la vendeuse dans l'hôtel trois étoiles le plus proche puisque la probabilité pour qu'elle soit désirable tourne vertigineusement autour de zéro. Désirable, pas seulement jolie – pour Thomas et pour Léna, la différence est de taille.

Léna se sent épuisée. Elle embrasse Thomas sur les lèvres, puis s'éloigne un peu dans le lit. Elle ferme les yeux. Comme s'il lisait dans ses pensées – ou peut-être s'agit-il simplement des siennes –, il murmure : « Demain, il fera jour... » Une expression qu'il affectionne particulièrement. Un encouragement qu'il s'adresse à lui-même, pour éloigner de son esprit ses préoccupations récurrentes, tout ce qui ne se rapporte pas au monde des rêves enchantés – ou du sommeil tout court. Il ne pense plus au résultat du concours d'architecture qui doit tomber dans la semaine. Il sombre lentement.

Léna modifie trois fois la position de ses jambes ; genou contre genou, un genou glisse le long d'une jambe, une jambe glisse sous la couette. Le sommeil ne vient pas. Pas tout de suite. Thomas l'a enlacée, sa respiration s'est faite régulière. Léna lui envie sa rapidité à s'endormir – l'insomnie lui tend les bras. Elle s'agite entre ceux de Thomas, nerveuse. Thomas a l'air tellement apaisé, son visage est détendu, ses paupières scellées. Harold Sunset et Mila Moon ne se défendent pas de leur mièvrerie en hurlant à l'intérieur de son crâne. Mais non, je ne me moque pas de vous, argue-t-elle pour qu'ils la laissent en paix.

Son corps est las ; la position assise, les yeux fixés sur l'écran et la tension mentale nécessaire pour ne pas se laisser aller à écrire avec un peu de style devraient l'inciter à dormir. Harold et Mila se sont enfin tus. Alors, elle imagine dans son demi-sommeil des milliers de lectrices françaises frissonner à côté de leurs petits maris, *Dangereux Louboutin* en main. Le souffle chaud de Thomas dans son cou, sa main négligemment posée sur son ventre ne parviennent pas à la calmer. Les lectrices ne doivent pas avoir sa chance, leurs maris ronflent, eux. La respiration de Thomas est si légère. Elle envie sa tranquillité d'esprit. Les heures de travail en perspective sur ce texte maudit l'angoissent. *Those Red Heals* (in english in the text), *revival* ; *Dangereux Louboutin, le retour*. L'intrigue torride que vous attendiez toutes. Impossible de se détendre – naturellement du moins. Elle se retourne dans les bras de Thomas, chuchote : « Mon amour... »

Thomas la sent soudain toute frémissante, cajoleuse – chatte. Il s'était fait à l'idée qu'elle serait trop absorbée dans ses mots d'anglais pour être vraiment à lui ce soir, et voilà ses lèvres qui descendent dans son cou. Ses membres cessent de s'engourdir, il redevient conscient de ce qui l'entoure. Le corps de Léna contre lui, le moelleux du matelas, l'oreiller sur lequel sa tête repose, la chaleur de la couette dans la chaleur de l'été. Léna se couvre toujours trop, et oublie souvent qu'il est un véritable calorifère la nuit. Un parallélépipède orange se dessine devant ses yeux. Il cille. Toujours cette lumière orange alors qu'il fait sombre maintenant. Les cheveux blonds de Léna prennent une teinte rousse. Cet orange Hermès maudit. Il ferme les yeux. Léna lui mord l'oreille. Sa langue passe sur le lobe et en lèche l'intérieur. Le coup fatal.

Léna était étonnamment gaie quand elle traduisait le premier tome, l'année dernière. Sans cesse à lui envoyer des messages intitulés « Minute romance » avec des phrases choisies, toutes plus terribles les unes que les autres. Thomas se rappelait son premier mouvement quand Léna lui avait parlé de sa traduction : « *Ces collines rouges*, un roman érotique ? » Elle avait ri sans pouvoir s'arrêter pendant un moment. « Tu fais la différence entre *bitch* et *beach* ? — A force, plus tellement... — Imbécile. *Hills. Heals.* On parle de talons hauts, pas de collines. Ton accent est vraiment... »

A la fin du chapitre test, le premier, qu'elle devait envoyer à l'éditrice, elle l'avait pris par la main, et ils avaient regardé du quatrième étage le square du Temple, en bas de chez eux. Après une dizaine d'heures sur dix pages, elle était fébrile. Le résultat, lui, était parfait. Le lendemain, son portable sonnait pour lui apprendre qu'elle pourrait payer la moitié de son loyer pendant les trois mois à venir. Plus encore, mais elle ne pouvait pas le deviner. La directrice et unique employée des éditions de L'Abricot, l'éditrice, Laurène Mallord, non plus.

Léna avait retiré sa robe de chambre – il faisait nuit, et froid, plein hiver à Paris –, elle était nue dessous. Plutôt surprenant, avait-il pensé. Elle avait posé les mains sur la vitre, l'œil espiègle : « Nous sommes au 20ᵉ étage à San Francisco, ce n'est pas moi qui nettoierai les traces de mains transpirantes que je vais laisser, mais une femme de ménage latino. Tu es mon patron, mais je suis tellement folle de toi que je te laisse me baiser contre toutes les règles de l'entreprise. Dans l'histoire, tu ne jouis pas, mais on va tricher. Je ne suis pas comme ça. » Par pure bonté d'âme, il avait posé les mains sur sa poitrine pendant son récit et s'était collé à elle, de peur qu'elle n'ait froid malgré les factures EDF mirobolantes qu'il payait tous les mois. Elle se pencha en avant. Il la pénétra avec facilité ; prise au jeu, elle était déjà très ouverte. Sa respiration se fit haletante, il suffisait que les mains de Thomas l'effleurent... La Californie ou Paris, qu'importe. « Dis-moi, souffla-t-elle, là, tu vas naturellement m'enculer, non ? — C'est dans l'air, oui. — Eh bien... dans le roman... il ne l'encule pas... »

Sur cette considération philosophique à portée infinie, elle arrêta de parler pendant un moment. Quand ils eurent joui tous les deux, elle reprit le fil de ses idées : « Cette Isobel Carmicheal n'a aucune idée d'ergonomie.

La sodomie dans cette position résulte d'un raisonnement à la logique implacable. Tu paries qu'il n'y en a
pas une seule dans tout le roman ? Si ce n'était que
ça. C'est symptomatique de l'ensemble, oser sans oser,
baiser oui, mais baiser puritain… »

Thomas s'était allongé, heureux, sur l'épais tapis en
alpaga que ses parents lui avaient rapporté du Pérou.
Il ne disait rien. Il acquiesçait, il appréciait l'instant. Il
aimait Léna sans l'ombre d'un doute. Ils étaient deux
êtres complémentaires, chacun avec ses obsessions, elle,
la littérature, et lui, l'architecture éphémère. Ils se sup-
portaient à merveille.

Léna mordille son oreille, descend le long de son
torse. Il sent à peine ses dents et sa langue. Elle lui
paraît distante, ces derniers mois. Le tourbillon du succès de *Dangereux Louboutin*, même si elle n'en est que
la traductrice – mais elle, on l'a sous la main, alors
qu'Isobel vit à New York –, les chroniques dans *Elle*, les
interviews-fleuves… Elle en oublie presque l'absence
de réponse pour le roman qu'elle a envoyé, juste avant
de commencer sa traduction, à une dizaine d'éditeurs,
et auquel Thomas a tant contribué. Ses angoisses ont
disparu ou semblent avoir disparu, elle flotte dans un
état de contentement de soi qu'il ne lui connaissait pas.
Elle se regarde vivre, le sourire aux lèvres. Toute prête
à se noyer dans son reflet. La frénésie d'activités la rend
distraite, même dans l'amour. Son téléphone sonne en
permanence, ce qui l'agace quand il travaille ou quand
il lit – c'est un miracle, d'ailleurs, que personne ne se
soit manifesté ce soir. Léna semble ne plus se rendre

compte de rien. Il s'interdit de le lui faire remarquer, il l'observe – son attitude le défrise sans cesse.

Thomas, lui, se sent surmené – l'agence d'Hubert Lecocq et ses logements sociaux à la chaîne, les concours aux idées originales, toujours ratés. A trente-deux ans, il n'a plus droit à l'erreur : n'est-il pas déjà trop tard pour se reconvertir ? Ces années d'urbanisme classique ont-elles mis un point final à sa créativité ? Les jeunes architectes aux dents qui raient le plancher tiennent le haut du pavé parisien. Les angoisses vespérales ne concernent pas seulement les enfants en bas âge. Il devrait dormir depuis longtemps. Ne plus penser.

D'une main experte, Léna attrape la queue de Thomas, à la forme et à la longueur si parfaites – et supérieures à la moyenne, note-t-elle, une fois de plus. Ses érections l'émeuvent toujours, même après sept ans de vie commune et de fidélité. Elle la caresse comme à son habitude, lui rend ses hommages du soir. Le membre se tend à peine sous ses attentions. Au bout de quelques minutes, inquiète, surprise, vexée, elle relève la tête et cherche à deviner le visage de son amant. Il a le regard flou :

— Qu'est-ce qui ne va pas ? demande-t-elle en tentant de maîtriser son irritation.

Thomas secoue la tête, incapable de formuler une réponse concise et efficace. Léna lâche la verge insubordonnée qu'elle continuait à cajoler distraitement dans l'espoir d'un résultat probant. L'impuissance l'a toujours terrifiée. C'est ma faute, c'est toujours ma faute, raisonne-t-elle. Thomas ne dit rien, il voit orange.

Comment lui expliquer ? Je suis dans une impasse. Mon corps ne répond plus. Ses beaux yeux verts restent lointains. Ses mains plongent sous l'oreiller. Il remonte les draps sur ses épaules ; malgré la température estivale, il a presque froid.

Je ne peux pas lui servir le discours du « ça arrive à tout le monde », songe Léna, traumatisée. Lui n'ose pas non plus verser dans les banalités. Est-il fatigué ? Surmené ? Encore le concours pour la fondation Hermès ? Satané concours ! Ce genre de choses n'a jamais influencé ses bonnes dispositions. Jusque-là. Pourquoi aujourd'hui ? Elle s'imaginait se perdre dans le stupre pour se délester de ses mauvaises pensées, oublier sa traduction, les flatteries insensées dont on l'abreuve, son livre à elle, ses incertitudes enfin ; voilà son exutoire préféré qui se fait la malle. Punition divine.

— J'ai un truc en tête. Je suis désolé, finit-il par dire en se retournant sur le côté.

— Moi aussi, vois-tu.

Toute culpabilité est bonne à partager. Elle se lève, enfile sa robe de chambre et sort avec une envie brûlante de claquer la porte. Ah, non, je ne vais quand même pas imiter Harold Sunset, il ne manquerait plus que ça. Thomas renonce manifestement à la suivre. Moi aussi, je suis désolée, et moi aussi j'ai un truc en tête. Elle se dirige d'un pas pressé vers la cuisine, ferme la porte et respire un grand coup. Cela est-il déjà arrivé ? Pas que je sache. Mon Dieu. Il a toujours fait la part des choses. Laissé ses contrariétés au pied du lit. Et si c'était une excuse ? Il pourrait très bien me cacher quelque chose. Une fille ? Il ne me désire plus. Comment dormir, maintenant ?

Elle devrait prendre l'événement comme une adulte, songe-t-elle. Mais, d'instinct, elle a préféré quitter la chambre avec un air dramatique. Bien trop dramatique, elle en a conscience. Tout gâcher pour un rien, cela lui ressemble tout à fait. Thomas aurait pu la retenir, il n'a pas esquissé un geste. Cela doit lui être tout à fait égal que je m'endorme en même temps que lui. Oui, cela lui est égal. Il ne me désire plus. Ni me sauter, ni dormir contre moi, plus rien du tout. Au fond, cette affaire est plus grave qu'elle n'y paraît au premier abord. Il y a une autre fille...

Léna possède un don pour la paranoïa.

Ses pieds goûtent la fraîcheur du carrelage de la cuisine. Elle se prépare une infusion « Nuit tranquille » avec l'espoir que la tisane tienne ses promesses. Pendant que l'eau chauffe, elle fourrage dans les tiroirs et découvre dans celui des planches à découper un paquet de Davidoff light un peu écrasé. Je le savais ! s'exclame-t-elle, soulagée. Toujours là alors qu'elle a arrêté de fumer depuis cinq ans. Fidèle au poste. Léna ne se sert que rarement de ses planches à découper. Thomas, bien meilleur cuisinier qu'elle, découpe toujours les légumes directement au-dessus des cocottes. Elle prend une cigarette entre ses doigts. Phallique, exactement ce qu'il me faut. Où sont les allumettes ?

3

Thomas se lève tôt, à cause du soleil. Léna dort profondément, enroulée dans la couette malgré le plein été. Il distingue ses cheveux blonds parmi les draps pâles ; un morceau de son dos, ses fesses et une jambe émergent de l'enchevêtrement de percale. La position de la *Vénus au miroir* de Vélasquez, celle qu'elle adopte toujours le matin. Il s'attarde quelques minutes pour la contempler. Dans son abandon, elle retrouve l'air angélique qu'il aime – l'air d'autrefois ; elle dort comme une enfant sage, libre de toute préoccupation. L'idée de la réveiller le traverse. Le souvenir de la veille l'en dissuade. Elle serait bien capable de ne pas apprécier qu'il se manifeste à cette heure. Même s'il l'a déjà tirée du sommeil cent fois de la sorte. Ces derniers temps, il ne sait pas comment la prendre.

La cafetière à l'italienne hulule quand il sort de la douche, et tache de café l'émail de la cuisinière. Il se remplit un bol et s'assoit au bar de l'îlot de leur cuisine dernier cri, en face de la grande fenêtre à petits-bois. Il pense aux fichus logements sociaux de Clichy sur lesquels il travaille en ce moment – l'ordre du jour. Des logements sociaux, des bureaux, des lycées… Rien qui l'excite vraiment. Le degré zéro de l'architecture. L'utilitaire-roi.

Il observe distraitement les toits du 3e arrondissement, son œil est attiré par un mégot blanc dans la
jardinière. Léna s'est remise à fumer. Cela n'augure
rien de bon. Il retire le déchet nicotiné de ses plantes
aromatiques et le place, bien en évidence, dans un cendrier en cristal sur le plan de travail. Si ça lui passe
les nerfs... Il espère seulement qu'elle aura la décence
de ne pas fumer au lit. Et que ses cheveux ne pren-
dront pas trop l'odeur de la cigarette. Il a un frisson
de dégoût en repensant à toutes ces années de retour
de soirée à empester le tabac froid. Plus encore, en
envisageant que cette odeur de fin des années 1990
s'immisce de nouveau dans son existence par le biais
de la chevelure de la femme qu'il aime. Et s'installe
entre eux. A l'époque, il n'en avait cure. Il aimait voir
les volutes tourbillonner autour d'elle. Elle s'asseyait sur
le rebord de la fenêtre de sa mansarde, allumait une
cigarette et la fumait avec délice, en le regardant à la
dérobée – une image charmante.

Il se remémore rarement ses années d'archi. Tout
cela est déjà loin, si loin – un tourbillon de soirées, de
substances hallucinogènes, de filles dont il ne retenait
jamais le prénom. Au matin, il se sentait gêné de les
entendre scander le sien. Thomas, tu me passes mon
soutien-gorge ? Thomas, on se revoit quand ? Thomas,
où est le café ? Thomas, Thomas, Thomas. Alors il
plongeait les yeux dans ceux de sa maîtresse d'un soir
et lançait : « Dis, comment tu épelles ton prénom ? »,
une technique bien rodée, qui fonctionnait en général
à la perfection. La seule dont il se souvenait s'appelait

Marie. Ce jour-là, il avait fait un flop. Malgré ses yeux vert et jaune qu'elles trouvaient toutes d'un magnétisme troublant.

Peu après, il avait rencontré Léna, étudiante en lettres, si blonde et si jolie, chez des amis communs. Il avait été immédiatement séduit par la forme de son nez, plus que par ses grands yeux bleus et ses mensurations agréables. « Son nez est sublime », avait-il glissé plusieurs fois dans la soirée à son meilleur ami, François, qui n'avait pas relevé. Quand il lui avait dit qu'il ne pouvait cesser d'y penser, quelques jours après avoir couché avec elle pour la première fois, elle avait porté ses mains à son visage et avait tâté son nez, troublée. Puis elle avait éclaté de rire. Oui, c'était un compliment original. Elle n'avait jamais songé à son nez comme à une jolie chose. Il n'était ni trop gros ni trop petit, peut-être un peu trop relevé. Elle l'aurait préféré plus fin et plus aristocratique, maintenant qu'elle y pensait.

Il venait de finir son école, et enchaînait les CDD dans les agences parisiennes. Elle faisait des piges dans plusieurs magazines féminins, et venait de publier un recueil de conseils sur la mode et le maquillage. Un truc de fille pour les filles. Thomas avait bien vu le livre à la couverture rose, qui traînait chez lui, mais il ne s'y était jamais vraiment intéressé. Il y en avait eu un autre, couverture turquoise, et un troisième – violet ? vert ? Impossible de s'en souvenir.

Ils s'étaient vus de loin en loin pendant un an. Thomas continuait de puiser dans son vivier d'étudiantes en architecture quand elle ne se manifestait pas. Chaque fois que ses pas le portaient vers son école boulevard

Raspail, il revenait avec une mignonne à son bras. Il ne savait pas ce que Léna faisait de son temps libre. Il ne voulait pas le savoir. Elle riait tout le temps avec les hommes qui l'abordaient. Il n'était pas difficile d'imaginer que bon nombre de ceux avec qui elle riait finissaient dans son lit. Thomas ne pensait jamais à cela – question de survie. Alors, quand ils ne se retrouvaient pas dans son studio pendant plus de deux jours, il compensait.

Deux ans plus tard, il était toujours admiratif de ce nez qui trônait fièrement au centre du charmant visage de Léna. Ce dernier n'avait pas bougé. Alors que le nez, comme les oreilles, est le seul appendice qui grandit toute la vie. Un reportage d'Arte lui avait appris ce détail qui l'avait affolé : s'il tombait amoureux d'un nez, à quoi ressemblerait-il après soixante ans ? Et puis il s'était rassuré, avait éteint son téléviseur et décapsulé une bière avec le briquet de Léna, qui traînait sur la table. L'amour pour toujours, il n'y croyait pas. Il pourrait éternellement se tourner vers des nez à un stade de croissance décent. Même s'il était déjà très épris de sa nouvelle conquête – il pensait « nouvelle » par réflexe, alors que leur relation devenait exclusive et officielle. Il avait de plus en plus de mal à se passer d'elle, ce qui ne l'effrayait pas ; il savait ce qu'il voulait. Il savait aussi qu'il lui fallait l'apprivoiser, mais que, pour une raison qu'il découvrirait ou non, elle restait sur la réserve. Il l'aimait aussi pour ses failles. Il n'y avait rien chez Léna qui ne trouve grâce à ses yeux. L'amour pour toujours ne lui semblait finalement pas une perspective si rebutante que cela.

Son père, grand architecte urbaniste, venait de lui trouver un poste dans une agence prestigieuse au moment où Léna se décida à vivre avec lui. Il avait accepté de mettre entre parenthèses ses aspirations idéalistes pour un peu d'urbanisme classique, un poste stable et sans surprises, qui lui permettrait d'asseoir sa réputation et de gagner décemment sa vie. D'autres auraient tué pour appartenir à l'équipe d'Hubert Lecocq : il n'appréciait pas sa chance, lui répétait son père. La présence de Léna l'enivrait. Il aurait tout le temps de faire ce qui lui plaisait en parallèle, croyait-il.

Après une recherche minutieuse à laquelle Léna n'avait pas pris part, Thomas dénicha un sublime appartement juste à côté de République, dans un immeuble qui lui faisait de l'œil depuis des années. La vue directe sur un charmant square aménagé par Haussmann en son temps, aux arbres magnifiques, la proximité avec la rue de Bretagne et le marché des Enfants rouges avaient déterminé son choix. Ses parents habitaient sur le boulevard Sébastopol, à deux pas de là. La mère de Thomas était si heureuse de savoir son petit dernier si proche qu'elle avait offert de payer la moitié du loyer pendant la première année, pour aider le mignon petit couple. Léna trouvait Marie-Louise Courtois un peu trop encombrante, mais elle ne disait rien. Le salaire de Thomas dans l'agence qu'il n'aimait pas était plus que correct, mais maman avait insisté. On n'allait pas la contrarier.

Léna travaillait chez eux, dans une petite alcôve très lumineuse contiguë à la chambre, qui était devenue son bureau, son espace à elle. Elle s'entêtait à finir une thèse sur les échos du XVIIIe siècle dans l'œuvre de Chessex alors qu'elle n'enseignerait jamais, et écrivait en parallèle des articles plus superficiels les uns que les autres sur les imprimés léopard et le *nail art*, mais qui l'amusaient. Malgré ce dédoublement de personnalité évident, elle était facile à vivre. Thomas s'habitua très vite à ne plus ramener d'inconnues dans son lit d'étudiant – ses draps étaient passés des nuances de brun ou kaki au blanc éclatant, et ils sentaient toujours bon. Sans entraînement, sa mémoire des prénoms en prit un coup. C'était le seul inconvénient que soulevait la situation.

Il vivait dans un état de béatitude sensorielle, un appartement toujours propre, une compagne agréable, des sorties, des voyages. A trente-deux ans, il ne s'était certes pas marié – sa mère le lui reprochait assez souvent –, et il n'y pensait pas. Vivre avec Léna lui suffisait amplement. Leurs amis étaient presque tous passés du côté obscur, avec des cérémonies plus ou moins réussies, qui angoissaient tellement Léna qu'elle s'autorisait la plupart du temps une dose de cocaïne avant d'entrer dans l'église. Sentir les effets de la drogue assise sur un banc trop étroit pour ses jambes, dans une église bondée, l'amusait prodigieusement. Assis, debout. Gloire au Seigneur. Yeux brillants et pupilles dilatées. On prenait ça pour de l'émotion.

Thomas et Léna ne connaissaient rien à la fiscalité et refusaient obstinément de s'y intéresser. S'ils avaient fait une simulation sur impots.gouv.fr, sans doute auraient-ils changé d'avis.

Ils parlaient parfois d'enfants. Leur vie d'adolescents attardés, mondaine et surbookée, leur laissait-elle assez de temps pour y songer sérieusement ? Leurs amis unis par les liens sacrés du mariage commençaient à peine à procréer – la plupart étaient encore disponibles les vendredi et samedi soir pour toutes sortes d'occasions. N'étaient-ils pas trop égoïstes ? Attachés à leurs soirées au lit, quand ils ne couraient pas les vernissages du Marais ? Léna ressassait les mêmes arguments, Thomas devait acquiescer. On n'imposait pas ce genre de décisions à l'autre. Il connaissait ses réticences, récurrentes, sur le thème familial. Tout ce qui lui était naturel ne l'était pas pour Léna, il l'avait compris avec le temps. Marie-Louise et Paul Courtois n'avaient jamais divorcé, il adorait son frère, tous ses proches étaient bien vivants. Elle lui parlait si peu de son enfance, sinon par bribes, parfois. Elle se reprenait toujours, comme si le sujet ne méritait pas d'être commenté, comme si elle avait le sentiment de s'être laissée aller, comme si elle avait dit une bêtise. Ses relations avec sa mère étaient conflictuelles et distantes ; elle n'avait jamais mentionné son père, sinon pour lui dire qu'il était mort quand elle avait dix-huit ans.

Parfois, Thomas se lassait de l'effervescence permanente, de la trop grande absorption de cocktails et de champagne – lui qui, seulement quelques années auparavant, s'illustrait par sa tolérance à l'alcool... Léna semblait y prendre toujours plus de plaisir. Ou le feignait-elle ? Elle passait ses journées en peignoir à lire ou à écrire. Il lui fallait une occasion pour sortir, s'habiller ; elle s'entendait merveilleusement avec tout le monde. Surtout depuis qu'elle était en toute officialité chroniqueuse pour *Elle*, on la caressait dans le sens du poil. La traduction de *Dangereux Louboutin* en faisait également une fréquentation intéressante, on l'imaginait influente. Journalistes, éditeurs et attachés de presse donnaient mal à la tête à Thomas, qui fréquentait le moins possible les signatures-champagne et les Salons du livre. Léna s'enfermait dans les mondanités frivoles, depuis qu'elle avait mis un point final à son roman. Comme pour compenser des mois de doutes, à se descendre en flammes toute seule, à clamer qu'elle n'était bonne à rien. Il ne comprenait que trop ce qu'elle pouvait ressentir, même s'il ne mettait pas toujours les mots dessus. En la rassurant, il se rassurait lui-même. Ces derniers temps, la certitude qu'elle compensait son mal-être s'effilochait. A se demander s'il n'était pas amoureux d'une Léna cristallisée. Pourtant, il l'aimait. Terriblement. Ses petits travers cachaient de merveilleuses qualités. N'essayait-il pas de s'en convaincre ? Il se haïssait de soulever cette hypothèse.

A présent, Léna insistait pour acheter leur appartement. « Avec mes deux cent mille euros et des poussières, on peut obtenir un emprunt facilement. On est si bien ici, tu ne trouves pas ? Tu n'as pas toujours rêvé d'avoir un endroit à toi, vraiment à toi ? » Il y avait pensé plusieurs fois, bien sûr. La nouvelle arrogance de Léna le faisait curieusement reculer. Il aurait adoré l'entendre lui faire cette proposition un ou deux ans plus tôt. Aujourd'hui, elle lui semblait être davantage une manière de prendre le pouvoir plutôt que la preuve d'un réel désir d'engagement. Une fois de plus, il se sentait coupable d'avoir de telles idées. Il avait laissé traîner le sujet : « Léna, tu sais bien que j'ai présenté des projets à plusieurs concours pour sortir de mes logements sociaux. Laisse-moi un peu de temps. Je n'ai pas envie d'avoir une épée de Damoclès sous forme d'emprunt bancaire au-dessus de la tête. J'ai besoin de me concentrer sur quelque chose qui me ressemble, qui m'apporte une vraie reconnaissance. »

Ce soir-là, il prétexta une grande fatigue. Ils en rediscuteraient une autre fois. Ils s'endormirent fâchés. Léna, avec ses nouveaux vêtements (on lui en offrait pas mal, mais il avait cru remarquer qu'elle se servait de nouveau de sa carte bleue auparavant remisée dans le tiroir du buffet), dont la texture disait le prix, même si Thomas n'y connaissait pas grand-chose ; Léna, encore plus belle à trente ans qu'à vingt-trois, se promenait dans l'appartement comme une reine dans son palais doré à l'or fin. Thomas ne sentait que trop sur elle l'influence de ce monde qu'elle exécrait (si on l'écoutait).

Ils n'abordaient plus le sujet « enfants » depuis plusieurs mois.

Quand il finit son bol de café, il est presque froid. Sept heures et demie du matin et déjà une chaleur de four. L'été promet d'être excessif. Léna refuse de quitter Paris à cause de ces délais infernaux pour rendre la traduction de *Dangereux Louboutin II*. Thomas doit rester dans les parages pour attendre les résultats de son dernier concours, un pavillon d'exposition pour Marseille, capitale européenne de la culture pour 2013. Même s'il n'ose plus rien espérer. Après tout, il a contourné la contrainte programmatique majeure du cahier des charges pour rendre le projet plus conceptuel. Il avait décidé que la chance récompensait les audacieux en esquissant les premiers croquis du musée éphémère. Il le croyait toujours au moment de rendre sa maquette. Ce matin, il s'en veut d'avoir anéanti ses chances.

Ils pourront toujours passer un week-end dans sa maison familiale en Normandie. Mais Léna devient hystérique quand les connexions Internet sont lentes. Sans parler des discussions obligées avec sa belle-mère. Elle exagère, Marie-Louise manque peut-être de finesse, mais elle est la gentillesse incarnée. Léna est intransigeante, elle n'a jamais appris à s'adapter à son auditoire. Sauf quand il s'agit de faire vibrer les cœurs des ménagères avec ses *Douceureux Louboutin*. Elle n'y parvient vraiment qu'à l'écrit. Thomas hausse les épaules, dédaigne ses tartines et se dirige vers la chambre pour s'habiller rapidement.

Léna dort toujours. Elle s'est totalement découverte dans son sommeil ; son œil s'attarde sur la courbure de ses reins, la ressemblance avec la Vénus, aux cheveux près, le frappe encore davantage. « Léna », soupire-t-il avant de se résigner à revenir dans le monde réel. Il ferme la porte d'entrée avec précaution pour éviter qu'elle ne claque.

4

Mes parents m'ont invité à dîner et je n'ai pas eu le cœur de refuser, même si je me sens étrangement fatigué. J'ai soulevé de la fonte et couru sur le tapis roulant de la salle de sport du bureau pendant plusieurs heures ce matin. En général, ça me met plutôt en forme. Je suis différent depuis hier, corps et âme. Jusqu'à présent, je me lassais vite. Les femmes étaient toutes les mêmes. Je n'arrivais pas à m'attacher. Mon cœur endormi depuis si longtemps se remet à battre, lentement. Je perçois chaque pulsation. Ce changement m'effraie.

Je repense à Mlle Moon. Je sens ma queue se tendre dans mon pantalon. Instantanément. C'est gênant, il ne faut pas que ça m'arrive devant mes parents. Mon pantalon est beige...

Mes parents ne font pas leur âge : papa joue toujours au tennis ; maman règne avec une main de fer sur sa cuisinière, ses techniciennes de surface et son jardinier. Elle n'a toujours pas troqué la manucure contre les confitures. Quand je passe la porte d'entrée, papa me donne une accolade virile. Je le dévisage, il a pris quelques kilos ces derniers mois, mais il conserve son regard de toujours, franc et direct, des yeux bruns intelligents d'as de la finance – même à la retraite –, une haute taille et de larges épaules – les miennes, en fait. Maman avance vers moi à petits pas pressés, toujours aussi bien maquillée et habillée avec soin d'une robe de couleur crème, ceinturée à la taille par un foulard Hermès à la dominante rouge. Elle porte aux oreilles les énormes perles de Tahiti que je lui ai offertes à son anniversaire. Une petite fortune.

— Comment va mon petit chéri ? minaude-t-elle en se haussant sur la pointe des pieds pour m'embrasser sur la joue.

Je me penche pour qu'elle puisse atteindre mon visage. A force de m'empêcher de penser à Mila... à Mlle Moon..., une douleur sourde me tord les entrailles. Je dois être en colère, parce que je me suis laissé allé à mon désir irrépressible pour elle. La fureur m'habite.

Mes réflexions sont interrompues par du bruit dans l'escalier. Des talons claquent sur le marbre, à grande vitesse. Une petite fille de couleur d'environ dix ans saute dans mes bras :

— Harold !!!

— Mary Katouch !!!

Il s'agit de ma petite sœur, que mes parents ont adoptée il y a neuf ans, après un voyage d'affaires à propos des puits de pétrole au Soudan. Elle est si mignonne que je la laisse jouer avec mes cheveux et les emmêler affreusement. Cette petite ferait marcher le monde sur la tête. Maman sourit, indulgente :

— Mary Katouch, après avoir fait un gros câlin à ton grand frère, tu iras ranger ta chambre.

— Maman, laisse-la jouer en bas avec moi, je t'en supplie. Je ne la vois jamais, argué-je avec toute ma force de persuasion de banquier rock star.

— Oui, maman ! Maria pourra ranger ma chambre, et je jure que la prochaine fois ce sera mon tour. Mais je veux profiter d'Harold, je veux, je veux, je veux…

— Ça ira pour cette fois. Vous êtes si choux tous les deux ! Je vais faire une photo. Attendez une minute. (Elle met ses mains pour faire haut-parleur autour de sa bouche :) Maria, pouvez-vous vous occuper de la chambre de Mary Katouch ? Merci bien. (Puis :) Ne bougez pas… Merde alors, où est mon iPhone ?

Je m'assois sur le canapé en cuir rouge, Mary Katouch joue avec ma cravate. Je suis heureux de profiter de cet instant de bonheur familial. J'ai presque oublié la douleur sourde dans mon ventre. Maman s'éloigne à petits pas vers son sac en crocodile, posé sur un guéridon dans l'entrée. Papa astique sa carabine en prenant garde de ne pas la diriger vers nous.

— Quand viendras-tu chasser avec moi, fiston ? demande-t-il.

— Tu sais, papa, en ce moment, c'est très compliqué au bureau. Avec la crise, on a du mal à surnager. L'Europe s'en sort, mais ici, il faut dire ce qui est, la Fed a vraiment déconné.

— Je suis ravi d'avoir pris ma retraite avant la crise. C'est terrible de voir un système se faire torpiller par les Chinois… Bordel de Dieu.

— Mais, papa, les subprimes n'ont rien à voir avec les Chinois…

— Tout a toujours à voir avec les Chinois. Tu n'as pas lu le livre de ce Français, Alain Peyrefitte, *Quand la Chine s'éveillera* ? Toi qui parles la langue de Molière.

Mon père est très intelligent dans son domaine, mais il a quelques obsessions. Elles doivent venir de la guerre. Maman interrompt une conversation qui aurait pu déraper si je n'étais pas toujours conciliant avec papa.

— Dites : fromage !

Clic-clac. Maintenant qu'elle a son iPhone (à la coque protectrice rose avec des oreilles de chat) dans les mains, elle nous mitraille, Mary Katouch et moi. Cette dernière, forte de l'expérience d'années d'exploitation de la femme, se tortille comme une geisha – ou plutôt, comme une Soudanaise dans les bras d'un Américain. Maman chausse ses lunettes de vue pour regarder les clichés avant de relever la tête, l'air angoissé. Ses yeux semblent avoir doublé de volume à travers ses loupes. Si ce n'était pas ma mamanloup d'amour fou, je dirais qu'elle ressemble à une grenouille.

— Mon Roldounet, je te trouve bien pâlichon. Tout va bien ?

— Ecoute, oui, autant que je sache. J'ai juste un peu mal au ventre...

Je n'allais quand même pas lui parler de Mila Moon et de ses talons hauts aux semelles rouge sang qui m'obsèdent.

— Ne bouge pas, mon chat, je cours te chercher du Spasfon.

Je ne suis pas sûr que ça sera d'une grande utilité mais je renonce à le lui expliquer. Ma mère est têtue, très protectrice, je suis son fils unique – si l'on excepte Mary Katouch, sa fille unique. Tant qu'elle ne veut pas m'administrer un suppositoire, je dis oui.

Katouch me parle de l'école et de ses petits amis. Papa propose de nous faire des hot dogs pour l'apéritif. Il avait commencé dans la vie comme vendeur de saucisses à Brooklyn. Un véritable self-made man. Maman maugrée :

— Chéri, un homard à l'armoricaine mitonne dans la cuisine, tu veux vraiment qu'on commence par des *saucisses* et de la *mayo* ?

Tout à coup, mon iPhone vibre dans ma poche. Papa me fait signe que nous sommes dimanche et que les portables sont vraiment une invention du diable. Le nom qui apparaît sur l'écran fait cesser les battements de mon cœur.

Mila Moon

— Je dois prendre cet appel, dis-je d'une voix chevrotante.

Papa s'exclame :

— Tu vois, Ann, je parie qu'il n'aura pas le temps de se mettre à table !

Il se rue vers le barbecue. Maman soupire. Je repose Mary Katouch sur le canapé qui se met à hurler et je m'éloigne vers les portes-fenêtres. Entre-temps, mes intestins se sont retournés et emmêlés pour toujours. Je ne sais pas si mon transit pourra se rétablir pour digérer quoi que ce soit, même un classique pain-au-lait-pitch-saucisse-mayonnaise. Je sors sur la terrasse, racle ma gorge et prends ma voix la plus virile :

— Harold Sunset, j'écoute.

Soupir de la traductrice, qui lâche souris et clavier, inspire profondément avant de parcourir la suite du texte.

A certains moments, Léna s'arrache les cheveux. A d'autres, elle éclate de rire. Sa relation avec *Dangereux Louboutin* est conflictuelle. L'intrigue, les rebondissements peuvent être ridicules, le récit suit son cours parce qu'elle fait du bon travail – du moins, essaie. De tout cœur, vraiment. Elle réfrène toute tentation d'améliorer le texte – par où commencer ? Il faudrait tout récrire. Ça ne plairait sans doute pas au public friand de romances... Elle n'a rien, après tout, de l'écrivain consensuel. Rien de l'écrivain tout court, penserait-elle, dans l'hypothèse paranoïaque. De bonne humeur, elle en reste à l'écrivain consensuel.

Heureusement que les lecteurs de l'opus d'Isobel Carmicheal sont des lectrices. Le point de vue masculin est d'une vraisemblance douteuse, comme si Harold occupait sa journée à dire : Je bande, et à détailler les vêtements et la couleur du rouge à lèvres de toutes les femmes qui passent. Elle avait posé la question à Thomas et il lui avait donné la réponse attendue : un homme ne sait pas ce qu'est un col claudine. S'il est au courant, on est en droit de s'inquiéter de sa sexualité. Et puis le vilain patron qui fait sauter sa petite sœur adoptée sur ses genoux au *chapter* 2... Un manque de goût évident. Le tyran si vite démasqué. Suspense minimal.

Aujourd'hui, elle éclate de rire. Elle voit dans l'ancienne occupation du *pater familias* Sunsetatis – vendeur de hot dogs – une référence à *La Conjuration des imbéciles*, de John Kennedy Toole. Après tout, c'est un roman américain qui pourrait se trouver dans la bibliothèque d'Isobel, si elle en avait une. Un peu daté, peut-être. Un roman que personne ne voulait publier, elle n'y pense pas par hasard. Pourtant, elle est de bonne humeur. Aucune envie de se suicider, malgré l'absence récurrente d'enveloppes à son nom dans la boîte aux lettres blanche du hall de l'immeuble. Les factures sont toutes à celui de Thomas – suspense minimal. Un ancien vendeur de hot dogs, devenu grand ponte de la finance. L'idée que ce détail aberrant se justifierait par une référence littéraire la fait glousser de plus belle. Elle se tient les côtes, à deux doigts de s'étouffer en buvant une orange pressée.

Cette manie du papa-maman la laisse rêveuse. Pour Mila aussi, papa est très important, il lui a offert ses premiers Louboutin, il lui a appris la vie, il la soutient inconditionnellement. Avec sa mère (elle dit sa mère, et pas maman, il y a une raison), c'est plus compliqué. D'ailleurs, c'est elle qui tombera malade au milieu du roman – ressort narratif apprécié des lecteurs américains –, ce qui donnera l'occasion à Harold de la soutenir inconditionnellement. Le cancer comme objet transactionnel. Il ne s'en révélera pas moins bénin, drôle de drame.

Mila appelle Harold : urgence au bureau. Il s'échappe donc de la réunion familiale, parcourt des dossiers, s'inquiète, et, à la fin de la soirée, quand la solution pointe le bout de son nez, il attrape Mila par la fesse avant de lui faire sauvagement l'amour. Il a eu le temps de décrire sa nouvelle passion dans des expressions extrêmement déprimantes comme *she's sexy as hell*, qu'elle a traduit par « elle est chaude comme les flammes de l'enfer », certaine que la correctrice lui supprimera l'expression. « Elle est tellement sexy », plus sobre, qui n'implique pas de soubassement religieux, conviendrait mieux. *The rush of heat spread up my spine* – « la chaleur remonte le long de ma colonne vertébrale comme une plante grimpante ». S'y agrippe comme de la vigne vierge sur une tonnelle. Oublions les comparaisons, ou les métaphores – sa bite avait la taille d'un baobab. Léna se raisonne, autant éliminer les descriptions anatomiques. On se fout de savoir par où arrive la chaleur, pense-t-elle. La voilà devenue vulgaire. Isobel, sors de ce corps ! Un simple « l'excitation me consume » fera l'affaire.

Putain, je suis vraiment un con de craquer à la première occasion venue. Je ne suis pas arrivé au bureau un dimanche avec cette idée derrière la tête. Je suis un fou du contrôle et je me laisse totalement aller avec elle. Elle est tellement sexy. Même s'il est clair que ce n'est que du sexe, une attirance purement physique, je ne peux pas continuer comme ça avec Mlle Moon. Pourtant, l'excitation me consume et je…

Pauvre Harold. Ce mal au ventre que ta mère voulait apaiser avec du Spasfon augure bien pire. Il te faudra un moment pour passer du coureur de jupons au gentil mari, mais ça t'arrivera. Comme dans tous les romans du genre. Isobel l'a bien dit dans son interview – Léna l'a traduite, elle la connaît par cœur… « Je veux que mes personnages s'attachent l'un à l'autre sans le savoir, qu'il y ait une tension sexuelle telle qu'ils ne puissent se passer l'un de l'autre alors qu'ils ne devraient pas ressentir ce qu'ils ressentent. Qu'ils fassent l'amour partout. Une telle symbiose [elle avait dit *osmosis*, il fallait corriger] entre les personnages, parfois un tel conflit qu'ils se détestent autant qu'ils s'aiment et dépasseront tous les obstacles, ensemble. Oui, je crois que j'ai envie de faire le rêve d'une fin heureuse pour mes personnages, Stanford et Belle dans le premier tome, Harold et Mila dans le second. »

Ces personnages imbéciles en viennent à obséder Léna qui cherche des yeux Mila et Harold dans la rue – après tout, il l'emmènera sûrement en France un de ces quatre, notre pays fait tellement rêver les Ricaines et il parle français couramment. Dans les cocktails, elle sursaute au moindre « putain » dit avec l'accent américain. Léna, Mila. A deux lettres près, elle pourrait s'appeler Mila et être l'amoureuse d'Harold. Sombre coïncidence. Les terminaisons en a.

A peine une heure qu'elle s'y est mise, et elle sature. Les problèmes d'éthique financière et les coïts sans âme des personnages sont ennuyeux au possible. Harold, tu as mis une claque sur la fesse à Mila hier soir, pourquoi ne pas en avoir profité pour lui apprendre la vie ?

Vous allez rester à mi-chemin. Mila, tu rêvais d'une éjaculation faciale – il fallait le dire.

Léna a arrêté de s'adresser mentalement à Isobel. Elle l'a rencontrée une fois, elle avait été incapable de se rappeler tout le mal qu'elle avait pensé de son livre. Devant elle, se trouvait une quadragénaire sur le retour (quarante-sept ans pour être exacte, soit dix-sept de plus qu'elle, le temps de procréer et de devenir la cible du *mommy porn*), plutôt mince pour une Américaine, souriante, aimable, malgré son fort accent de l'Iowa. Une agréable surprise. Elle l'avait conviée à venir la voir avec son « mari » (Léna avait précisé qu'elle n'avait pas d'enfants) rencontrer le sien et ses trois chérubins. *You are so incredibly nice, Isobel.*

Elle le pense toujours. Elle pense aussi qu'elle ne sait pas écrire, même si ses romans ont indéniablement les qualités requises pour faire rêver des millions (peut-être même des milliards, Léna !) de femmes entre quinze et cent ans (la tranche d'âge est du cru d'Isobel). Ces millions ou milliards de personnes ne connaissent le plaisir du texte qu'à travers *Dangereux Louboutin* et autres opus du genre. Ce n'est pas sa faute. Ni la leur, au fond.

Coup d'œil à la suite.

Après l'avoir bien défoncée, je fais mine de regarder ma montre.

— Un engagement, je dois filer. Une autre fois avec plaisir.

Elle me lance un regard noir en articulant le mot « connard ».

— Vous devriez savoir que je ne suis pas du genre à être en retard, mademoiselle Moon, fais-je en remontant mon pantalon sur mes chevilles.

Avant qu'elle n'ait le temps de dire ouf, ma chemise est reboutonnée, ma cravate nouée à la perfection, je balance ma veste sur mon épaule et je m'éloigne d'un pas lent. Quand j'étais petit, je faisais un concours du plus vite habillé avec mon père. L'élève a dépassé le maître, me semble-t-il. Je ricane en imaginant la tête de Mila. Puis je repense à son corps, à ses lèvres, et je suis pris d'un frisson. C'est la troisième fois que je craque en quelques jours. Elle n'est pas comme les autres femmes. Je n'arrive pas à me lasser. Il y a quelque chose en plus.

Ce sera le mot de la fin. Ils tomberont raides dingues l'un de l'autre, mais, bien sûr, ils ne se l'avoueront qu'à la page 350, après nombre de quiproquos, de moments où ils auront l'impression que l'autre n'a pas été « honnête », et de réflexions sur l'antagonisme entre leurs carrières et leur passion dévorante.

Ciel.

5

Léna finit son jus de fruits et se rejette en arrière sur son fauteuil rond. Elle se décale légèrement sur la droite pour échapper au soleil, brûlant à cette heure de la journée. L'inconvénient de travailler en face d'une fenêtre. Mais elle ne supporte pas les bureaux collés à un mur. Elle aime jeter un coup d'œil de temps en temps aux grands arbres du square. En semaine, rares sont les enfants, le parc est d'un calme absolu. Léna s'évente avec le *Elle* qui traîne sur la table. Elle récupère le cendrier que Thomas a dû sortir ce matin pour signifier sa désapprobation – bonne initiative tout de même. Elle allume une cigarette, en récompense de plusieurs heures de travail acharné – ou pas. Elle se lève et fume avec volupté, près de la fenêtre ouverte. La tête lui tourne. Exquis vertige de la première cigarette de la journée. Il fait très chaud, elle ferme les yeux, se gorge de soleil, compte mentalement les signes qu'il lui reste à traduire. Beaucoup. Elle s'oblige à relativiser, ce n'est pas si désagréable que cela ; un divertissement rémunéré ; la traduction la maintient occupée, et la sort de son désœuvrement estival. Elle songe un instant qu'elle doit être particulièrement indécente, offerte aux regards de ses voisins, en body blanc, la tête renversée en arrière, cigarette entre les lèvres.

Elle prendra une douche pour se rafraîchir. Léna décide de commencer par envoyer le début de la traduction à l'éditrice : « Chère Laurène, voilà les deux premiers chapitres, dis-moi ce que tu en penses. Amitiés, Léna. »

Elle fait glisser la pièce jointe et souffle la fumée par les narines, comme un taureau dans l'arène. Voilà qu'elle pense avec le vocabulaire de *Dangereux Louboutin*... Elle écrase sa cigarette. Les comparaisons n'ont jamais été son fort. Le soleil l'éblouit, il est temps de retrouver la fraîcheur de la salle de bains, la suite attendra.

Son BlackBerry vibre sur la table. Elle reconnaît les premiers chiffres du numéro de *Elle* et attrape le téléphone.

— Oui ?

Salutations d'usage. Axelle, chargée avec Léna des pages Q, plutôt sympathique. Elle la caresse dans le sens du poil pendant une longue minute avant d'en venir au fait :

— Léna, il nous faut de tout urgence un papier sur la vague de romans SM américains, je sais que c'est un peu ta spécialité. Tu peux nous faire ça pour ce soir ? Moi, je suis totalement coincée avec les enfants, je n'ai pas le temps, je dois faire mes valises pour Saint-Trop' ! Je vais mourir ! *Help me !*

La voix d'Axelle est encore plus aiguë qu'à l'ordinaire. Le sentiment de l'urgence absolue – Léna comprend enfin l'avalanche de compliments de la minute précédente. Elle jette un coup d'œil à sa montre.

— Combien de signes ?

— Douze mille normalement. Quatre pages, avec des extraits et des photos. Tu as déjà des romans chez toi ou non ?

— J'ai bien sûr *Dangereux Louboutin*. Sinon, on m'avait envoyé un *Cinquante Nuances*, je l'avais feuilleté. Je dois pouvoir le retrouver dans les limbes de ma bibliothèque. Il y en a d'autres ?

— Oh oui, il y a *Beautiful Bastard, Beautiful Stranger, Beautiful Bitch, Regarde-moi, Dévoile-moi, Délivremoi, Obéissance, Attirance, Rébellion, Magnétisme fatal, Charisme fatal, Carrément sexy, Carrément hot...*, débite Axelle sans respirer.

— Stop ! Je t'en supplie. Je ne savais et ne veux pas savoir qu'il en existe autant !

— Tu le saurais si tu lisais les pages CULturELLE, ma chérie.

— Culturel ! Ne me fais pas rire...

— Bref, comme tu as raté quelques merveilles de la littérature, il faut que tu te rattrapes en parcourant trois-quatre romans. Pour ce soir...

— D'accord. Je le fais pour toi, je ne voudrais pour rien au monde que tu rates ton vol pour Saint-Trop'. (Axelle ne perçoit pas l'ironie, son soupir trahit son soulagement.) Je passe les récupérer ?

— Je t'envoie un stagiaire, c'est mieux, non ? C'est un cas de force majeure, et, à la rédaction, ils sont de plus en plus radins sur les coursiers. Le pauvre est un petit jeune pistonné qui ne sait pas quoi faire de ses journées. Il sera ravi d'enfourcher sa Vespa pour t'apporter de quoi réfléchir.

— Très bien, tu as mon adresse ?

— Oui, il sera là dans une heure tout au plus. Merci, Léna, tu es ma bonne fée.

Elle raccroche et se décide pour un bain tiède dans sa baignoire blanche et profonde, qu'elle affectionne tant. Elle n'a pas de pieds de lion, mais cela ne fait rien. Léna sélectionne les *Suites pour violoncelle* de Bach sur son iPod et allume une cigarette en contemplant la baignoire en train de se remplir, assise sur le rebord de céramique. Elle a pris garde d'ouvrir les fenêtres pour éviter que les serviettes ne la dénoncent. Thomas deviendrait fou. Une délicieuse odeur d'huile d'argan envahit la pièce.

Sublime sensation de fraîcheur. Léna plonge dans les bulles avec un sourire ravi. Ses angoisses de la veille se dissipent peu à peu. La lumière du jour dans la pièce blanche l'invite à l'optimisme. Elle sort de la baignoire à la fin de la première *Suite*, environ un quart d'heure plus tard, sereine. S'habille léger pour faire face à la chaleur de l'été – une robe blanche à col en dentelle –, et se maquille un peu pour ne pas avoir l'air de tomber du lit. Ses cheveux mouillés sécheront en un rien de temps. Elle revient dans la chambre, se scrute dans le miroir en pied : négligée mais correcte, suffisamment pour faire entrer chez elle un coursier. Et pour qu'il fantasme un peu. Pourquoi cette idée s'impose-t-elle ? Personne ne la regarde par le trou de la serrure. Personne ne la regarde. Elle ajoute néanmoins une touche de rouge à lèvres, se sourit dans la glace et se dirige vers la cuisine pour préparer du thé. Les femmes n'aiment pas être surprises dans un état de faiblesse esthétique. Tout à fait naturel de sa part.

Quel titre pour résumer la situation critique du monde de l'édition ? Fouet *or not* fouet ? Dans *Dangereux Louboutin I*, le SM ne fait qu'une apparition discrète. Une allusion par-ci, par-là. Ça ne changera sûrement pas avec le tome II. Le ton est donné par les premiers chapitres. Le roman se veut moderne, il dépeint le caractère de femmes qui ne sont pas soumises à leur destinée mais qui existent par elles-mêmes et qui, même folles amoureuses, sont des êtres humains à part entière bla-bla-bla. Et dans les autres ?

Elle flaire à plusieurs mètres de distance le best-seller importé en librairie. Les couvertures sur fond noir avec un accessoire tendancieux, du masque vénitien aux boutons de manchettes, en passant par la ceinture, les menottes, des fleurs (orchidées de préférence, pour évoquer un sexe féminin) et autres. Bien sûr, la couverture de *Dangereux Louboutin* met à l'honneur un escarpin rouge brillant qui se détache sur le fond également noir. La typographie du titre est étudiée pour ressembler à l'écriture d'une jeune fille sage. Question de contraste. Elle lance un coup de pied chaussé d'un escarpin rouge dans la boîte aux lettres jaune.

Dangereux Louboutin était rigoureusement contemporain de *Fifty Shades* ; son éditrice française, une lointaine amie de Léna, ne pouvait pas se douter qu'il aurait un tel succès. Même s'il a été moins médiatisé que le E. L. James, Isobel Carmicheal n'a pas à s'en faire pour les frais d'université de ses bambins : les lectrices sont fidèles. Et dire que Léna avait accepté pour une somme raisonnable mais pas fantastique de traduire le roman... Laurène Mallord, reconnaissante, lui avait sauté au cou et cédé contractuellement 2,5 % en pensant faire une affaire. A partir de 300 000 exemplaires, cela représentait une somme. Un tel succès, dû au seul flair de Laurène, était imprévisible. L'éditrice croyait pouvoir refourguer au mieux une cinquantaine de milliers de *Dangereux Louboutin* en comptant sur ses relations avec les clubs de lecture. Il avait propulsé la petite maison d'édition qu'elle avait créée dans la cour des grandes.

Léna n'arrivait pas à déterminer si Laurène avait lu le livre en entier – elle le défendait avec une telle ferveur ! Au moins n'avait-elle pas passé, comme elle, plus d'une minute sur chaque phrase.

En diagonale, on pouvait imaginer prendre un certain plaisir à *Dangereux Louboutin*. Son amie Clara, par exemple, l'avait lu d'une traite et était impatiente d'en connaître la suite. Quand Léna avait bu un verre avec elle une semaine plus tôt, elle venait de recevoir le fichier pdf et la version papier américaine. Elle avait naturellement commencé à détailler l'argument :

— Ce n'est plus Belle et Stanford mais...

— Léna, non ! Je ne veux rien savoir ! Ne me gâche pas la surprise.

— Tu as tant aimé que ça ?

— L'adolescente qui vit en moi, malgré le mariage, a adoré. Tu sais que je l'ai lu au lit, tous les soirs où Quentin travaillait tard. Franchement, ça a remplacé le sexe.

— Tu plaisantes.

— Je savais que tu allais faire cette tête-là ! s'était-elle écriée en riant.

Son esthéticienne lui avait avoué quelques jours plus tard alors qu'elle arrachait une bande de poils particulièrement drus : « Mademoiselle Roméo, je lis un livre qui me fait beaucoup penser à vous... *Cinquante Nuances de gris*. — De Grey, non ? — Oui, c'est ça. — Et alors, ça vous plaît ? — Oh oui, j'adore. C'est chaud, dites donc ! »

Elle n'avait pas su si elle devait prendre cette pensée pour un compliment ou non. Elle avait serré les dents dans l'attente de la prochaine bande. Se rappeler de lui envoyer *Dangereux Louboutin*, avait-elle noté mentalement. Se faire épiler une bonne fois pour toutes au laser. Apprendre à supporter la douleur comme un stoïcien. Mais si Sénèque avait dû vivre ça... Aïe, ma cuisse.

Quelques mois plus tard enfin, la nièce imbécile de Thomas était venue à l'appartement avec le livre dans son sac. Léna avait lancé des regards foudroyants à Thomas pour qu'il ne révèle pas devant son frère et sa belle-sœur qu'elle en était la traductrice quand ils avaient déclaré, résignés : « C'est vulgaire, mais elle lit un livre, c'est déjà ça... » Léna observait la jeune fille glousser, effarée.

Elle pensait au bon goût littéraire, et non à ses 2,5 %.

Dangereux Louboutin côtoyait (et côtoie) *Cinquante Nuances de Grey* et ses copains sur les promontoires. Tous les amis de Léna s'esclaffent et lui envoient des MMS dès qu'ils le trouvent en librairie – surtout en supermarché. Comme s'ils faisaient un concours de l'endroit le plus improbable. Super U des villages de France les plus reculés, Monoprix, Carrefour, bureaux de tabac, sans parler, bien entendu, de la consécration dans les différents Relay des gares qu'ils fréquentent. Gare de Lyon, Marseille Saint-Charles, Avignon TGV, Reims centre, Bordeaux Saint-Jean, etc. *Dangereux Louboutin* a envahi les rames de métro, les salles d'attente et les bureaux. De sa gentille esthéticienne (Thomas dit toujours que « gentil » est le pire adjectif dans sa bouche, mais Léna n'est pas d'accord) à la nièce stupide, jusqu'aux collaborateurs de Sarah, l'une de ses amies qui travaille dans la pub : « Ma chef m'a dit qu'elle trouvait ça trash, et qu'elle se cachait pour le lire dans le bus. Du coup je n'ai pas osé lui raconter que je connaissais la traductrice qui trouvait ça soft, mais soft... J'ai bien rigolé intérieurement. »

Il fallait bien admettre que ces livres trouvaient un public à la conquête facile. Comme les McDonald's en fin de soirée.

La vague des best-sellers américains avait bel et bien englouti la France sous ses eaux troubles. Une paradoxale libéralisation de l'érotique qui le muselle encore plus. Si Léna écrivait un roman érotique, il tiendrait de *Thérèse philosophe*, de *Hic et Hec*, de *Margot la ravaudeuse* ; il aurait l'élégance du *Sopha*, l'espièglerie des *Bijoux indiscrets*. Mirabeau, Crébillon ou Diderot, mais pas E. L. James !

Parfois, Léna se préoccupe de l'inspiration des futurs écrivains. Elle n'est pas rassurée.

Et ce coursier qui n'arrive toujours pas.

6

Thomas est plus tendu qu'à l'ordinaire. Il passe plus d'une heure à reprendre la 3D d'un logement de la Courneuve qu'il avait demandée la veille à un stagiaire. Grave erreur. Mais comme vingt employés sur cinquante sont partis en vacances, il n'a pas le choix. Des stagiaires plus ou moins incompétents prennent la relève. Ils ont beau faire des nuits blanches, l'enseignement des écoles d'archi n'est plus ce qu'il était.

Les coups de fil incessants des boîtes de BTP avec lesquelles l'agence travaille et la perspective d'aller voir sur un chantier si les ouvriers ont réussi à couler du béton au bon endroit n'améliorent pas son humeur. Thomas se gratte nerveusement le poignet.

Le stagiaire, penaud, est parti faire des photocopies et lui chercher un café. Ce à quoi il est bon, en somme. Ce Bertrand Chapus utilise des formules impersonnelles pour s'adresser à Thomas. Ses remontrances ont créé chez lui une aversion pour la familiarité. Alors que le tutoiement est plutôt bien accepté parmi les architectes. Personne n'arrive à l'agence en costume, tout le monde se connaît, boit du café, fume des cigarettes (sauf Thomas) et se tutoie. A part le directeur, mais c'est différent. L'ambiance se veut relax − au mois de juillet, on troque le noir pour la couleur. Certains osent les chemises hawaïennes. Mais on ne se ramène tout de même pas en short.

Bertrand l'a compris et il tremble en tendant les plans fraîchement sortis du traceur et maladroitement pliés à Thomas. Il a peur d'avoir commis une nouvelle bévue. Il est sauvé par la sonnerie du téléphone. Thomas prie pour qu'on ne lui annonce pas qu'un architecte surmené a oublié l'ascenseur d'une tour dans ses plans, ou les escaliers de secours. Il avait connu un cas similaire il y a quelques années, la nouvelle était arrivée dans une journée qui ressemblait beaucoup à celle-là. L'architecte concerné s'était depuis reconverti dans la décoration d'intérieur.

Appel interne, la secrétaire du boss.

— Thomas, tu peux passer tout de suite ? Hubert veut te voir.

Il se lève et hèle Bertrand. Le modèle 3D est enfin parfait.

— Tu vois, c'est ça qui aurait dû arriver sur mon bureau ce matin.

Il ne lui fait pas de réflexion supplémentaire, nul besoin de l'enfoncer davantage. Le jeune homme s'assoit sur sa chaise et fait tourner l'immeuble avec la souris sur l'écran de l'iMac. Il hoche la tête mais ne dit rien. Il semble impressionné – Thomas a toujours été très à l'aise avec les modélisations ; Bertrand ne veut pas l'avouer, mais il voit extrêmement mal dans l'espace.

Thomas traverse l'open space, monte quelques marches et entre dans le bureau d'Hubert Lecocq. Il repense à la brochure qu'il a reçue ce matin : « Escalier en béton préfabriqué, la nouvelle réglementation » et à toutes ces contraintes stupides qu'il va devoir appliquer, qui foutent en l'air la première idée qu'un architecte se fait d'un bâtiment. Merci, l'industrie du béton.

Lecocq l'attend, les pieds sur le bureau, pour se donner un genre. Vingt ans auparavant, il était un grand architecte. Il a eu quelques idées dignes de ce nom, de quoi lui permettre de fonder une agence prospère et s'entourer des meilleurs. Que reste-t-il du jeune homme dynamique dans le quinquagénaire bedonnant, aux cheveux bouclés, qui cache son ennui derrière une mèche trop longue, et met les pieds sur la table ? Le vin a ravagé un teint qui resplendit encore sur les photos affichées dans le bureau, Hubert Lecocq serrant la main à des éminences comme Renzo Piano. Thomas s'assoit, le visage fermé. Au fond, il méprise ce qu'est devenu l'architecte star de l'agence éponyme. Ventru, habillé comme un jeune homme qu'il n'est plus – une chemise coûteuse mais en jean, un pantalon bleu assorti à ses lunettes en écailles. Les projets de son agence lui ressemblent. Faussement originaux. Très politiquement corrects. Qui a envie de centrer son travail sur les HLM, les crèches et les piscines communales ?

Hubert lui expose en quelques minutes les problèmes existentiels qu'il rencontre avec les toilettes que Thomas a imaginées pour le lycée qu'ils rénovent.

— Vous voyez, les toilettes des filles et des garçons communiquent par les fenêtres, ou plutôt pourraient communiquer – il suffirait de les ouvrir, d'être un peu agile et hop, bonjour la mixité dans un établissement non partisan des rapprochements entre les élèves... Vous pouvez déplacer une fenêtre ? Ou la remonter ? En respectant l'harmonie de la pièce, bien sûr. Et puis je ne suis pas certain du choix du carrelage dans les tons de gris. Les lycées veulent de la couleur, pourquoi pas rouge ou orange ?

Qui pense à la possibilité que les élèves passent par la fenêtre, franchement ? Et les carreaux orange ? Orange Hermès, peut-être ? Sur du carrelage bas de gamme ? Thomas frissonne. Les architectes ne pensent jamais assez aux contraintes budgétaires.

— Je revois ça dans l'après-midi.

— La Courneuve, ça avance ?

— Oui, j'ai bouclé la 3D pour exporter la version finale des plans du permis de construire. J'espère trouver un stagiaire assez doué de ses mains pour faire une maquette de présentation, mais ce n'est pas gagné. Peut-être Magali Xuor, une jeune Asiatique au profil prometteur. Je dois aussi passer à La Chapelle entre midi et deux.

Le chantier de La Chapelle est déprimant. Malgré l'investissement non négligeable de la Ville de Paris, on arrivait à un budget très limite pour autant de logements. Il maudissait cette loi SRU des 25 % qui conduisait toutes les agences à accepter des projets dépourvus d'originalité. On construisait des maisons de retraite et des logements sociaux. De temps en temps une prison. Thomas n'aime pas l'urbanisme plus que ça, il repense avec émotion à ses projets d'école plus farfelus les uns que les autres – une tour-cirque, une usine de production d'organes humains, des bâtiments en os de poulet KFC... Il avait repensé tout le quartier de Stalingrad pour un projet : là, au moins, il s'agissait de repenser l'urbain, de questionner la norme. Tout de suite, ça lui plaisait. Contrairement à ce qu'il faisait sous la direction de Lecocq.

— Maintenant que vous le dites, Thomas, il me semble qu'il y a un 'blème avec les escaliers de La Chapelle. Il faudra voir avec le conducteur de travaux.

Cette manie d'utiliser du langage djeun's comme dit Hubert, Thomas n'a jamais compris. Les jeunes parlent-ils comme ça, d'ailleurs ?

— Encore les escaliers ?

— Eh oui, l'éternelle question. Vous n'êtes pas comme ce pauvre Perez qui les avait oubliés sur son plan. (Hubert Lecocq éclate de rire, puis s'essuie les yeux en reprenant une attitude digne. Thomas reste stoïque. Ce n'étaient pas les escaliers mais l'ascenseur.) Celui-là est rentré au Portugal, ah, ah. Bon débarras. Oublier les escaliers...

L'ascenseur. Thomas se souvient parfaitement de l'affaire Perez : l'horreur de reprendre tous les plans, les délais minuscules, les prises de bec avec les conducteurs de travaux, les acheteurs. Hubert ne s'était pas payé plusieurs nuits blanches pour réparer la bévue. Décidément, Thomas ne comprenait pas son humour.

— Bref, reprend Lecocq, tout ça pour dire que nos escaliers sont trop larges. J'ai dîné avec les acheteurs hier, et ils m'ont convaincu avec un excellent margaux 1991 de réduire le giron de 90 à 60. Question de budget. Il faut ajuster les plans.

Mon escalier ne ressemblera plus à rien. La seule réussite de l'immeuble..., pense Thomas, accablé. Il s'était accordé une fantaisie (une seule) et le chef la balayait pour un bon repas, il le lui avouait sans aucune vergogne. Sa faiblesse se lisait sur les bourrelets qui écartaient les boutons de sa chemise. Thomas rentre par réflexe le ventre qu'il n'a pas.

— Bien sûr, répond Thomas avec un sourire forcé.

Qu'Hubert Lecocq brûle en enfer. Il se retourne et attend d'être sorti du bureau pour soupirer. Il aimerait appeler Léna. Mais elle ne comprendrait rien, acquiescerait gentiment au téléphone en disant : « Je suis sûre que tu trouveras une solution, je t'embrasse, *bye.* » Il avait pourtant passé du temps à lui parler de la loi Blondel régissant la hauteur des marches et de toutes ces normes européennes à la con. Elle s'assoupissait en général. Et en redemandait le lendemain : « Je ne m'endors jamais aussi bien que quand tu me parles de normes européennes, mon amour. »

Le voilà parti pour son inspection de chantier, son iPad sous le bras – la technologie avance si vite, depuis un an, on ne jure plus que par Archipad, l'application révolutionnaire. Il laisse derrière lui un Bertrand angoissé, dont il espère qu'il est suffisamment sympathique pour trouver de l'aide dans l'agence. Sinon, les fenêtres des toilettes ne se déplaceront pas sans lui, il en est sûr. Les toilettes d'un lycée, franchement. Faciliter l'échange de salive et plus si affinité entre les élèves ne lui pose pas de problème déontologique.

Le trajet en métro lui semble durer une éternité alors qu'il est relativement bref. Arrivé sur le chantier, il passe dans un Algeco pour mettre des chaussures de sécurité, un casque blanc et se préparer psychologiquement à constater toutes sortes d'erreurs qui feront de son projet correct un bâtiment à peine regardable. Le conducteur de travaux le guide dans le labyrinthe d'échafaudages et d'agglos. Il doit faire plus de 40 degrés dans ses chaussures. La sueur coule lentement de son front jusqu'à son cou – qui a transpiré dans ce casque, un peu plus tôt dans la journée ? Vraiment dégoûtant. Il gribouille un croquis de l'entrée pour montrer au conducteur où sont censées se trouver les pierres de l'entrée. Un détail qui a son importance. Ces gens-là ne savent pas lire un plan. Rien ne vaut un bon vieux carnet et un crayon gris, parfois.

Thomas note les anomalies, prend quelques photos correspondant aux problèmes. Les rapports sont instantanément transmis aux personnes concernées. Il observe d'un œil morne la création *ex nihilo* de l'immeuble. Et imagine les murs blancs de l'appartement témoin du rez-de-chaussée souillés par des traces de doigts, les cuisines qui avaient été dessinées de manière à être presque jolies pleines d'aliments en décomposition, d'huile de friture et d'ail ranci qui répandent leur mauvaise odeur dans leur coin.

Thomas a un haut-le-cœur. Il rêve de logements sociaux au bord d'un lac, ou en pleine forêt. Des logements sociaux cachés dans des vieux bâtiments avec une âme. De logements sociaux dans le désert ou sous la mer. Vivre avec Léna dans un logement social loin de tout, pêcher pour se nourrir, faire l'amour devant un feu de cheminée. A des kilomètres de Paris. Une cheminée dans un immeuble moderne... Thomas secoue la tête pour se tirer de sa rêverie. Il lui faut être attentif pour ne pas être floué par ses collaborateurs et ennemis de fait, les conducteurs de travaux.

L'architecture n'a rien à voir avec la simple édification d'un bâtiment, quel qu'il soit. Du moins, elle ne devrait pas. Elle modèle notre rapport au monde, matérialise l'action de l'homme sur son environnement. L'architecture est sensualité, on l'admire, on la touche, on la vit. L'architecture éphémère n'est que l'expression poussée à l'extrême de cette idée : elle nous rappelle ce lien avec le plaisir des sens, nous permet de redécouvrir un lieu, de réinventer la relation que nous entretenons avec nos actes quotidiens. Thomas soupire, il est loin du catéchisme de Lecocq.

L'étendue du travail à fournir pour un seul et unique logement social le décourage. Et la facilité avec laquelle tout s'effondre, le manque d'attention au détail, également. Ah, ces toilettes dont la taille est démesurée (Versailles, vraiment) à cause de ces fichues normes... Heureusement pour lui, une bonne nouvelle l'attend dans sa boîte mail, parmi les trente messages de divers entrepreneurs et clients mécontents. Il ne le sait pas encore, mais il a remporté le concours de Marseille, capitale européenne de la culture. Il cessera tout à coup de voir des logements sociaux partout, son pas dans la rue se fera moins incertain. Il n'est jamais allé à Marseille mais il aime déjà la ville de la Cité radieuse. Il se sentira pousser des ailes. Allez, encore une demi-heure avec ces chaussures qui pèsent trois kilos, tu auras la nouvelle pendant ton déjeuner. Ce serait bête de se casser un doigt de pied maintenant.

7

Léna pianote sur son clavier, en jetant de temps à autre un regard torve à son téléphone. Elle ne pouvait pas refuser l'article à Axelle, même s'il l'ennuie d'avance. Les mots – ou plutôt les lettres juxtaposées – qui s'inscrivent sur l'écran n'ont rigoureusement aucun sens. Xhjgfhtd tcetfhbyitè yd srxb piouyuhjfvsrcghjkvlm`^poiu. Que fait Thomas, à présent ? Elle aimerait qu'il soit là, en train de travailler dans le salon, comme à son habitude. Sa présence l'arrache à des questionnements indus. Il faut toujours qu'elle gâche tout. Il est si parfait qu'elle a besoin de tout gâcher. Elle aimerait qu'il soit là pour lui dire qu'il est parfait.

Elle décide finalement d'aller chercher le courrier. Attrape ses clefs, enfile des mocassins et descend les escaliers. Le réflexe santé de la semaine cité dans *Elle*. Elle descend lentement les quatre étages qui la séparent du hall d'entrée et du mur de boîtes aux lettres. Au moment de leur emménagement, elles étaient encore en bois ; on les avait remplacées depuis par d'autres, de modèle standard en métal gris laqué.

Elle aperçoit son reflet dans le grand miroir, elle ne pense à rien, elle ne s'y attend pas (alors qu'elle ne manque jamais de vérifier l'harmonie de sa tenue chaque fois qu'elle sort de chez elle) et elle se revoit en bas, plus tôt dans la journée. Elle sait pertinemment que c'est impossible. L'image, le souvenir est tellement vif qu'il la frappe en plein visage. Elle n'arrive pas à savoir si elle porte la même robe, mais voit distinctement la boîte aux lettres se rapprocher d'elle.

Oui, c'est une vision intérieure. Elle agit. Elle cherche machinalement des yeux l'étiquette Courtois-Roméo, insère la petite clef dans la serrure, tourne vers la droite ou vers la gauche, elle ne sait jamais, tant qu'elle n'esquisse pas le geste. Vers la droite. La boîte contient tellement d'enveloppes qu'elles s'éparpillent sur le sol, il n'en reste qu'une, beige, de couleur discrètement distincte. Elle ramasse les autres, Thomas Courtois, Thomas Courtois, Thomas Courtois, certaine que la beige est à son nom. Elle y pense pendant tout ce temps, qui paraît ne jamais finir. Elle a les mains si pleines qu'elle ne peut plus attraper le pli mystérieux. Elle pose sagement les blanches sur le côté et saisit l'enveloppe beige. Libellée à son nom. Elle reconnaît instantanément l'écriture, pas vraiment des pattes de mouche mais à peine lisible, tout juste déchiffrable sans doute par les employés de La Poste.

Elle déchire le papier beige un peu épais, un peu rugueux. D'ordinaire, elle attend toujours d'être rentrée dans son appartement. Ou alors elle commence à ouvrir les enveloppes, distraitement, dans l'escalier. Léna s'éternise, le bruit du papier de qualité qui se déchire envahit l'entrée au plafond haut ; le reste des bruits, la rue, la concierge, les habitants de l'immeuble sont étouffés. Elle en sort deux pages remplies d'une écriture serrée, au stylo vert. Qui écrit au stylo vert ? Il n'y a que lui pour se permettre le stylo vert, une vieille habitude de professeur de la nouvelle école. Point de rouge – ni violence ni sang. Il s'amusait à singer leurs habitudes pour mieux les confondre. Elle fixe les feuilles, les lignes se brouillent ; elle voit les mots, elle ne peut les lire.

Léna est saisie par l'extrême vraisemblance du cauche-mar, qu'elle avait oublié au petit matin. Elle comprend ce désir soudain de descendre chercher le courrier, alors qu'elle attend en général – surtout en ce moment, par superstition – que Thomas le récupère en rentrant. Ses pas l'ont portée dans le hall, avec le prétexte du geste santé de la semaine. Elle quitte son reflet des yeux (elle en fait une drôle de tête), se dirige prestement vers la boîte étiquetée Courtois-Roméo, l'ouvre d'un tour de clef. Deux enveloppes blanches, au nom de Thomas. Edf-Gdf (« Passez à la facture électronique ! »), Hubert Lecocq, un bulletin de salaire probablement. Léna sou-pire, referme la boîte aux lettres grise à clef et s'appuie contre le mur de métal frais.

Un cauchemar anodin, non moins désagréable. Surtout la sensation qui lui succède, ce mélange de vraisemblance absolue, comme si elle pouvait toucher l'enveloppe beige, et l'horreur, le malaise. Léna vacille. Elle aurait pu recevoir cette lettre ; elle la recevra pro-bablement un jour.

Un malaise identique à celui qu'elle ressentait quand son père lui lisait des histoires. Les pleurs qu'elle versait sur le sort des héroïnes d'Andersen ou de Perrault. Son incapacité à anticiper une fin heureuse ; au moment où la voix grave lisait les derniers mots, elle n'arrivait pas à oublier toute la souffrance du personnage. Les fins heureuses ne la leurraient pas ; les fins terribles des versions non censurées d'Andersen l'émerveillaient. Cruauté d'enfant. Le malaise subsistait après le départ de son père, dans la chambre. Pourquoi sa mère avait-elle décrété que les histoires étaient son domaine ? Elle ne lui en racontait jamais.

Léna se rappelle un conte de Perrault. *La Patience de Griselidis*, un conte mineur en vers. On lit si peu de contes en vers aux jeunes enfants. A quoi pensait-il quand il lui en avait fait la lecture pour la première fois ? Une manière d'illustrer ce qu'il faisait subir à sa femme et à sa fille ? Le plaisir de la mise en abyme ? Le prince tombe amoureux d'une bergère, se décide à l'épouser mais, par défiance envers le genre féminin (le côté moral de Perrault), il la met à l'épreuve, la dépouille des richesses dont il l'avait parée, lui retire son attention, va jusqu'à lui arracher sa propre fille (son père n'avait-il pas suffisamment insisté pour l'élever seul ? En relisant le conte, on comprenait bien des choses). La bergère – le jour n'est pas plus pur que le fond de son cœur – endure toutes les difficultés. Bien sûr, à la fin, le prince comprend, après toutes les épreuves, qu'il aime sa femme.

Et si ces lignes vertes, tracées par la main assurée de son géniteur, lui apportaient réconfort et soulagement ? Il ne fallait guère y compter. Son père n'était pas constitué du bois des contes de fées. S'il découvrit, au moment où sa femme demandait le divorce, qu'il l'aimait depuis toujours, l'effet ne se fit guère sentir. Elle le quitta avec perte et fracas. Ne restait plus que l'enfant. Léna s'efforçait de lui plaire. En vain.

« Détruire son père. En faire un petit tas de cendres au fond d'une urne. Comme du sable. De la poussière anonyme et sans voix. Du sable aveugle. »

Qu'elle ait fait une thèse sur Jacques Chessex dont l'œuvre est hantée par la figure du père n'est pas un hasard. *L'Ogre* est pour elle un roman incontournable, à la résonance presque cruelle. Ne s'était-elle pas, elle aussi, efforcée de tuer le sien ? Pourtant, son image la hante, leur ressemblance physique est terrible. Si ce n'était que cela, des cheveux blonds et des yeux bleus… Elle aurait pu devenir brune. A quoi bon ? Les livres ont eu raison d'elle, Léna est devenue son père.

En version plus médiocre, bien sûr. La pâle copie du grand homme. « J'aime casser », répète Héro, l'un des personnages d'Anouilh, dans ce petit bijou de cruauté de pièce, *La Répétition ou l'amour puni*. Casser, il savait, il ne s'en cachait pas. Je vous aime bien plus que je ne saurais le dire… En même temps, j'ai ce vice personnel qui m'amène à détruire tout ce que j'ai de bonheur en main. Depuis toujours. Il avait cette habitude de lui parler comme à sa maîtresse. S'il en avait. Elle ne lui en connaissait aucune. Il avait tout reporté sur elle. Une maîtresse vierge.

Elle a l'impression de n'être plus bonne qu'à traduire *Dangereux Louboutin*. L'élégance de style dont elle se targuait jadis a disparu – tout juste parvient-elle à arranger de temps à autre celui de la traduction. Si son père la voyait… S'il savait qu'elle développe des angoisses métaphysiques à propos d'un tel livre... Il se tordrait de rire. Il ne pourrait plus s'arrêter de rire. Il lui dirait que cela ne l'étonne pas, qu'elle devient bête à force de s'efforcer de ne pas avoir l'air intelligente. Tout ça pour régler des comptes avec lui. Qu'il est bien au-delà de tout cela. Qu'il ne rêve que de la voir s'épanouir. Pour mieux la briser.

Car derrière la traduction se cache la comparaison permanente avec son propre texte. Son arrêt de mort prononcé.

Je ne suis que facilité, je remplis des pages avec du vide. A force, vous devez avoir soulevé l'hypothèse que vous vous étiez trompé sur moi. — Non, mais votre roman ressemble à s'y méprendre aux merdes que vous traduisez. (Il serait sûrement légèrement vulgaire, pour lui montrer son mépris profond.) — Je ne vois pas ce que j'aurais pu écrire d'autre. — A d'autres, justement, belle enfant.

Ah, ce vouvoiement qu'elle abhorrait. Qu'elle aimait tant. Comme on parle à sa maîtresse... Elle les avait tant aimés, les maîtres d'école et, plus tard, les profs de fac, et leurs formules ampoulées, légèrement vieillies. Eux n'avaient pas de malice, jamais avec elle, aucune raison de la maltraiter. Ils n'étaient que vouvoiement, douceur et culture générale.

Ma fille, vous devenez bête, à force. Vous faites dans le superficiel – à fleur de poupée gonflable. (Il aurait osé la comparaison, elle en était persuadée.) Vous avez tant de talent en vous. Et tant de plaisir à le gâcher. Et puis cessez de faire l'évaporée, cela ne vous va pas au teint. Travaillez un peu. Travaillez beaucoup, travaillez tout court. Avez-vous vraiment envie d'écrire un *Dangereux Louboutin bis* ? A quoi bon transférer les frasques (si proprettes) des New-Yorkais à Paris ? C'est le degré zéro de la littérature. Que vous fassiez ça pour vivre, c'est une chose ; que vous en deveniez prisonnière, c'est un peu effarant. Le syndrome de Stockholm, peut-être ?

Les mots, l'image du père la hantent. Thomas ne lui ressemble en rien. Même physiquement. Elle l'avait choisi – d'instinct – en contraste parfait. Son père était légèrement plus petit qu'elle, devenu massif avec l'âge, blond à tendance blanche, un peu rougeaud – la peau des blonds et un amour trop prononcé pour la philosophie du banquet –, de petites lunettes d'universitaire. Des yeux bleu-gris, cerclés d'outremer ; les siens. Thomas était grand, élancé, les épaules minces – « Je l'écraserais, dirait son père, s'il le voyait. Il n'aurait pas la moindre chance. » Mais que lui importait son avis ? Elle ne le lui avait jamais demandé. La peau pâle, les cheveux bruns, les yeux très verts de Thomas. Léna avait les yeux de son père, elle ne supportait pas de porter des lunettes. Thomas était simple, il était sain, rien qui pèse ou qui pose ; voilà qu'elle pensait comme son père, une fois de plus. Il avait réussi à la hanter de littérature. Elle savait qu'elle pouvait compter sur Thomas, il était stable, décidé, il n'avait pas le don de la paranoïa. Il ne créait pas avec des mots.

Elle avait remarqué, amusée, que tous ses petits copains, moins importants que Thomas, mais tout de même, avaient en commun une belle famille bourgeoise unie. Elle enviait à ses amants leur capacité grégaire. Elle était un loup des steppes, comme son père. Encore une comparaison qu'elle aurait voulu récuser. Moins elle le voyait, plus elle lui ressemblait. Plus il lui semblait proche. Complexe de Folcoche, aurait dit Bazin.

Je suis persuadé que vous n'avez pas écrit un *Dangereux Louboutin bis*, je disais cela pour vous taquiner. Vous valez tellement mieux que cela, en soi. Il ne reste plus qu'à lutter contre votre paresse. (Comment disait-il toujours, déjà ?) Votre paresse de couleuvre en hiver. Venez que je vous embrasse. Et bien sûr que je vais lire votre manuscrit. Vous écrivez avec vos failles. Je sais que sous la brillante jeune femme se cache une petite fille fracassée. C'est tout l'intérêt.

Elle invente les deux dernières phrases. Oh, ce qu'elle aimerait entendre cela ! Mais elle sent bien qu'elle affabule. Non, il ne dirait jamais cela. Il la regarderait derrière ses petites lunettes, esquisserait un sourire léger, très léger. Sa manière de sourire, en relevant seulement le coin des lèvres. Il lui dirait que la littérature actuelle ne l'intéresse pas, que personne aujourd'hui n'a le moindre intérêt. Personne, surtout pas elle. Qu'il lui suffisait de relire une page de Stendhal ou de Laclos pour s'en convaincre. Non, il dirait : Flaubert ou Laclos.

Demandez-vous si Flaubert aurait écrit cette phrase. A chaque phrase. Vous persistez ? Vous osez écrire ? Posez-vous la question. Flaubert, Laclos. Ensuite, seulement, je daignerai lire votre brimborion.

Elle remonte lentement l'escalier en rentrant le ventre pour travailler ses abdominaux, le réflexe santé de la semaine dernière, les deux enveloppes blanches et son jeu de clefs dans la main droite. Elle est seule, enfin. Seule et désemparée.

C'est dans ce genre de moment qu'elle aimerait que Thomas soit là, en train de travailler dans le salon.

8

Thomas chasse des souvenirs désagréables en pressant le pas. Il entre dans le métro.

Léna... Ses réflexions intolérables, son attitude de princesse. Quelle frivolité ! Il se demande parfois comment elle se supporte. Malgré tout, il ne peut s'empêcher de l'excuser. Alors même que ses propres préoccupations – qui semblent ne pas la concerner un brin – ne l'intéressent pas. Cela fait plusieurs mois qu'il ne la reconnaît pas. Elle est presque impolie quand ils déjeunent en famille, le dimanche. Il sait qu'elle n'apprécie pas ces réunions, que ce n'est pas « sa » famille, comme elle dit. Ses parents, son frère, sa belle-sœur et leur adolescente de fille. Ce n'est pas si terrible, songet-il. Léna passe le repas à siroter des verres de vin – plus qu'à l'accoutumée –, répond distraitement. Est-elle obnubilée par *Dangereux Louboutin*, que Daphné dévore entre deux plats ? Ou alors sont-ce ses parents, les questions permanentes de sa mère, qui se tient toujours si droite, dans son tailleur beige, avec ses perles de grande bourgeoise au cou ? Un peu inquisitrices, les questions et les perles, Thomas doit l'avouer.

— Alors, mes futurs petits-enfants ? Vous ne vous êtes toujours pas décidés à passer le cap ? Tu sais, Léna, tu es pile dans la moyenne d'âge, et puis tu ne travailles pas. Tu as tout le temps…

— Elle travaille, maman. Ce n'est pas parce qu'elle n'est pas dans un bureau qu'elle ne travaille pas, répond Thomas dans un effort pour couper l'herbe sous le pied de Marie-Louise.

Léna lève à peine un sourcil. Ne daigne pas répondre. Sourit aux anges. Elle est ailleurs. Le père de Thomas, qui l'a toujours beaucoup appréciée – ils ont les mêmes goûts, son fils et lui, pour les femmes du moins –, l'excuse d'un geste de la main :

— Voyons, Marie-Lou, tu ne vas pas recommencer.

En temps normal, Léna se serait vaguement énervée, elle aurait remis sa belle-mère à sa place. Son silence laisse auguror un contrecoup, au-delà de la simple irritation.

— C'est vrai qu'il faudrait d'abord vous marier, non ? ajoute la malheureuse.

Les pieds dans le plat. Sophie, la belle-sœur, agite son alliance en gloussant :

— N'est-ce pas ce que toutes les femmes rêvent ?

Léna lui lance un regard de mépris. Thomas hausse les épaules et préfère ne rien répondre. Il a lui aussi relevé la faute de français.

Marie-Louise Courtois a ensuite la bonne idée de demander à Léna des nouvelles de ses parents – elle vient de poser la même question à sa bru qui a monopolisé son attention pendant au moins dix minutes. La réponse claque :

— Ma mère est une imbécile qui n'a rien fait de bien dans sa vie, à part peut-être me mettre au monde

avec un corps et un esprit qui n'ont rien de désagréable. Et coucher avec un type qui, lui au moins, a
une conversation.

Thomas serre les dents, le silence se fait. Il l'a pourtant sermonnée maintes fois à propos de ce genre d'as-
sertions, même si elles ont leur part de vérité. Pour des
gens qui ont une conception classique de la famille, elles
sont indigestes. Léna en est parfaitement consciente. Il
sait également combien ces questions sont maladroites
– Léna ne voit plus sa mère depuis des années ; son
père, dont elle ne parle jamais, est mort… Mais rien
qui justifie une sortie pareille.

Sophie lâche son couteau dans un geste théâtral, et
ouvre grande sa bouche de poisson ; son mari, Edouard,
jette un regard en coin à Thomas qui fixe ses parents,
anxieux. Tête de sa mère, elle déglutit bruyamment
– chose exceptionnelle. Daphné, la nièce, mâche du
chewing-gum. Marie-Louise, outrée par le manque de
manières de sa petite-fille, qui se cache pour lire en
mastiquant, sort de ses gonds :

— Daphné ! Cours me jeter ça !

Elle déglutit encore pour éviter de lâcher une critique acerbe à Sophie qui n'a jamais su éduquer sa fille.
Encore enceinte, qui plus est. Paul Courtois s'éclipse
pour remplir la corbeille de pain. Léna trône au milieu
du champ de bataille, elle mange délicatement une
feuille de salade, l'air innocent.

Thomas a cru mourir. Son père pose le pain sur la
table et embraie :

— Comment vont les choses chez Lecocq ?

Thomas discute longuement hauteur de marches avec son père, passionné par le sujet :

— Ces nouvelles règlementations sur les escaliers préfabriqués en béton armé vont enfin amener un peu de cohérence, quel regret de ne pas avoir connu ça pendant mes années d'agence...

Thomas sourit pour masquer son incompréhension de la philosophie paternelle. Léna a une expression amusée, il la giflerait. Pourquoi se montrer aussi imbuvable ? Ils sont en parfait accord sur le sujet du mariage, se retrouvent plus ou moins sur le moment idéal pour procréer. Il lui concéderait n'importe quoi. Elle sait bien que ses parents, surtout Marie-Louise, ont des idées arrêtées, mais qu'il s'en est affranchi depuis de longues années. Alors pourquoi maintenant ? Avait-elle ses règles, ce week-end-là ?

Thomas ne formulait jamais ce genre de pensées à haute voix. Cette hypothèse l'avait néanmoins poursuivi toute la journée de dimanche. Léna avait prétexté un papier urgent pour rentrer chez eux avant le dessert. Il avait dû affronter le regard plein de réprobation de sa mère. Beaucoup soupiré. Le départ de Léna avait allégé l'ambiance pour tout le monde sauf pour lui. Cette attitude insupportable de princesse à qui tout est dû... Thomas adore Léna, il ne sacrifierait pour rien au monde son caractère, mais il y a des moments où des pulsions meurtrières le prennent. Ce dimanche-là en particulier.

De retour rue du Temple, après dix minutes de marche rapide, histoire de se détendre, il trouve une Léna toute guillerette :

— J'ai invité Quentin et Clara pour le thé !

Thomas avait acquiescé, étonné de ce revirement si rapide. Elle avait eu le temps de sillonner le quartier pour trouver des macarons et autres pâtisseries, avait fait du thé glacé, découpé des agrumes et soigneusement nettoyé les tasses en porcelaine. Elle avait même rangé l'appartement, aéré et... mis des fleurs dans le salon. Thomas passe les mains sur son visage et inspire profondément. Léna lui saute presque au cou, et le renverse sur le canapé – elle n'a donc pas ses règles, pense-t-il tout de suite. Puis elle s'exclame en regardant sa montre :

— Mince alors, ils vont arriver d'une minute à l'autre.

Thomas se redresse, toujours un peu étourdi par cette nouvelle double personnalité. Faut-il qu'elle se soit ennuyée au déjeuner... Qu'elle méprise sa famille pour ne pas faire l'effort minimum requis. Il ouvre la bouche ; elle sent que le contenu de ses paroles ne sera pas de son goût. Elle la referme d'un doigt :

— Il faut que je me recoiffe, tu m'as toute chamboulée.

Qui a renversé qui sur le canapé ? Thomas renonce à comprendre.

Quand leur couple d'amis arrive, Léna et Clara se mettent à babiller comme au jardin d'enfants, le sujet de conversation est des plus surprenants pour lui – un anniversaire de mariage. Elle qui hait les célébrations. Fleurs, invités, menu. Tout y passe. Clara a initié un « classeur de vie » l'année de son mariage, y répertoriant ses idées de réception, de robe mais également les idées déco, cadeaux, etc. Il doit y avoir de nouveaux intercalaires – bébé, anniversaire de mariage, arrangements mortuaires ? Son irritation le rend acide – mais en silence. Il ne voudrait pas briser cet instant de grâce où Léna rayonne. Elle hoche la tête, passionnée. Léna, vraiment ? Quentin sourit en les écoutant parler, Thomas observe la scène. De temps à autre, Clara demande confirmation à son mari, qui acquiesce toujours poliment, comme un bon élève.

— Et alors, tes projets d'archi ? questionne-t-il Thomas au bout d'un moment.

Il doit s'ennuyer à la longue. Et il s'est toujours intéressé aux occupations de Thomas – il l'avait aidé à définir les meilleures structures juridiques pour encadrer ses projets. Quentin est notaire.

— Toujours dans l'agence de Lecocq, mais il se pourrait que ça change bientôt. J'ai présenté plusieurs projets, dont un qui me tient particulièrement à cœur. La grande question, c'est de savoir si j'ai réussi à détourner la contrainte programmatique avec succès...

— Tu ne vas pas nous embêter avec du jargon ! le coupe Léna, interrompant sa propre conversation avec Clara. C'est tellement soporifique.

Thomas la regarde, médusé.

Evidemment, Clara et Quentin insistent : « Mais non, mais non... »

— Vraiment, Thomas ne peut pas s'empêcher de tout ramener à la norme architecturale... C'est ennuyeux à mourir, à la longue !

— Oh, tu sais, Quentin ramène tout au droit, répond Clara, conciliatrice.

Elle jette un regard discrètement inquiet à ce dernier.

— Ce n'est pas vrai, réplique celui-ci en riant. Et donc, ce projet ?

— Il s'agit d'un musée itinérant pour Hermès...

— Encore ce projet ! Bref pour résumer le sujet, Thomas a imaginé une barque, au lieu de se contenter d'une construction sur la plage comme il était indiqué dans les conditions du concours. Il se croit le plus malin. C'est d'un snob pour un archi urbaniste !

Quelle violence dans ces propos ! Les sourcils de Clara et Quentin se relèvent en même temps. Thomas le remarque, bien sûr. Il n'y a que Léna qui s'entête dans sa... colère ?

— Ça n'a rien à voir avec du snobisme, c'est une manière de conceptualiser le projet.

Il choisit de ne pas relever la dernière pique. De prendre les choses avec calme. Léna sait à quel point l'urbanisme tel qu'il est mené dans son agence l'irrite. Elle est tendue comme un arc sur son fauteuil, ses gestes sont saccadés et ses yeux trop grands ouverts. Une étrangère, Thomas a l'impression qu'une étrangère s'est assise dans son salon pour le détruire socialement dans un contexte purement amical. Etrange contraste par rapport à son mutisme d'il y a quelques heures.

Il s'était renfrogné. Clara avait pourtant aimablement renchéri :

— Mais si, bien sûr que ça nous intéresse ! En plus j'adore cette marque.

Petit clin d'œil à son mari – elle pense peut-être à un cadeau pour son anniversaire de mariage. Thomas regarde son alliance, qu'elle arbore fièrement. Il les observe. Lui est plutôt massif, les yeux toujours plissés, l'air bourru derrière lequel se cache une grande finesse. Assez discret malgré des positions politiques parfois très arrêtées. Clara est une grande brune à la morphologie proche de la perfection, très sûre d'elle, un peu donneuse de leçons à son goût mais extrêmement aimable – quand elle vous apprécie. Ce qui est le cas de Thomas. D'ailleurs, en l'incitant à détailler son projet, elle a posé sans ambiguïté sa main sur la sienne. Comme pour excuser Léna.

Puis elle a repris sa main pour serrer celle de Quentin. Faire diversion... Elle a souri d'un air mystérieux, puis a fait la moue.

— J'ai un truc à annoncer...

Thomas craint le pire, la journée est à l'exposition des problèmes épineux.

— Mon Dieu ! Tu es enceinte ! s'écrie Léna.

Ça a l'air de fonctionner, pense Thomas. Léna, dont les traits étaient crispés, arbore maintenant une expression proche de l'émerveillement.

— Non, mais je le serai bientôt, n'est-ce pas, chéri ?

Ils hochent tous les deux la tête.

— C'est le bon moment, on a bien profité tous les deux, maintenant, on a envie de passer à autre chose. On se sent prêts à sauter le pas, à accueillir une nouvelle vie... A faire évoluer la nôtre. En plus, on vient d'acheter... Et vous, ce n'était pas en projet ? Cet appartement est fabuleux, vraiment !

Mince alors... Ils ne peuvent pas savoir qu'ils touchent, là encore, à un sujet sensible. Thomas soupire. La réponse ne se fait pas attendre après les félicitations d'usage :

— Thomas hésite encore, je ne saisis pas bien pourquoi.

L'art de Léna : parler comme si vous n'y étiez pas. Malaise assuré. Il serre les dents.

— Ah bon ?

Clara a l'air très étonnée – sa physionomie expressive rend immédiatement lisibles ses émotions. Court instant de flottement. On sent dans ce « ah bon » le jugement fatal d'une vie de couple sans but, ni âme. Elle n'a pas osé poser la question des enfants.

Thomas s'était senti très mélancolique. Plus de certitude. Jusqu'à présent, les années s'écoulaient comme une évidence, ils n'avaient pas besoin de se préoccuper d'assigner un but à leur vie commune. Ce qui n'avait pas l'air d'être le cas pour leurs amis les plus proches.

Thomas se lève pour rapporter le plateau, Clara l'accompagne, comme pour le consoler. Il doit avoir l'air pitoyable. Léna entame une discussion parallèle avec Quentin, elle rit aux éclats – la pesanteur s'est dissipée, en un instant. Elle rit, l'inconsciente, inconstante Léna. Il ne reconnaît pas la jeune femme émue qui lui tendait un manuscrit sur lequel elle avait tant travaillé, pour qu'il le lise. Qui lui sautait au cou chaque fois qu'il riait, qui le serrait dans ses bras quand, à la fin, il lui avouait qu'il l'avait trouvé passionnant. Le regard de Léna est dur, son rire est carnivore. Thomas se demande bien ce qu'il a fait au bon Dieu pour mériter ça.

Pas dans ces termes, bien sûr.

9

Quand le téléphone de Léna sonne enfin, elle a eu le temps de vider la théière qu'elle avait prévue pour son invité, d'aller chercher le courrier, de remettre toute son existence en question, de lire un chapitre supplémentaire et d'uriner trois fois. Elle commence à s'impatienter sérieusement.

— Heu, Léna Roméo ? Bonjour... Je dois vous apporter des bouquins, je suis en bas de chez vous. Quel est votre digicode ?

Des « bouquins » ? Ça commence mal.

— 61A97. Quatrième étage, la porte de droite, lâche-t-elle.

L'idée de se plonger dans plusieurs *Dangereux Louboutin* est déjà en soi peu engageante. Devoir traiter avec un imbécile par-dessus le marché...

L'imbécile frappe à la porte, elle lui ouvre. C'est un très bel imbécile. Il est grand – un peu plus que Thomas, évalue silencieusement Léna –, dans les un mètre quatre-vingt-huit. Il doit jouer au tennis, faire de la natation ou un quelconque autre sport qui sculpte le corps : son polo orange – quelle idée de porter de l'orange – moule une musculature généreuse. Tellement plus imposant que Thomas, mais pas balourd pour autant. Un corps... parfait. Les statues des dieux grecs du Louvre. Son visage aux traits réguliers est un peu trop lisse, son teint très bronzé, bien sûr, noie dans le hâle des yeux noisette sans intérêt. Il lui fait penser à quelqu'un. Mais oui. S'il n'était pas brun, ce serait l'incarnation exacte... d'Harold.

Léna sourit en lui tendant la main. Rencontrer par hasard son personnage est toujours amusant. « Antonin », se présente-t-il. Il lui prend la main et profite de l'occasion pour apprécier la douceur de la peau de son interlocutrice. Elle lui plaît beaucoup. Il ne s'attendait pas à ça.

Antonin s'ennuie la plupart du temps. Sa mère, rédactrice en chef – ce que Léna ne sait pas encore –, l'a obligé à faire un stage pour occuper ses journées. Il croyait avoir l'occasion de rencontrer des belles femmes à la pelle, peut-être même d'assister à des séances photos avec des mannequins à demi nues. Malheureusement, la rédaction d'un magazine féminin parisien ne ressemble pas au *Diable s'habille en Prada*, qu'il avait vu quelques mois plus tôt avec les copains en éructant : « Qu'est-ce qu'elle est bonne », le superlatif absolu de tant de garçons de son âge, à chaque apparition d'Anne Hathaway.

Il se trouvait néanmoins dans l'entrée de l'appartement d'une femme correspondant totalement à ses critères de la MILF qui n'a pas encore procréé. Et l'air de mauvaise humeur, cerise sur le gâteau. Antonin est conquis. Il redresse les épaules et bombe le torse en entendant en écho sa mère grincer : « Tiens-toi droit. » Antonin, avec son prénom de bébé, n'a pas vingt-cinq ans. Sa mère possède à son goût une place bien trop importante dans son existence – quand lui lâchera-t-elle la grappe ?

— J'ai un paquet pour vous, dit-il en lui tendant le carton de livres. Axelle m'a donné mon après-midi pour vous aider à cause de la deadline.

Elle se débarrasse de l'enfant prodigue, songe Léna. Elle veut faire ses valises tranquillement. Il n'a pas l'air très intelligent, mais pas stupide non plus. Je vais m'amuser à lui faire parcourir ces livres pour ménagères de quarante ans. Il est le cobaye parfait.

Elle ne formule pas la deuxième idée qui lui passe par la tête. Même s'il porte un polo orange, un jean délavé et une montre jaune fluo, il dégage un parfum qui lui est familier. Si elle osait, elle penserait : un parfum de bite.

On sent que vous avez à cœur d'adopter le langage de vos personnages — Oh, taisez-vous, vous.

A sa manière de la regarder, elle sait qu'il la désire. Il ne s'en cache pas. Une intensité dans les yeux qu'elle ne retrouve plus dans ceux de Thomas – la routine ? Elle avait toujours pensé que ça ne leur arriverait pas. Leurs parties fines sont toujours aussi flamboyantes. Et pourtant. Elle regarde le jeune homme la désirer avec une telle évidence... C'est agréable, pense-t-elle. Flatteur, même. Nous allons donc jouer.

— Tu peux me tutoyer, lance-t-elle en étudiant l'effet de ses paroles sur l'étalon.

Impassible. Un animal de trait. Même pas une hési-
tation, il sourit.

— Alors, je t'aide pour ton papier ?

— On va feuilleter les livres ensemble. Même si j'ai
déjà une petite idée. Tu fumes ?

— Oui.

— Parfait.

Avec sa nouvelle manie, Léna est retombée dans
l'obscurité de l'adolescence.

Des cigarettes… Votre rébellion à la petite semaine
est ridicule, ma fille. De l'opium au moins… — Taisez-
vous, j'ai dit !

Elle secoue la tête et dirige le bel Antonin vers le
salon, lui désigne la table basse pour déposer les livres.
Ils s'assoient sur le large canapé crème. Léna allume
une cigarette et place le cendrier de cristal entre eux,
comme l'épée de Tristan et Yseult. Elle croise les
jambes et dévisage le jeune homme d'un air amusé.
Quel âge a-t-il ? Vingt, vingt-deux ans ? Pas plus de
vingt-cinq, il a parlé de sa mère. Et puis il fait un
stage dans un magazine féminin. Quel garçon aurait
envie de bosser pour un féminin ? Celui-là est, de plus,
ostensiblement hétérosexuel.

Antonin allume également une cigarette. Léna lui
lance *Dévoile-moi* (série *Crossfire* – parce que le héros
s'appelle Mr Cross… – Sylvia Day), elle dédaigne *Carrément hot* (Erin McCarthy), l'histoire d'une cruche
sociologue qui enquête sur les courses automobiles et
se frotte à un pilote. Choisit *Beautiful Stranger*.

La quatrième de couverture dit l'essentiel : une as de la finance (décidément !), Sara Dillon, vient de vivre une rupture difficile. Elle découvre le sexe et ses petites perversions (l'exhibitionnisme ou *public sex*) avec un étranger, totalement inconnu, qui se révèle être le meilleur ami du fiancé de sa meilleure amie. Sara Dillon surmontera-t-elle sa peur des mâles pour vivre son amour au grand jour avec Max Stella ?

L'intrigue lui fait penser à *Dangereux Louboutin*, tout comme *Dévoile-moi* est sur le modèle de *Cinquante Nuances*, lui semble-t-il. Il y a le SM cheap et les Harlequin série bleue (pour le bureau, à vérifier avant de l'écrire dans l'article) un peu pimentés. Léna hausse les épaules. Elle n'est ni assez vieille ni assez prude pour être tentée par le *mommy porn*. Avoir des enfants doit être LE critère – elle n'en a pas, elle n'est pas près d'en avoir. Peut-être que si elle avait déjà accouché… Mon Dieu, rien que l'idée la fait frémir.

Mais à quoi bon raconter aux lectrices de *Elle* qu'elles se passionnent sur leurs transats pour de mauvais livres – et c'est un euphémisme ? Personne ne pensait qu'il s'agissait de littérature. Du moins l'espérait-elle. Et Laurène Mallord ? Elle est également bien trop fine pour cela. Du moins l'espère-t-elle.

Léna se penche pour écraser sa cigarette et rit en voyant les sourcils froncés de son jeune ami. Antonin a l'air effaré par sa lecture.

— Raconte-moi…

Il hésite :

— Encore une histoire de bureau (mais dans la pub cette fois), où Eva, une jeune femme belle, riche et intelligente devient la stagiaire de Gideon Cross. Elle tombe dans ses bras. Mais il cache de lourds secrets…

— Doux Jésus !

— Son père s'est suicidé quand il n'avait que cinq ans, sa mère couche avec des petits jeunes. Pourtant, son armure semble sans faille…

— Oui, il est handicapé du cœur mais il va apprendre à aimer grâce à Eva. Bla-bla-bla.

Mon Dieu, *Dangereux Louboutin*, c'est vraiment le même combat.

« Handicapé du cœur », cette expression débile est du goût de Léna. Elle l'utilise à tout-va.

Antonin feuillette le livre en gloussant :

— Je crois qu'il est marié. Il faudrait lire le livre de plus près. En tout cas, il a une bite dure comme de la pierre, et il s'en sert beaucoup.

— Douze mille signes, c'est long, murmure Léna en allumant une nouvelle cigarette.

Elle se sent accablée, même si elle sait qu'une heure suffira pour expédier le papier. Parfois, une heure, c'est long… Antonin semble totalement à l'aise, assis sur le canapé de son appartement, marqué par une indéniable présence masculine. Léna songe qu'il ne doit pas faire ses propres lessives, ce garçon fleure bon maman. Elle a l'impression qu'il porte *Terre*, comme tout le monde.

Il ne lui sert objectivement à rien, mais elle n'a pas envie de le renvoyer pour autant. Il accepte de prendre un thé. Elle fait frémir de l'eau dans la cuisine et revient avec une théière et deux tasses en porcelaine.

— Et alors, Antonin, que fais-tu chez *Elle* en plein été ? Tu n'aurais pas préféré partir en vacances ? demande aimablement Léna en versant du thé dans les tasses et en disposant des biscuits sur une assiette.

Vous avez envie de vous le faire, c'est évident. Et absurde, si vous voulez mon avis. — Je ne vous le demande pas. Taisez-vous. Et non, je m'intéresse à mon prochain. Vous êtes d'un tel égocentrisme que vous ne pouvez pas comprendre.

Antonin hausse les épaules. Elle attend la version du gosse de riche pistonné avec impatience.

— J'avais envie de faire un stage dans la presse et j'ai pensé qu'on valoriserait une expérience dans le monde de la mode. Que ce serait moins attendu. Les vacances, j'en ai toute l'année...

— Certes, répond Léna en étouffant un gloussement.

— Je suis à Sciences-Po, en master journalisme, continue-t-il, d'un petit air suffisant.

Entre deux phrases, il avale un cookie bio.

— Passionnant...

Léna ne peut se départir d'un petit sourire en coin. Antonin correspond au cliché de l'enfant de rédac' chef qui marche sur les traces parentales mais qui ne fera rien de sa vie. Mignon, riche, sportif. Il réunit toutes les qualités. Presque un personnage de roman...

Et ça vous excite ? Vous avez entendu les bruits qu'il fait en mastiquant ? — Je ne prendrai même pas la peine de répondre.

— Comme écrire des articles sur des romans américains totalement nunuches, réplique Antonin, qui se sent attaqué.

Il n'a pas tort.

— Je ne vais pas dire le contraire.

Léna meurt d'envie de le faire parler. Elle n'a que de rares contacts avec la jeunesse, si ce n'est la nièce idiote de Thomas. Elle aimerait l'entendre lui raconter ses soirées dans les appartements des divers parents de ses amis, en plein 16e arrondissement. Les saladiers de coke, la musique de mauvais goût qu'il écoute – après tout, il porte un polo orange. Peut-être même savoir s'il a une petite copine, si elle s'appelle Lilas ou Prune ou, plus original, Quiterie, Garance ou Marguerite – dépend de sa disposition à l'endogamie. Est-il fiancé ? On peut s'attendre à tout. En tout cas, il apprécie ses cookies bio à huit euros les dix. Monsieur a bon goût.

Point d'alliance. Elle non plus n'en porte pas, il a dû le remarquer. Léna met toujours ses bagues à droite, sans exception pour l'œil de chat sublime que lui a offert Thomas pour son anniversaire quelques années plus tôt.

Et la topaze bleue de vos dix-huit ans, qu'en avez-vous fait ? — Perdue, ou au fond d'un tiroir...

Antonin mesure ses propos, à son grand désespoir. Il répond poliment, mais ne s'étale pas. Il est prudent, face à la jeune femme qui vient de détacher ses cheveux dans un geste parfaitement étudié. Elle s'est imperceptiblement rapprochée d'Antonin, pour avoir meilleur accès au cendrier et pour qu'il profite de son parfum. L'odeur de l'eau fraîche de Guerlain qu'elle porte l'été a envahi la pièce. Ils fument tous les deux en silence. Tabac et orange basilic. La tension est palpable. Antonin a mangé le dernier cookie.

Soudain, elle sent qu'on touche son pied, une pression légère ; elle tourne la tête en pensant rêver éveillée. Elle écarquille les yeux, Antonin tient maintenant son pied dans sa main – elle était assise les deux jambes repliées vers lui – et le masse avec une dextérité étonnante. Léna ferme les yeux, et s'abandonne un instant à la sensation de ces deux mains qui remontent sur sa cheville. Elle n'est pas sûre de ce qu'elle désire. Antonin ? Ce cliché vivant ? Ou plutôt, elle sait qu'elle le désire.

Enfin, vous avouez !

La certitude la désespère.

Vous le ferez quand même.

Pourquoi ne parvient-elle pas à contrôler cette sensation qui la submerge ? Elle se cherche des excuses. Sait pertinemment depuis le début que leur attirance est réciproque, que tout menait à ce moment, et rien qu'à ce moment. Qu'ils se sont en quelque sorte reconnus. Elle dégage quelque chose d'évanescent, d'intensément érotique – on le lui a suffisamment dit. Il est commun à mourir, habillé comme un petit-bourgeois, il n'a pas un esprit fabuleux, pourtant, elle se sent irrémédiablement attirée par lui. Sa seule présence physique bouleverse quelque chose en elle, cette main qui tient fermement sa cheville... Cette certitude insupportable balaie toutes les autres – la fidélité, la confiance, le bien et le mal, ce genre de choses. Elle se déteste d'être prête à céder. Si facile. Elle retient un soupir et détourne les yeux.

Vous nous la jouez romantique. Hypocrite. Et je suis d'accord, ce garçon ne sait pas s'habiller.

Comme le lui avait dit un jour un Mexicain avec qui elle avait été à deux doigts de coucher, les hommes ne s'intéressent pas à une inconnue parce qu'ils la trouvent sympathique, drôle ou spirituelle. Ils pensent d'abord à la sauter. Jusqu'à présent, cette maxime s'était révélée vraie. Tant pis pour Gonzalo ou Alvaro, elle ne savait plus bien. Pour un homme, c'est une évidence. Mais pour elle ? Heureuse en ménage (enfin, jusqu'à cette dernière semaine), bien baisée, comment peut-elle seulement considérer Antonin ? Rien que ce prénom...

Alors, vous allez coucher avec lui ? Sérieusement ? Seulement parce qu'il a une grosse queue ? Chérie... — On ne commente pas sa sexualité avec ses parents. Faites-moi croire que vous n'avez pas fait de psychanalyse ! — J'ai bien des connaissances en... — Vos histoires ne m'intéressent pas.

Léna dégage doucement son pied, Antonin attrape sa main, abandonnée sur le dossier du canapé. Elle se rend compte qu'elle est moite – chose exceptionnelle. Son corps se trouble. Ses pensées se veulent rationnelles, et ses réactions physiques, ce désir terrible qui monte en elle la désorientent. Ce qu'il est doué de ses doigts ! Léna se sent fondre. Elle a cessé de lutter. Tout son corps se contracte, dans un ultime mouvement de refus. Thomas, Thomas.

Emma, Emma, aurait écrit Flaubert.

Antonin se rapproche, pose le cendrier sur la table basse et la prend par la taille. La sensation de ses mains l'électrise. Elle tente de se dégager, mollement. Il l'embrasse dans le cou, tout en caressant son dos, puis leurs lèvres se rencontrent. Toutes ses réticences sont écartées, en même temps que ses convictions. Léna est effrayée par la rapidité avec laquelle elle accepte la situation. Il y a dix minutes, elle se moquait du jeune homme. Et... Il n'embrasse pas trop mal, mais elle ne peut s'empêcher de le comparer à Thomas. L'interférence ne l'arrête pas. Flirter sans vergogne, oui, mais là... Elle devrait dire non. Ses tergiversations laissent le temps à Antonin de l'étreindre, de s'approprier ce corps qu'elle voudrait lui refuser.

Vous me désespérez, je ne veux pas voir ça. — Fichez-moi la paix. Je ne vous ai rien demandé, monsieur mon père. Je ne suis pas madame Bovary. J'en ai envie, un point c'est tout. — Je vous ai toujours dit que la fidélité... — Je ne suis pas en train de vous donner raison. Laissez-moi tranquille.

— Antonin, dit-elle en le repoussant gentiment.

Elle ôte ses mains de sa poitrine avec un regret qu'elle ne parvient pas à refouler. Il est déjà trop tard. Pour mieux se reprendre, elle décide de rapporter les tasses et la théière dans la cuisine de la manière la plus naturelle du monde. Naturelle... Quelle hypocrisie. Elle se déteste à cet instant. Elle sait qu'elle se détestera encore plus à celui d'après. A moins de s'enfuir, tout de suite. En passant devant un miroir, elle aperçoit ses cheveux décoiffés, ses lèvres gonflées et plus rouges qu'à l'ordinaire, ses joues rosées. Le crime imprimé sur son visage.

Le bonheur dans le crime... Vous avez *Les Diaboliques* dans la Pléiade, si je ne m'abuse.

Antonin laisse sa proie s'éloigner pour mieux la ferrer. Elle a plus de trente ans — ce qui l'excite prodigieusement —, mais c'est une femme, et les femmes sont toutes les mêmes. Il en a suffisamment fréquenté pour le savoir, du haut de son jeune âge. Elle joue la froideur. Elle hésite, parce qu'elle vit avec quelqu'un, parce qu'elle ne s'est pas encore faite à l'idée de lui être infidèle... La fidélité, quelle notion à la con ! Combien de couples avait-il brisés ! Celui-ci représente un enjeu plus intéressant. A trente ans, on a construit quelque chose. A vingt, c'est moins drôle. Il allume une cigarette — la cigarette du triomphe — et apprécie l'instant. Tout son corps a cédé, il y a moins de cinq minutes. Antonin attend patiemment. Il sait que Léna et lui fonctionnent de la même manière — elle n'est pas du

111

genre à s'effaroucher pour si peu. Il l'a senti. Ses instincts ne le trompent jamais. Elle lui offrira tout ce qu'il désire – peut-être plus encore – dans un laps de temps minuscule. Coup d'œil à sa montre, disons, à 18 heures.

A 17 h 40, Antonin écrase sa cigarette, se lève du canapé et prend le temps de s'observer dans le grand miroir au-dessus de la cheminée du salon ; il se passe la main dans les cheveux, satisfait. Et marche dans la même direction que Léna – décidément, cet appartement, avec ses couloirs et toutes ses portes blanches, lui paraît immense. La porte de la cuisine est entrouverte, Léna est de dos. Antonin sourit en admirant sa chute de reins. Il s'approche et la plaque contre lui.

Léna sent qu'Antonin s'approche derrière elle. La sensation de son corps dans son dos ne la surprend pas. Elle capitule. Elle se laisse aller contre lui, il l'embrasse en plongeant les mains dans ses cheveux. Elle s'abandonne. Si elle avait eu le moindre courage, elle serait sortie de l'appartement et l'aurait laissé planté là. Elle a déjà choisi. Il la soulève et l'assoit sur le plan de travail, elle noue ses jambes dans son dos. Pense un instant que cela fait si longtemps qu'on ne l'a pas prise comme ça.

— Tu ne veux pas aller dans la chambre ? demande Antonin.

Elle secoue la tête. Pense aussi que les lieux incongrus font très *Louboutin*. Au diable.

Vous me parlez à moi ?

Les mains du jeune homme la parcourent, elle frémit en sentant tout son corps se tendre, appeler celui de son futur amant. Cela fait longtemps qu'elle n'a pas ressenti un tel élancement, qu'elle n'a pas désiré quelqu'un avec autant de violence. Elle s'en veut terriblement, mais il est déjà trop tard. Elle se méprise de dévorer des mains le jeune Antonin, se regarde faire tomber le polo orange sur les tommettes comme si elle était extérieure à la scène. Il relève sa robe sur sa poitrine, puis la passe par-dessus sa tête. Toujours ces gestes frénétiques, rendus maladroits par l'urgence. Elle ne le remarque même pas. Il défait l'agrafe du soutien-gorge de Léna mais ne prend pas le temps de retirer sa culotte. Antonin sort un préservatif de sa poche. Ce garçon est vraiment digne des romans d'Isobel, toujours prêt…, a le temps de penser Léna quand il la pénètre enfin. Dernier moment d'ironie et de distanciation. Elle se laisse lentement glisser sur l'îlot, envahie par un flot d'endorphines. Elle ne parvient plus à s'abstraire de la situation, elle ne le sent que trop contre elle. Le plaisir reprend ses droits, elle oublie tout. Ses jambes descendent sur les fesses d'Antonin, elle accompagne ses mouvements en gémissant comme une folle.

La cuisine, la proximité de son visage avec le basilic de Thomas, le froid du marbre sous son dos nu libèrent Léna de son après-midi de désir – croit-elle. Après ça, elle sera en odeur de sainteté. Juste une fois. Mieux vaut se payer une fantaisie qu'y penser pendant des jours. On trompe si peu avec le corps… Ce petit accroc à ses années de fidélité n'existera pour personne. J'aime Thomas, il m'aime. En ce moment, tout va mal, mais bientôt, nous referons l'amour comme des bêtes, nous nous marierons et nous aurons beaucoup d'enfants.

Léna se leurre dans ses brefs instants de lucidité. Elle s'oublie ensuite avec une facilité déconcertante, sous les caresses du jeune homme. N'a plus conscience de rien.

Ce garçon est un imbécile, un manœuvre d'amour… Léna jouit. Elle crie brièvement, de plaisir et d'étonnement. Pourquoi ses spasmes sont-ils si puissants, avec ce quasi-inconnu ? Il s'arrête au bout d'un moment. Se retire, et la caresse du bout de la langue et des lèvres. Léna ne peut réprimer un deuxième orgasme. Puis un troisième. Elle aurait préféré ne pas flatter à ce point l'ego d'Antonin, c'est plus fort qu'elle.

Et vous vous émerveillez parce que vous découvrez les orgasmes multiples ? Par pitié.

Il la reprend debout, elle s'appuie sur l'îlot, en regardant par la fenêtre devant elle. Une réminiscence, même si ses mains ne touchent pas la vitre. Il finit par jouir après lui avoir offert un quatrième orgasme.

Vous ne répondez plus ?

Antonin est debout, légèrement essoufflé mais radieux.

— Eh bien, c'était sportif, lâche-t-il.

Léna hausse les épaules et regarde sa montre. Le mal est fait, il s'agit maintenant d'oublier ce moment de folie passagère. Qui n'a pas eu lieu, qui n'existe pas. D'ailleurs, cela n'a jamais existé. Ce qui existe, en revanche, ce sont les stigmates. Qu'Antonin s'en aille au plus vite, elle ne veut plus le voir. Effacer toute trace. Il est un peu plus de 18 h 30, le temps de se doucher et de ramasser les dégâts – le pot du basilic a valsé par terre, la fragrance de la cuisine à l'italienne et de la terre leur a flatté les sens pendant l'étreinte. Thomas ne rentre jamais avant 20 h 30, mais il faut être prudent. Jamais elle ne foutrait tout en l'air pour quatre orgasmes. L'idée la fait frémir d'horreur.

D'horreur, vraiment ? Je vous connais, vous laisserez toujours un indice. Involontairement...

Elle quitte la cuisine pour retrouver son salon, le canapé et ses cigarettes. Un univers connu et rassurant. Elle s'effondre dans les coussins, sa culotte en dentelle blanche comme unique vêtement. Sur son corps nu perle de la sueur. Elle allume une cigarette, encore troublée par la succession d'événements – tout s'est passé si vite. Elle a retrouvé son libre arbitre, enfin. Elle espère qu'Antonin est parti.

Il marche sur ses talons, reste debout un instant, admire sa maîtresse, majestueuse dans sa position d'abandon. Puis s'assoit par terre. Il a remonté son pantalon sur ses hanches mais il est encore torse nu. Lui aussi est essoufflé, légèrement transpirant. Une belle plante – ah, le basilic. Léna parle à haute voix sans s'en rendre compte. Il faudrait également en acheter un avant le retour de Thomas.

— Tu veux que je te dépose chez le fleuriste le plus proche ?

— Merci, Antonin, mais il y en a un à deux pas.

Et je n'ai pas spécialement envie de me balader en Vespa avec toi. Mes beaux-parents habitent à un quart d'heure d'ici. Thomas est copain avec le boucher. J'ai des amis, un photographe et des collaborateurs dans le quartier. Va-t'en, mais va-t'en, imbécile…

Ne jamais coucher avec les imbéciles, ils se révèlent dangereux. Seriez-vous née de la dernière pluie ?

Mon Dieu, et si quelqu'un nous avait vus par la fenêtre de la cuisine ? L'idée ne l'avait même pas traversée.

Parce que c'est un ressort d'opérette. Léna ? Vous êtes si pleine d'endorphines que vous ne m'entendez plus ? Léna, ma chérie ? Vous m'inquiétez, vraiment.

Deuxième partie

1

Je me suis réveillé ce matin avec une forte érection. Impossible de la faire retomber. J'ai tout essayé : je me suis récité mes vieux cours de Corporate Finance and Management, j'ai imaginé ma mère en maillot de bain, je me suis entraîné à faire de tête un modèle de Discounted Cash-Flow *aka* DCF model. Rien à faire. Aucune femme n'a jamais eu l'emprise que possède Mila sur moi. Je n'essaie même plus de l'appeler Mlle Moon. Je rêve qu'elle devienne Mme Sunset.

Mme Mila Mary Sunset.

Je crois que cette idée me fait bander.

J'enfile donc un bas de survêtement HEC Paris et le vieux pull d'Harvard que j'aime tant. Je pars avec l'idée de faire un long jogging dans Central Park. Je cours sans m'arrêter pendant plus d'une heure en comptant les écureuils. Quand je rentre, je suis épuisé par l'effort, malgré mon endurance. Je prends une douche chaude et je m'habille pour partir au bureau. Le samedi est malheureusement pour moi un jour comme les autres, il me faut y repasser pour superviser plusieurs dossiers, qui seraient à l'abandon sans mes bons soins.

Au dernier moment, j'ordonne à mon chauffeur :

— Brooklyn, Darius, s'il vous plaît.

Après tout, je peux arriver n'importe quand au bureau. Samedi, hein. J'ai envie de me confronter à ce quartier qui pèse tant dans ma biographie personnelle. Penser à insister là-dessus le jour où j'écrirai mes mémoires. Bien sûr, personne ne sait que j'ai passé mon enfance à Brooklyn. Qui pourrait se douter qu'Harold Sunset et son père, les associés millionnaires de P.I.N.K. Investment Partners, ont un jour connu la disette ? Et habité dans un trente mètres carrés miteux à trois ? Je me souviens parfois de ces journées à frapper dans un ballon de mousse au milieu de la cour de l'immeuble, sans cage, sans filet, sans même une ligne blanche. Avant que mon père se fasse repérer et devienne l'unique vendeur de saucisses de Brooklyn promu au rang d'associé dans un fonds d'investissement. Enfin, à ma connaissance. Sunset père avait un don inné pour savoir si un dossier était pourri ou pas. Et même si sa haine des Asiatiques le dominait parfois, il était un atout indéniable pour toute entreprise. Le directeur de P.I.N.K. avait su voir ça dans ce type qui lui avait confectionné un hot dog parfait – sans la clairvoyance de Maxim d'Aubert senior, le père de mon associé et meilleur ami, je ne serais pas là où je suis aujourd'hui.

Son ascension avait été fulgurante, Ann Charlotte Sunset et bébé Harold (comme on m'appelait alors) avaient quitté en quelques mois leur boui-boui pour la villa familiale dans la banlieue huppée de New York, que le couple habite encore. J'ai toujours caché cette particularité à tous ceux que je rencontre. Personne ne se doute que sous ces costumes bien taillés, et très chers, se cache un petit garçon de huit ans, à la coupe au bol, aux vêtements du Secours catholique... Je n'ai jamais éprouvé le besoin ou le désir de raconter mon histoire intime à personne. Pourtant, je sens que je peux avoir confiance en Mila.

J'ai envie de lui raconter mon histoire. Pourquoi elle et aucune autre ?

D'ordinaire, je cache mes faiblesses. Je suis l'homme sans faille. Mais Mila a déjà percé mon armure des yeux, je le sens, je le sais. Il est des intuitions que l'on ne comprend pas. La route jusqu'à Brooklyn me serre le cœur. Le passage du pont me bouleverse. Je me retrouve face aux immeubles que j'ai contemplés toute mon enfance. L'émotion est très forte, presque trop.

— Darius, je vais descendre, dis-je d'une voix étranglée.

Je sors de la voiture et je fais quelques pas. Ici, même l'asphalte a une odeur différente. L'odeur de l'enfance... Je regarde les gens déambuler dans la rue, ils sont également moins pressés qu'à Manhattan. Ils savent vivre. Nostalgique, je m'achète un hot dog plein de mayonnaise – un peu moins goûteux que ceux de mon père, mais passable. Je le savoure en silence, derrière mes lunettes de soleil aviator de chez Ray-Ban. Je dois franchement détonner ici, dans mon costume Armani gris clair, ma cravate bordeaux et mes lunettes de soleil foncées, sur un teint bronzé et une crinière blonde. Oui, je n'appartiens plus à ce quartier ; pourtant, je l'aime encore de tout mon cœur.

Au moment où je me fais cette réflexion, mon regard est attiré par une jeune sportive qui court à vive allure en évitant les passants sur le trottoir. Elle me dépasse, sa queue-de-cheval cuivrée me fait tout de suite penser à Mila. Ses fesses dures également. Sa taille fine… Non, ce ne peut pas être Mila. Mila à Brooklyn, en train de faire son jogging ? Les cheveux presque roux se balancent dans son dos, comme un métronome. Tic, tac, tic, tac. Elle doit être au bureau. Elle n'est pas du genre à laisser le travail en plan. Je veux en avoir le cœur net. Alors je détale comme un lapin, je cours après l'apparition – un vrai fou. Ma cravate me fouette le visage, je sens mes aisselles s'humidifier progressivement mais je n'en ai cure…

N'en avoir cure, mes lecteurs comprendront-ils ? A certains moments, je me laisse aller et j'utilise des expressions qui me semblent idoines. Heureusement qu'une correctrice repassera derrière pour lisser le niveau de langue ! Quand j'ai lu le résultat final du premier tome, des expressions comme « c'est pas d'la tarte » m'ont frappée, et j'ai compris que jamais je ne pourrais égaler cette correctrice ou ce correcteur qui possède le niveau de langue requis. Pas moi. Alors je fais semblant, j'essaie, comme un imposteur pro-fessionnel. La correctrice aura le dernier mot. Sans déconner…

… mais je m'en fous… Je veux savoir si cette femme athlétique et séduisante, la seule qui m'ait attiré l'œil depuis que j'ai rencontré Mila, est Mila, ou est autre…

Je est un autre.

Ta gueule, Léna.

… ou pas. Je ne serais pas étonné si c'était Mila. La vie est faite de tant de coïncidences merveilleuses ! Ma raison, parfois, s'insurge. Certes. Que faire ? Je cours toujours derrière elle, le lion sur les talons de l'antilope. Quelle foulée ! Au bout de cinq minutes, je suis à sa hauteur – mon temps de réaction, un peu trop long, me laisse trempé de sueur après ce sprint. Je pose la main sur son épaule, essoufflé.

La jeune femme se retourne, les sourcils arqués par la surprise ou par la peur, le visage peu avenant, les joues rouges et un gros casque sur les oreilles. Elle s'arrête, son visage se relâche, retrouve son élasticité, ses traits redeviennent réguliers, détendus, parfaits. « Monsieur Sunset ! », s'exclame-t-elle en reprenant son souffle. Ses yeux brillent d'un éclat nouveau et les gouttes de transpiration qui perlent sur son front ne la rendent que plus séduisante.

Puis se peint sur son visage un air plutôt irrité :

— Vous m'avez suivie ?

— Non, comment aurais-je pu ? Je ne savais pas que vous faisiez votre jogging à… Brooklyn !

Je suis si troublé que j'ai l'air condescendant. C'était Mila. Mila me poursuit, elle est partout. Ces coïncidences ne sont pas le fait du hasard. C'est comme si nous étions deux aimants géants qui s'attirent en permanence.

— Je ne fais pas mon jogging à Brooklyn, j'habite Brooklyn. Mais vous, du haut de votre immeuble avec

vue sur Central Park, vous ne pouvez pas vous l'imaginer, n'est-ce pas !

Je repense à la demande d'Antonin : Viens chez
moi. Viens. Viens, je veux te faire l'amour dans mon
lit. Viens, c'est une prière. Moi, je ne veux pas de lit.
Et surtout pas le sien.
Un peu de concentration.

— Tu ne sais rien de moi.
C'est sorti tout à coup, la familiarité. Elle ne s'attendait pas à ça, ni à mon air blessé. Mais l'explication ne
veut pas sortir de mes lèvres. Je suis… muet. Elle aussi.

Au moment où je finis de taper ces mots, je relève la
tête. Une présence insistante à côté de moi m'arrache
à ce récit captivant. Ce cher Antonin me sourit. Je
me suis installée dans un café rue de Bretagne, celui
où j'écris habituellement, et où je prends l'air pour
traduire ou rédiger une chronique rapide. Terrasse,
pour pouvoir fumer en toute tranquillité. J'ai toujours
pensé – probablement à tort – que la cigarette invitait
à l'inspiration. Ces quelques instants la main en l'air,
avec de la fumée qui virevolte autour de vous. Ce côté
écrivain des années 1920, avec mes cigarettes blanches,
comme si elles n'avaient pas de filtre. Un peu plus
longues et moins larges que le modèle de cette époque.
Avec un filtre. C'est l'illusion qui compte.
Il faut croire qu'Antonin connaît mes habitudes. Je
ne sais pas si j'ai mentionné l'existence de ce café. Peut-
être. Ou alors il me suit depuis des jours…

Il est là, et ce n'est certainement pas un hasard merveilleux qui l'a guidé dans cette zone précise de Paris. Il voulait me voir, tout simplement. Il est assez facile de me trouver. Rien d'extraordinaire là-dedans. Surtout si l'on me suit... Antonin est charmant aujourd'hui, une chemise légère, bleue, et un short. Le short lui va bien. Moi qui n'aime pas les shorts. Il a ôté ses Ray-Ban contrairement à Harold le bad boy. Une charmante image. Antonin, tout simplement. S'assoit sans y être invité.

— Tu vas bien ? Je passais par hasard dans le quartier, je t'ai vue...

— Ah bon ? Je croyais que tu habitais dans le 5e ?

Il sourit mais ne répond pas. Il n'a pas esquissé le geste de m'embrasser en public, Dieu soit loué.

— Ta traduction alors ? Ça avance ?

— Je m'ennuie un peu. Ton stage ?

— Je n'arrête pas de penser à toi.

— Hmm... (Je le sens embarrassé. Plus que la dernière fois où je l'ai croisé, à la rédaction. Lui qui était si sûr de lui, auparavant.) Laisse-moi deviner, tu comptais faire du sport.

— Comment le sais-tu ?

Il a l'air drôlement étonné. Je lui fais mon sourire de sphinx, jette un coup d'œil à l'écran de mon ordinateur comme pour lui indiquer qu'il me dérange. Ou que la réponse se trouve sur ma page Word. Sa raquette de squash sort de son sac. Comme Harold, il s'entretient.

— Mais, en te voyant, j'ai renoncé à l'idée, si tu vois ce que je veux dire...

— Pas du tout.

— Léna, tu joues. Je sais que tu en as envie comme moi alors *cut the bullshit*.

— Pitié, pas de franglais. J'ai du travail, Antonin. Et des délais à tenir, vois-tu. Alors…

— C'est comme tu veux, si tu le prends comme ça, répond-il avec humeur.

Le mépris ne lui va pas au teint.

Un peu tôt dans une relation pour se vexer si facilement, très cher.

Ses sourcils sont froncés, il se gratte nerveusement le menton. Il commande tout de même un café au serveur qui passe. Je suis en paix avec moi-même. Qu'il aille faire son squash, on verra ensuite. Je n'ai pas envie de capituler tout de suite et de lui proposer de me retrouver plus tard. Même si je vais le faire, bien évidemment.

— Va faire un squash, mon chat, ça te détendra.

— Tu me prends vraiment pour un gamin. Tu te plantes sur toute la ligne.

Et s'il se mettait à me raconter son enfance malheureuse porte de Clignancourt ? J'étouffe un gloussement. Il m'a invitée plusieurs fois à le retrouver dans son duplex à deux pas de Cardinal-Lemoine. Que sa mère lui a offert pour son bac. Il ne va pas me faire pleurer. Je ne sais pas si j'irai un jour. Je me refuse à toute routine, d'ailleurs, cette histoire s'arrêtera au plus vite – point de drame. Je ne le laisse pas croire que je suis sa petite amie. Nous baisons ensemble, il n'y a aucune raison de partager quoi que ce soit d'autre. Un café, à la rigueur. Pour ce qui est du reste…

Thomas voyage sans arrêt ; quand il est à Paris, il travaille en permanence. Ce n'est pas que je me sente délaissée, je le suis de fait. Je crains le moindre faux pas – inimaginable de sacrifier Thomas. Je lutte contre mes démons, ils seraient enclins à faire savoir à Thomas que... Juste pour jouer. Je ne suis pas un monstre, dois-je me répéter plusieurs fois par jour.

Je pense sans cesse aux mains d'Antonin – mais je ne le lui avouerai jamais. Je n'éprouve rien de plus que ce désir irrationnel pour lui. Nous n'avons aucun avenir. Je ne nous imagine aucun avenir. Ciel, s'il pense avoir des droits sur moi !

Je le regarde en fumant une cigarette, je lui souffle au visage. Tu sais ce que ça veut dire, songé-je en souriant. Toujours son air contrarié. Je ne l'invite guère aux confidences. Je lui interdis les appels téléphoniques, lui autorise à peine les textos, mais surtout pas les mails. Il a choisi de coucher avec une femme « mûre »... Je la joue femme mariée, pour notre plus grand plaisir – enfin, le mien. Depuis, il m'inonde de SMS.

— On se retrouve plus tard, dis-je d'une voix un peu plus douce.

Plaisir ? Je me mens à moi-même. Il m'attire, contre toute logique. Une sensation – et non un sentiment, je suis catégorique – que je n'explique pas. Qui m'oblige à mettre en danger une relation autrement importante. A croire que je le fais exprès.

Je me risque à poser la main sur sa cuisse, qu'il a ferme. Un squash l'épuisera-t-il ? Dans mes souvenirs, de ce sport d'homme d'affaires résulte toujours une intense fatigue. Nous verrons. Au pire, j'attendrai. Pour ma dose érotique, il y a *Dangereux Louboutin*. Ah, ah.

Ironiser est mon dernier recours.

— Viens chez moi ce soir. A quelle heure auras-tu fini tes chapitres ?

— Je ne sais pas...

Sourire de celle qui le fait attendre volontairement. Mais, à la lueur dans mes yeux, il sait que je le rejoindrai ce soir. Je n'ai pas la force de me priver d'une chose que je désire si violemment. Il a suffi de le toucher pour me le rappeler. Malgré tout, son jeune âge, mon manque absolu de sentiment, son attitude à la limite du harcèlement, il me plaît.

Il faudra un jour que je me penche là-dessus.

Et sur ma vision du « malgré », parce que, malgré tous ses défauts, malgré son manque d'intérêt, malgré sa montre jaune, je couche avec lui.

— Je peux te retrouver après le dîner, j'ai déjà quelque chose de prévu, mais ensuite...

Le café d'Antonin arrive. Il l'avale en me dévorant des yeux.

— Je passe te prendre en Vespa ?

— Non, je viendrai en taxi.

— Vers quelle heure ? Vingt-deux heures ? Minuit ?

— Tard, je pense. Je t'enverrai un texto.

Je sens qu'Antonin se méfie, j'ai tant insisté pour ne pas le retrouver rive gauche. Comme si la Seine était un lieu symbolique qu'il ne fallait pas traverser. Je ne suis pas tout à fait sûre de vouloir monter. Une ruelle obscure ? Une porte cochère ? Il n'y en a pas à New York, pour le plus grand malheur d'Harold et Mila. Nous verrons bien. Antonin sourit de toutes ses belles dents blanches. Il a vraiment l'air heureux, soudain. Si facile à ravir. Si transparent, si simple. Le miroir dont j'ai besoin en ce moment. Pour oublier tout le reste.

Il se sent un instant en position de force.

— Si tu montes chez moi, on fait l'amour dans mon lit. Mes draps sont propres.

— Ça, je n'en doute pas. (Il a une femme de ménage, c'est écrit sur son front. Je ne dis rien, je suis distraite.) D'accord, si je monte, tu pourras me prendre comme tu veux, où tu veux, et autant que tu voudras.

Il a l'air encore plus méfiant. Puis il sourit de nouveau.

Je ne me laisserai jamais aller à ma faiblesse pour lui. Du moins, pas totalement. S'il croit qu'il m'aura avec la perspective de draps propres...

Il s'éloigne. J'inspire un bon coup pour me donner le courage nécessaire de continuer ce fichu chapitre.

Nous avons parlé longuement assis à la terrasse de *Au bon pain*, cette chaîne française qui fait des pains au chocolat un peu moins immondes qu'ailleurs, mais, pour moi qui ai vécu plusieurs années à Paris, ils restent désespérément américains... Je me souviens de ces interminables discussions philosophiques dans le Quartier latin, à dévorer croissants, baguettes viennoises et baguettes tout court en enchaînant les espressos... Un délicat souvenir.

Mila s'est décidée à m'écouter, elle a séché les gouttes de sueur sur son front et sur ses épaules et boit un grand mug de café aromatisé à la vanille. Je lui ai raconté mon enfance, elle a dit que ça ne changeait rien à l'odieux personnage que j'étais devenu. Un connard suffisant, si je me rappelle bien son expression.

— Mila… Je peux vous appeler Mila ?

— Bien sûr.

— Appelle-moi Harold. Oublions les monsieur et les mademoiselle, je t'en prie.

— OK.

Un peu froid comme réponse. Je m'attendais à mieux. A quoi joue-t-elle ? Je sais qu'elle ressent la même chose que moi. Je le crois, l'espère de tout mon cœur, serré à la seule pensée qu'elle pourrait un jour se refuser à moi.

— Mila, je ne peux vivre sans toi. Accordons-nous la fin de l'après-midi, peu importe les dossiers. J'ai besoin d'un moment, encore un. Juste un. Ensuite je me résignerai à ne plus te *posséder*.

— Non, Harold, on ne peut pas laisser en plan les dossiers. L'entreprise des écrous s'en remettra, ce marché est plutôt défensif, il craint dégun. Mais tu penses à l'affaire du Soudan ! Je l'ai vu ressortir sur le bureau de John. On essaie de contourner tes règles éthiques ! Je crois que c'est d'Aubert, il doit recevoir des ordres de plus haut, parce que ce n'est pas son genre. Quelle que soit ton entente avec Maxim, tu dois empêcher ça.

— Tu as raison, allons-y. A condition que tu me donnes ta soirée.

— Si c'est pour le bien-être des enfants soudanais, alors j'accepte.

2

Je tourne en rond dans mon appartement en attendant un signe d'elle. Il ne vient pas. Mon iPhone est désespérément muet. J'en suis à faire un brin de nettoyage alors que tout est déjà rutilant, parce que j'ai une femme de ménage. Ma mère veille sur ce genre de choses. Je suis si bouleversé par l'idée que je ne la verrai peut-être pas ce soir… Elle me l'a promis, pourtant. Je ne sais pas si bouleversé est le mot. Mais je tourne en rond, je fume clope sur clope en scrutant la rue par la fenêtre. Puis je me relave les dents pour ne pas avoir l'haleine d'un vieux cendrier. Puis j'en allume une autre.

La silhouette d'une femme, en bas, m'a fait sursauter. J'ai eu un espoir fou pendant quelques minutes, à cause de l'obscurité. La femme avait la même démarche, le même balancement des hanches, la même manière de porter son sac sur l'épaule. Le même port de tête de danseuse. J'en avais lâché ma cigarette dans le vide. La passante s'est éloignée sans relever la tête. Et n'a pas reçu la cigarette allumée dans les cheveux.

Je fais quelques pompes sur le tapis du salon. Je replace les coussins sur mon canapé, vérifie que la télé est bien éteinte. Je mets Django Reinhardt sur ma base iPod, une merveille Bose qu'on m'a offerte à Noël dernier. Une qualité de son renversante. Il y a même des fleurs sur la table basse. L'harmonie règne.

Mon appartement ne peut manquer de faire bonne impression, même à la fille la plus compliquée de la Terre. Même à une fille de trente ans. Il est grand, propre, lumineux – certes, il fait nuit maintenant. Mais les grandes fenêtres inspirent confiance. Le mobilier a été choisi avec soin par un décorateur d'intérieur portugais extrêmement doué. Il avait cerné en quelques instants ma personnalité, mes goûts, avait compris comment intégrer un écran plat dans une pièce de grand standing. Avait suggéré de remplir une bibliothèque factice pour plaire aux filles. Ce type a un grand avenir devant lui.

La cuisine en enfilade est spacieuse, bien équipée – ce qui me laisse de marbre parce que je suis un fervent de McDonald, mais cela plaît aussi aux filles. La salle de bains, elle, m'enthousiasme. La douche est énorme, le sol est fait de petits galets. Le reste de la pièce est recouvert de teck, sol et murs. Les plans de base incluaient une baignoire. On m'a installé un placard à la place. Je déteste prendre des bains et je ne cuisine pas : l'archi s'était retrouvé avec un piano de cuisson et une baignoire à pieds de lion à l'œil. Il faut savoir flatter ses inférieurs.

Ma chambre enfin, à l'étage. Je vérifie que tout y est en ordre, mon portable en mode fort, dans la poche de mon pantalon – je ne voudrais pas la faire attendre. Les draps sont bien tendus, les oreillers disposés avec art ; sur la tête de lit ne traînent ni magazines (j'adore

Science & vie), ni capotes, usagées ou pas, ni canettes de bière, de Coca ou autres pots de yaourt. Tout est clean, parfaitement clean. Les portes du placard sont bien fermées, j'ai même demandé à Maria (mais non, la nouvelle s'appelle Céline, je suis incorrigible) de replier mes vêtements au cas où elle s'amuserait à regarder à l'intérieur. Mais c'est peu probable.

Je ne suis là pour personne. J'attends dans le noir, je contemple les ténèbres de mon salon allongé sur le canapé. Je considère l'extrémité rougeoyante de ma cigarette, de plus en plus tendu par ces heures perdues. Elle a dit qu'elle viendrait et pas un signe d'elle. Il est minuit.

Je fais quelques pas. Je rallume toutes les lampes mais je me refuse à regarder la télé. Je suis persuadé qu'elle va venir. Je l'ai lu dans ses yeux. Elle n'est pas fourbe, au contraire, elle dit sûrement trop ce qu'elle pense. Un air de tyran, toujours un brin ironique. Elle est tyronnique. Ça, c'est du mot-valise ! Il lui colle parfaitement à la peau. Dire des horreurs en souriant, me mépriser d'un geste mais avec un petit rire frais, et une lueur malicieuse dans l'œil. On ne sait jamais s'il faut se fier au son de sa voix ou à ce qu'elle dit – si elle disait des choses tendres, je sais que ce serait avec une voix légèrement moqueuse. Au fond, je sais qu'elle m'aime.

Ou alors, un empêchement quelconque. Je ne suis pas du genre à attendre, d'une façon générale. Je choisis une fille qui me plaît, je lui plais toujours – ce n'est pas de la forfanterie mais la pure vérité. Mes muscles ? Mon joli minois ? Mon esprit ? Je ne saurais dire. Aucune fille ne m'a jamais résisté. Léna non plus, la première fois. Elle s'est donnée selon le timing que j'avais prévu. A cinq minutes près. Mais ensuite... Il y avait également le deuxième problème : en général, pour une raison x ou y, la fille ne convient jamais. Je n'ai pas envie de la revoir. Je ne me pose pas de questions. Or je n'ai pas épuisé mon désir pour Léna en la baisant sur le plan de travail de sa cuisine. L'avais-je prévu ? Je n'arrive pas à me rappeler les quelques instants qui ont précédé et suivi l'amour avec elle. Trop renversant.

Je savais certainement que ça vaudrait le coup. Au premier coup d'œil. Elle n'était pas seulement jolie, elle dégageait un je-ne-sais-quoi qui la rendait irrésistible – enfin, pour moi. Le regard des hommes sur elle dans la rue ne semble d'ailleurs pas me contredire. Ça valait le coup. La tenir dans mes bras devient une obsession d'un nouveau genre, totalement inconnu. J'en viens à échafauder des plans, à tourner autour de chez elle, sans égard pour son mec. Parce que, bien sûr, elle en a un. Elle vit avec lui. Même si elle ne m'en a rien dit, je devine qu'elle y tient. Elle m'a seulement fait comprendre que je n'avais rien à espérer de notre relation si ce n'est des étreintes. L'amour physique me suffit, c'est ce que je lui ai répondu.

Tant que je peux l'avoir.

Je n'ai vraiment jamais vécu une telle situation. Je me regarde dans le miroir, et je ne me reconnais pas. Où est cette arrogance qui fait tout mon charme ? Je n'arrive pas à lui dire non, pire, je suis en permanence à la limite de la supplier. La supplier de me voir, de me parler, de me toucher. Elle me maintient à bonne distance. Comme si elle avait peur de ce que nous avons, ce besoin de nous serrer l'un contre l'autre. Elle ressent la même chose, c'est évident.

Pourtant elle ne vient pas.

J'ai passé la soirée avec Clara, mon amie qui a aimé *Dangereux Louboutin*, Sarah, mon amie dont la chef a aimé *Dangereux Louboutin*, et Constance qui ne l'a pas lu du tout. Ce fut très animé, comme toujours. Quentin dînait dehors – l'occasion parfaite pour organiser une soirée filles comme à nos vingt ans. Et boire plus de daiquiris fraise que de raison – Clara n'est toujours pas enceinte, elle en profite (comme de son corps ferme qu'elle exhibe au maximum, se justifie-t-elle). Pourtant, nous avons préparé les cocktails ensemble, nous étions conscientes du litre de rhum que nous avons adjoint aux fraises. Aucune excuse.

J'avais besoin de divertissement. Après des heures de traduction, l'angoisse m'avait prise à la gorge. Des histoires d'enveloppes, en récupérant le courrier. Un pressentiment, mon roman, Thomas, toutes ces choses que je ne contrôle pas. Je ne voulais pas arriver trop tôt chez Antonin. Pauvre chat, il se serait imaginé que je ne pouvais pas attendre. Ne jamais montrer de faiblesse devant la main-d'œuvre, dit toujours Thomas.

Clara m'a proposé de dormir sur le canapé, tant je vacillais en descendant les six étages de son immeuble juste en face de la tour Saint-Jacques. Je lui ai répondu en riant : « Je suis loin de l'époque où j'étais assez folle pour rentrer à vélo. Maintenant, je peux me payer des taxis. Tu n'as pas à t'en faire. »

Elle m'a quand même demandé de lui envoyer un message quand je serai rentrée. Rentrée où ? me suis-je demandé. Même dans un état avancé d'ébriété, je ne me laisse pas aller à des confidences hors de propos. J'ai ma dignité. Elles adorent toutes Thomas. Je suis trop ivre pour m'inquiéter de savoir si ce que je fais est mal quand je monte dans le taxi. Clara a discrètement tenté de me faire parler de mes problèmes de couple pendant la soirée. Problèmes ? ai-je gloussé. Elle n'a pas insisté, elle devait juger le sujet trop sérieux pour être abordé avec deux grammes dans le sang. Tant mieux. Je n'ai pas de problèmes de couple. Je ne réfléchis pas à ce genre de chose. D'ailleurs, en ce moment, je ne réfléchis pas.

Je donne l'adresse d'Antonin au chauffeur. Sarah et Constance partent du côté du boulevard Sébastopol, je leur fais un signe de la main. La voiture continue sur la rue de Rivoli avant de traverser le pont Notre-Dame. Les filles sont trop ivres pour se rendre compte que je me dirige dans la direction inverse à mon appartement.

Quelle heure est-il ? J'ai toujours eu du mal à lire l'heure. Alors là… J'éclate de rire toute seule. Le chauffeur de taxi me lance un regard torve du genre : elle ne va pas vomir dans ma voiture, celle-là ? Non, je ne suis pas du genre à dégobiller, monsieur. Et nous n'avons pas fait de mélanges. Beaucoup de daiquiris, c'est vrai, et puis des légumes à croquer et des petits-fours. J'avais préparé mon houmous mythique. Je suis connue pour mon houmous. A force, on va croire que je suis juive.

J'ai envie de faire l'amour. L'alcool me rend intenable. Thomas est à Marseille. Je suis seule, désorientée dans cette grande ville. Au fond, sais-je seulement avec qui il travaille, lui ? Si ses mécènes ne sont pas des femmes à forte poitrine ?

Ces pensées sont mesquines. J'ai presque honte de me chercher des excuses. Je n'en ai pas. Ma volonté est aliénée – je ne sais pas si je cite du Marx ou du Hannah Arendt. A mon niveau d'alcoolémie, ils pourraient même se confondre dans l'image des femmes à barbe du début du XXe siècle.

Depuis ce fameux après-midi, je flotte plus que je ne vis. Une sensation très étrange, distanciée, comme si je m'observais faire l'amour avec un étranger et retrouver ensuite le calme de ma chambre avec Thomas. Le manque de culpabilité inhérent à la situation me laisse pantoise. Des vies parallèles. Je comprends enfin Plutarque – grâce à Antonin ? Je travaille, je traduis, je marche dans la rue, je discute sans être vraiment là. Sauf dans l'amour. Thomas ou Antonin... Impossible de me passer de l'un ou de l'autre. Je suis devenue une créature étrange, incapable de jugement moral. Je sens bien que cela ne pourra pas durer éternellement. Je me regarde et je m'effraie.

Je sors mon téléphone de mon sac à main. Je comptais prévenir Antonin de mon arrivée mais le temps s'accélère, et je me retrouve en bas de chez lui mon téléphone dans la main, un message à rédiger ouvert avec inscrit : « Je prends un... » Le taxi s'éloigne. Il m'a répété dix fois son digicode. « Si tu voulais un jour me faire une surprise », disait-il. Comme si c'était mon genre. J'avais dû lui répondre ça. Il avait insisté, me l'avait chuchoté dans l'oreille encore et encore. Je pourrais presque le retrouver. Debout, devant sa porte, je tape sur les numéros. Je pourrais lui faire une surprise, pour de bon. Même s'il sait que je viens. Il habite au cinquième. Tant pis, la porte reste close. « Je suis en bas », lui écris-je après avoir baissé les armes.

Mon téléphone vibre. « Je suis en bas. » Enfin ! Je saute du canapé, secoue la cendre qui s'est répandue sur mon polo, pose le cendrier sur l'appui de fenêtre, l'ouvre bien en grand pour que l'appartement n'empeste pas trop. J'aurais dû penser à faire brûler une bougie parfumée ! Trop tard pour aller en chercher une. Elle attend et n'aime pas attendre. Imaginons qu'elle tourne les talons. Et merde, il y a de la cendre sur le tapis persan très coûteux que m'a offert mon père pour Noël. P*** de tapis persan. P*** de toi ! Mais elle est venue.

Mon cœur saute dans ma poitrine, je ne me sens plus de joie. J'en omets de lui répondre : « J'arrive. » L'enthousiasme me fait presque oublier mes clefs – si je m'enfermais dehors, tout serait foutu. Je devrais filer chez ma mère. Elle partirait. Je serre les clefs dans mon poing pour m'assurer qu'elles sont bien là et je grimpe dans l'ascenseur. J'appuie frénétiquement sur le bouton RC. Vite, le rez-de-chaussée. Vite.

Cet ascenseur est plus lent qu'une limace. Les portes s'ouvrent, je traverse l'entrée somptueuse, mais le marbre rouge ne me fait aucun effet. Je ne pense même pas à regarder mon reflet dans les immenses glaces qui entourent l'ascenseur. Je songe seulement que la cabine est fort étroite et que je pourrais caresser tout à mon aise Léna à l'intérieur. Pourvu qu'elle ait une robe. Avec cette chaleur, c'est plus qu'envisageable. Pas de culotte. Moins envisageable. Ça m'excite quand même. J'ouvre la grande porte d'entrée, et je la vois, assise par terre, en train de fumer une cigarette. Elle porte une petite robe noire mais je vois sa culotte de dentelle de là. Elle est néanmoins tout à fait irrésistible, la tête légèrement penchée sur l'épaule, sa cascade de cheveux blonds d'un côté.

Je la prends par les mains, elle se relève difficilement. Elle a l'air ivre. Elle me sourit de ses lèvres rouges et s'affale dans mes bras. Sentir son corps chaud contre moi me fait tressaillir.

— Tu es tellement désirable, lui dis-je.

Elle n'a pas l'air de m'entendre. Toutes ses défenses sont baissées, c'est si agréable de la tenir comme ça, de l'avoir molle, tout à moi. Nous entrons dans le vestibule.

Elle se reprend :

— Ah, non, je ne monte pas.

— Léna, mon cœur... (Je regrette de m'être laissé aller, mais elle est ivre, elle ne s'en souviendra jamais.) Léna, je t'en prie, on ne va pas rester en bas, plantés là.

La vraie raison de mon inquiétude, c'est que ma sœur habite un étage en dessous et qu'elle est rentrée de vacances. Elle est fan de *Dangereux Louboutin*, quand maman lui a dit que Léna, la traductrice, travaillait pour elle... Elle crevait d'envie de la rencontrer. Autant dire qu'elle pourrait la reconnaître. Et moi avec.

— Viens, viens...

Elle marmonne quelques imprécations, plus contre elle-même que contre moi, et se laisse entraîner dans l'ascenseur. Sa tête arrive pile à mon épaule, elle s'installe confortablement, les bras pendants, je dois la tenir pour qu'elle reste debout. Je suis forcé de penser à son mec, s'il est à Paris et s'il ne la voit pas rentrer… Elle ne pourra jamais quitter mon appartement dans cet état-là. L'idée ne me déplaît pas. Après tout, mes draps sont propres.

Nous arrivons chez moi. Je la porte jusqu'au canapé, sur lequel elle s'allonge de tout son long.

— Cigarette, lâche-t-elle de sa voix la plus charmante.

Je m'empresse de lui offrir l'une des miennes, hors de question de fouiller dans son sac, j'ai été éduqué, il fut un temps. Ma mère a toujours été catégorique sur ce point. Je l'allume dans sa bouche. Elle tire une bouffée et ferme les yeux dans un grand moment de sensualité.

Je l'embrasse dans le cou, sur la poitrine, tout en relevant le bas de sa robe sur son ventre. Elle me repousse de sa main libre en grognant. Je m'assois à côté d'elle, lui caresse le visage.

— Léna, Léna…

Je ne rêve que de la mettre à plat ventre sur le canapé, sur un coussin, de retirer cette encombrante culotte mais pas ses chaussures dorées… Dommage que ce ne soit pas des talons. Baiser une fille avec des talons est une friandise commune mais appréciable. Ça m'a toujours beaucoup excité. C'est bien vu de la part de l'auteur de *Dangereux Louboutin*.

Un fou rire prend Léna, qui écrase sa cigarette et se tortille sur le canapé. C'est un peu incongru, mais je ne m'étonne jamais quand il s'agit de Léna. Elle m'attire à elle, me monte dessus, tout en riant. Bien sûr, je ne suis pas insensible au poids de son corps sur le mien, je ne la désire que plus violemment. Elle s'amuse, fredonne quelque chose – j'ai peur que ce ne soit du Balavoine. Parfois, elle se penche, m'embrasse, me mord dans le cou. Pas décidée à aller plus loin. Elle passe la main sur la bosse de mon pantalon, rit de plus belle. Sadique. Elle s'effondre sur moi, son corps a la consistance de la ouate.

— Léna, je vais te mettre sous la douche, tu as besoin de reprendre tes esprits.

— Non, tout va très bien, articule-t-elle entre deux gloussements.

— Je t'assure, tu te sentiras mieux.

Je jette mentalement à la voirie la bouteille de Dom Pérignon que j'avais prévue pour ce soir. Je la boirai avec un copain en jouant à FIFA sur ma PlayStation 3 – bientôt la 4, j'ai hâte. Elle n'est pas en état.

Elle grommelle encore. Même comateuse, elle est irrésistible.

Nous marchons vers la salle de bains. Léna a laissé ses chaussures au bord du canapé. Elle s'évertue à retirer sa robe, je l'aide, l'étoffe noire glisse dans le couloir. Elle se dandine dans son ensemble de dentelle bleu marine. Arrivés dans la salle de bains, elle s'exclame : « Moderne », à peu près le seul mot intelligible depuis tout à l'heure.

Je descends la culotte, dégrafe le soutien-gorge. Elle se laisse faire en me regardant derrière elle, dans le miroir. Puis, nue, elle se retourne et tâche de remonter mon polo sur mon large torse. A moi de la regarder dans la glace, ses cheveux emmêlés sur ses omoplates, ses fesses bronzées. Le contact de ses seins contre ma poitrine est prodigieusement agréable. Je descends mon pantalon, mon boxer et, pris d'inspiration, je l'entraîne dans la douche.

Elle s'accroche à mon cou, m'embrasse. J'ouvre le robinet et l'eau sort, glacée, du pommeau fixe au-dessus de nos têtes. Elle a un petit cri d'étonnement, se blottit contre moi. J'attrape le gel douche Le Petit Marseillais et je lui en verse sur la tête pour neutraliser son odeur sucrée de rhum. Même ivre, elle s'écrie : « Du savon dans mes cheveux ! », puis rit encore.

Je lui frotte les cheveux, la poitrine ; elle me savonne également. Un fort effluve de fleur d'oranger envahit la salle de bains. Nous glissons l'un contre l'autre. Elle m'embrasse, avec un goût de savon dans la bouche, passe ses jambes autour de ma taille. Nous glissons tous les deux au sol, en riant de plus belle. Comme si son ivresse était communicative. Mes mains la parcourent, la cherchent, la fouillent. Notre entente est totale. Elle t'aime ! crie une voix dans ma tête.

Son maquillage a entièrement coulé, si complètement qu'il n'en reste pas une trace, même sous les yeux. Elle est totalement nue ; ses cheveux trempés rejetés en arrière, bruns à cause de l'eau, font ressortir ses yeux bleus quand elle ne les ferme pas pour balancer la tête en arrière. Des yeux clairs cerclés d'un bleu plus profond. Je me noie dans son iris. Elle se cambre, me caresse le dos, les fesses. Puis elle se met à genoux et me prend dans sa bouche. Je ne retiens pas un long gémissement de plaisir. L'eau continue à couler sur ma tête, une température agréable maintenant. Je suis aveuglé à certains moments par une goutte malintentionnée, ce qui contribue à mon plaisir. Je regarde son visage, sa bouche qui m'avale. Et je prends sur moi pour ne pas jouir tout de suite.

Au bout de quelques minutes, je la relève, je la retourne, les mains contre le mur, et je la prends comme ça. A son tour de gémir, plus fort qu'à l'ordinaire, le savon est un piètre lubrifiant. Rien ne vaut le beurre, au petit déjeuner. Mais je divague. Son corps s'arque, elle respire avec difficulté, s'étouffe avec l'eau. Je tire ses cheveux en arrière. Son orgasme me surprend tellement que je n'arrive pas à retenir le mien. Un vrai étau. Comme une main qui vous masserait de l'intérieur. Je m'immobilise, elle tourne la tête et cherche mes lèvres. J'adore l'embrasser.

Quand nos corps se séparent, elle a totalement repris la maîtrise d'elle-même. Elle finit de se savonner, rince soigneusement ses cheveux et me demande où je range les serviettes. Je sors un épais peignoir en éponge d'un placard et je l'enveloppe dedans. Je veux la prendre dans mes bras mais elle se dégage.

— On reprend là où on s'est arrêtés ?

Elle relève un sourcil. Son regard est terrible. Je m'attends au pire – et j'ai raison.

— Pour ma part, c'était assez. Je rentre maintenant.

Je n'essaie même pas de la retenir. Elle se scrute dans le miroir.

— Tu n'aurais pas un élastique à cheveux, par hasard ?

— Non... Désolé.

— Aucune copine qui laisse traîner une barrette ? Quelque chose pour me donner un air décent dans la rue ?

— Non...

Je me mets à rire doucement. Il fallait s'y attendre, et je ne vais tout de même pas pleurer, la dernière demi-heure est de nature à rentrer dans mes annales. Elle est tellement pleine de surprises. Toujours quelque chose de nouveau. La religion du plaisir. Mais, à cet instant précis, ses gestes sont saccadés ; elle est furieuse et magnifique, sans maquillage, ni ornement. Elle a laissé tomber son peignoir par terre et ne semble pas se rendre compte qu'elle est nue. Elle attrape ses sous-vêtements, passe dans le salon.

— Très chic, il faudra que tu me donnes le nom de ton architecte d'intérieur, dit-elle en remettant sa robe.

Sacré Perez. J'ai gardé mon peignoir. Je suis en train de tremper le parquet en point de Hongrie, tant pis. Je la bois du regard.

Son regard s'adoucit, elle bat des cils – encore plus mauvais signe que les mouvements de sourcils, paradoxalement.

— Merci pour ce petit divertissement adolescent. Il ne manquait qu'un ou deux colocataires qui écoutent aux portes. Mais on ne peut pas tout avoir. Tu es trop riche. C'était divin.

Je décide de me focaliser sur la fin de sa phrase. J'ouvre la porte et je la regarde descendre les escaliers, dans sa robe sans un pli, le port altier mais les cheveux totalement emmêlés. Divin *walk of shame*, comme disent les Anglo-Saxons.

3

J'ai refusé de faire l'amour dans son lit. Cela ne me semblait éthiquement pas possible. Parler d'éthique ou de morale dans mon cas peut sembler un peu hors de propos, venir comme un cheveu sur la soupe, et pourtant. Je ne suis pas responsable de mes actions quand il s'agit de lui. Je suis poussée par une force surnaturelle, qui essaie de me montrer quelque chose. Peut-être avais-je besoin de me lâcher, de vivre ma vie, d'habiter enfin mon corps. De donner un sens nouveau à mon existence, d'être jeune et folle avant qu'il ne soit trop tard.

Tout ce que je n'ai pas été depuis de longues années. Depuis Anton...

J'ai refusé de faire l'amour dans son lit, nous l'avons fait dans sa voiture, juste devant chez lui. Il a dit un mot à son chauffeur, probablement un code (« Allez prendre une grenadine, mon brave Darius »), et celui-ci est sorti de la voiture sans faire de commentaire. Je ne comprends pas qu'il ne soit pas gêné par une telle demande ! Et, paradoxalement, ça m'excitait de penser que le chauffeur savait ce qui allait se passer. Peut-être même qu'il regarderait. Quand je m'étais changée avant d'aller au bureau, j'avais choisi ma lingerie et mes vêtements avec soin : un ensemble en satin crème, puis une robe en dentelle presque indécente, sur laquelle je portais une veste pour me rendre au bureau. J'avais mis mes Louboutin beiges vernis. Je savais que j'allais peu marcher.

Et me faire baiser avec.

Mila, tu es une grosse dégueulasse. Ces escarpins sont un cadeau de ton père.

Mon pauvre petit papa, s'il savait... Toutes mes barrières s'envolent quand je suis avec Harold, même seulement près de lui. Il s'est penché tout à l'heure vers moi, pendant qu'on revoyait les dossiers de la semaine, et j'ai eu une envie violente de le mordre dans le cou. Jusqu'au sang. Goûter son sang. M'en repaître. Je crois que j'ai trop lu *Twilight*. Je ne suis pas de ce genre, surtout pas au bureau. Je suis maîtresse de moi comme de l'univers. Mais je dois admettre que j'ai des absences, surtout ces derniers temps.

Je ne voulais pas outrepasser ma dernière limite : aller chez lui. Vraiment, son intérieur, ses petits caleçons bien pliés ne m'intéressent pas. D'accord, c'est faux, je *rêve* d'aller chez lui et de fouiller dans ses placards, de découvrir quelle est sa marque de lessive préférée et d'acheter la même. Mais préserver un territoire inconnu dans notre relation est terriblement excitant. La situation et sa personne m'obligent à envisager les choses comme je n'avais jamais osé le faire auparavant. Je deviens aventureuse, mes désirs filent comme des comètes. Mon esprit est centré sur Lui. Alors que, jusqu'à présent, même mon premier amour, Anton, ne m'avait pas détournée de mes études et de mon travail. Etait-ce parce que mon subconscient subodorait qu'il était gay ? Je n'aime pas repenser à ça même si, désormais, le souvenir me semble plus lointain, moins douloureux. Quand je repense à cette veillée de Noël où il m'avait annoncé la nouvelle... Je portais mes Louboutin et ma jupe porte-bonheur – en échec grave ce soir-là. Je n'avais jamais autant pleuré de ma vie, même quand mon caniche Snoopy était mort écrasé par un chauffard ivre et divorcé (il n'y a pas de hasard) sur le petit chemin qui menait à notre grange.

Au fond, ce n'était pas la faute d'Anton. Il ne pouvait pas contrôler sa sexualité. C'était même mieux qu'il soit honnête avec lui-même, avec sa famille, ses amis et sa... fiancée. Je retiens un soupir.

Ma pauvre Mila. Tu fais tellement Iowa quand tu t'y mets.

M. Sunset et moi avons fait sauvagement l'amour à l'arrière de sa limousine. Il a déchiré ma robe, pris par l'urgence du moment, et il a écarté sans ménagement ma culotte avant de remonter mon soutien-gorge sur mes seins. J'étais si excitée que je n'ai pas pensé à crier qu'il avait rendu à l'état de chiffon une robe que j'adore. J'ai laissé faire ses larges mains chaudes sur ma peau. Je frissonnais. Et je gémissais, je le suppliais de s'aventurer plus loin, de me toucher, de me frapper peut-être. J'ai commencé à fantasmer sur un enlèvement, Harold est la figure parfaite du ravisseur. Il est pourtant si doux avec moi... Ah, cette manière qu'il a d'embrasser mon oreille... De me caresser les mains... Il y a des jours où je me demande s'il s'agit vraiment seulement de *wild sex* [traduction : sexe sauvage ? Hum...] ou si nous ne sommes pas en train de lentement dériver vers quelque chose de plus profond.

La douleur qui s'atténue, l'histoire d'Anton qui s'éloigne, tous ces éléments parlent en la faveur d'un nouveau printemps dans ma vie. [Revoir un printemps, tralalala.] Or notre relation hiérarchique, qui nous a rapprochés, est notre pire ennemie. Elle fait planer une menace sur ce qui s'ébauche ou pourrait s'ébaucher entre nous. Quand je pense aux règles de non-fraternisation... On pourrait croire qu'on s'échange des informations sur l'oreiller, qu'on fabrique des délits d'initiés au lit. Pourtant, il n'y a pas d'oreiller, pas de lit entre nous. Et il faut que ça continue sur le même mode.

Mila, si ça dérape tu peux dire adieu à ton job, à ta vie, à tes Louboutin.

J'ai beau avoir des pensées moroses, et me répéter que c'était la dernière fois, l'ultime des ultimes fois, le sexe avec Harold a encore été éblouissant. L'arrière d'une limousine est très spacieux, il ne faut pas croire. Harold a même sorti du champagne après m'avoir fait jouir deux ou trois fois (à force, j'oublie – même si je n'ai jamais autant eu d'orgasmes de ma vie, surtout pas avec Anton). Il m'a arrosée de Dom Pérignon, les bulles sur ma peau brûlante ; le liquide frais contrastant avec le cuir des sièges trempé de sueur... C'était divin. J'aurais adoré grignoter des macarons, mais on ne peut pas tout avoir. Comment c'est, déjà, le nom de cette grande maison parisienne ? La Durex ?

Mila, tu deviens gourmande. Et avide ? N'oublie pas d'où tu viens. N'oublie pas que tu as vécu dans une grange, chuchote la voix de mon père au creux de mon oreille.

Et puis il a léché le champagne sur mes cuisses, avant d'en profiter pour s'aventurer entre mes jambes... Harold est très altruiste, il a à cœur de me donner du plaisir, et de ne point me laisser partir sans que je sois totalement rassasiée. A moins qu'il ne craigne que je couche ailleurs... Et qu'il m'épuise pour ça. En tout cas, il n'a plus rien de l'affreux patron que je côtoyais depuis des mois maintenant. Il est le parfait gentleman, dans l'intimité. Rien à voir avec les racontars du bureau sur ses coups d'un soir – deux secrétaires, une avocate, une serveuse de la cafétéria. A croire qu'il ne s'agissait que de calomnies. Je le pense de plus en plus – comment faire autrement ? Je ne peux pas m'empêcher d'être séduite, toujours plus, par cet homme beau et bon, qui porte son âme sur son visage et sur son corps, si j'ose dire.

J'ai de plus en plus de mal à refouler les sentiments qui naissent en moi. Le manque, surtout. Il me manquait aujourd'hui, c'est pour cela que je suis allée faire un jogging, pour me défouler, pour me laver de sa présence. Cela n'a pas marché : au contraire, cela m'a menée droit à lui. Un signe du destin. Cela me rappelle une phrase de mon père quand je lui avais dit en entrant à l'université : « Je ne peux plus reculer. » Il avait répondu : « On ne recule jamais devant le destin, ma petite fille. » En effet, vu le prix de ma modeste université de l'Iowa, je ne risquais pas de revenir en arrière pour devenir fermière. Mon père avait voulu ça pour moi. J'ai obtenu tout ce dont je pouvais rêver. A part l'amour.

Il voudrait sûrement que je trouve l'amour, outre le sien, si important pour moi.

Mais pas à l'arrière d'une limousine. Oh… Si seulement je pouvais un jour lui présenter Harold ! Mais Harold supporterait-il la compagnie d'un homme simple comme lui ? Probablement pas. Cette pensée me révolte soudain. J'essuie une coulée de foutre sur ma joue. Et je pars.

Harold me crie de rester. Je m'éloigne en attendant le prochain taxi au milieu de la rue déserte. Une curieuse pénurie, vu le quartier dans lequel je me trouve. Je ne fléchirai pas. Je marche sur mes talons de quinze centimètres, trop étroits, et j'expérimente enfin ce qu'on appelle le *walk of shame* [on le laisse en anglais ? Je ne vois pas d'équivalent français pour le retour honteux de baise, les vêtements froissés, les cheveux dans un état impossible et l'entrejambe douloureux], le retour de la baise la plus sauvage à la vie réelle, avec une veste de tailleur fermée pour faire tenir une robe en lambeaux, le maquillage qui a coulé, les joues rouges, les cheveux totalement emmêlés et un arrière-goût de sperme. [Tout à fait d'accord avec toi, Mila.] J'ai mal au ventre. [Ce sont des choses qui arrivent, surtout quand on a l'estomac fragile.]

J'ai l'impression que tous les passants me regardent.

Hello, nous sommes à Manhattan, vous ne connaissez pas *Sex and the City* ??

4

Je me suis levée trop tard ce matin. La tête me tourne, je fume et je traduis trop. Thomas ne dort presque plus à l'appartement – les « charrettes » et les allers-retours à Marseille. Il revient au mieux au petit matin, s'effondre sans connaissance sur le lit, pour repartir cinq heures plus tard. Je deviens un fantôme – à en juger par mon reflet, ces cheveux que j'attache en permanence, cette expression terne, mes yeux cernés... Antonin passe son temps à me dire que je resplendis. Il m'aime, le pauvre. Le désir lancinant que j'éprouve à son endroit n'est que le dernier avatar de mon masochisme. Cet amour qui bouillonne en lui, de ma cruauté infinie. Pourtant, je ne regrette rien. Ce n'est pas même le plaisir de la transgression... Une véritable pulsion de mort dans ma vie si parfaite avec Thomas. Antonin en est la victime. La luxure affecte mon jugement ; mon aptitude à distinguer réalité et fiction est mise à mal. Harold et Mila me sont de plus en plus familiers, je vis exclusivement avec eux.

— Je ne pourrai jamais te faire confiance. — Mais si, mon amour. Quoi, j'ai dit mon amour ? Je veux dire, Mila. Je tiens à toi. — Tu tiens à moi ? C'est tout ce que tu peux me dire après ces mois à mettre en danger toute ma carrière pour une histoire que tu ne considères même pas au-delà du plaisir immédiat ? — C'est plus que ça, tu le sais bien. — Non. — Mila... — Harold. — Mila, je...

Maxim fait irruption dans le bureau, l'air affolé. Sa cravate est de travers, il s'écrie :

— Le Soudan ! La guerre civile a éclaté !

Et avec Antonin.

La nuit est tombée. Mon téléphone et moi nous regardons en chiens de faïence depuis trois cigarettes – soit quinze minutes, je fume lentement. Je n'ai pas envie de réfléchir. Je ne finis jamais une discussion avec Antonin, le problème ne se pose pas. Des bribes d'informations, une ou deux phrases lancées en l'air... Je me rappelle lui avoir parlé de mon roman, dans un moment d'égarement. Je n'avais pas précisé qu'il était déjà écrit, imprimé, envoyé. Ah, l'éclat dans les yeux du jeune homme ! La flamme dans ses jolies pupilles bovines ! Mince consolation.

« J'y serai ? », demande-t-il, candide. Je soupire. Il n'est pas Thomas – même si Thomas ne comprend toujours pas que la réussite de ma traduction ne compense pas l'échec éditorial, l'échec tout court, l'échec programmé de mon roman. Surtout maintenant qu'il réussit... Mais il sait lire. J'embrasse Antonin pour qu'il oublie sa question. Comme si mes réminiscences adolescentes avaient leur place dans mon roman. *Dangereux Louboutin* en est saturé, ça fait assez de sucre et de miel sur le marché éditorial français.

153

Je relis ma pièce préférée d'Anouilh, *La Répétition,* en m'émerveillant des échos avec ma situation présente. La cruauté des personnages, qui m'effrayait à vingt ans – j'étais Lucile, la jeune innocente, le jouet des aristocrates impitoyables –, me confond d'admiration. Je me retrouve dans le couple infernal du comte et de la comtesse.

« LA COMTESSE : Vous leur dites que vous les aimez d'amour, à vos maîtresses ?

« LE COMTE : Il faut bien. Les femmes sont tellement formalistes. Je crois que vous êtes la seule femme à qui je ne l'ai jamais dit. »

A ceci près que j'aime Thomas et que je ne me force pas aux épanchements avec Antonin. En ce moment, je ne le dis à personne.

Ces moments de lucidité ne durent guère. A la quatrième cigarette, j'appelle Antonin. Je m'entends lui proposer de me retrouver chez moi. Thomas passe deux jours à Marseille. Y est-il vraiment ? Il semblerait que jouer avec le feu m'excite. Plus que ce tas de muscles surmonté d'une coiffure étudiée.

Sale hypocrite, tu viens de l'appeler. Je souris dans l'obscurité. Il a eu l'air d'exulter.

A peine une demi-heure plus tard, le voilà. J'ouvre la porte, ses cheveux sont trempés, emmêlés, il a dû prendre une douche rapide.

— Léna…, gémit-il presque.

Je pose un doigt sur ses lèvres. Point de langage. Du divertissement, mon cher, du divertissement. Je le prends par la main, je l'attire dans le salon. Il me contemple, ravi :

— Je croyais que tu ne me rappellerais jamais...

— Mais si, l'interromps-je, avec l'air le plus rassurant possible.

Je l'embrasse dans le cou, il sent très bon. J'effleure sa peau douce, si lisse, comme je caresserais un bel emballage vide. Ses yeux sont insipides, vraiment. Il est la créature parfaite.

— Léna..., répète-t-il comme un refrain, quand mes mains descendent sur son pantalon et l'ouvrent consciencieusement.

Il a une très belle bite, très esthétique, parfaitement proportionnée. J'ai un réel plaisir à la cajoler. Ses yeux se ferment, il commence à gémir et à se trémousser. Si facile de le contenter. Il m'a avoué dans un moment de sincérité indue que j'étais son « meilleur coup ». Bien sûr, mais ces choses ne se disent pas.

Je le dévisage, son expression est sincère, absolument honnête ; il est dans la sensation, il se noie dans le plaisir. Au moment où il va jouir, il me relève, m'embrasse pour me prouver sa gratitude. M'embrasse encore et encore, en m'étreignant, tout contre son cœur. Ses baisers me font penser aux lampées des jeunes chiots, un peu trop goulus, peu maîtrisés mais pleins d'entrain. Je soulève ma robe et je m'empale sur lui, en rejetant la tête en arrière. Je pense brièvement à Mila, dans la limousine ; interférence. Antonin a enfin compris comment me mordiller les oreilles et les seins. Pourtant, la lettre au père, la lettre à l'éditeur, Thomas... Antonin me renverse sur le canapé, il me pilonne d'importance – il a compris ça, aussi. Je cligne des yeux, les siens sont fermés, il halète en criant mon nom, de temps à autre. Je ne suis pas vraiment là. Mon corps me trahit, cette fois. Je flotte en nous regardant du plafond. Je jouis tièdement, je suis ailleurs. Antonin n'est que trop présent.

Après une longue demi-heure de catleyas, je m'éloigne de lui dans le canapé pour allumer une cigarette. Une main s'approche pour me caresser la cuisse. Je le regarde, transpirant, heureux, frétillant d'amour comme une carpe. Je fume avec délice, comme toujours quand je m'ennuie un peu.

Depuis notre dernière entrevue, rien. J'en suis à tourner en rond dans mon appartement, à faire des joggings comme un fou pour me sortir Léna de l'esprit. A parcourir Paris en scooter. A l'attendre devant chez elle, je connais par cœur les détails de la porte d'entrée de son immeuble. Alors qu'elle n'en sort jamais. Fichue porte avec ses ferronneries compliquées.

J'ai classé mentalement tous ses voisins dans des catégories de mon cru, les propriétaires de chiens, les parents qui promènent leurs enfants le week-end dans le parc tout proche – pendant la semaine, c'est une jeune fille au pair quelconque qui s'en charge –, les maniaques qui font leurs courses à heure fixe, les noctambules, les gentils maris qui vont chercher des viennoiseries le dimanche ou descendent la poubelle, les femmes infidèles. J'ai essayé de me lier avec les livreurs Monoprix qui vont et viennent en leur demandant du feu et en leur offrant des cigarettes, si d'aventure ils montaient des provisions chez elle... Ils vont tous livrer au cinquième ou au deuxième. Et le quatrième alors ? Il est impensable qu'elle ne se nourrisse pas. Je ne lui connais personne qui s'occupe des commissions. Vit-elle dans un bunker ? Quand achète-t-elle toutes les cigarettes qu'elle fume en permanence ? Quand même pas pile pendant mon heure quotidienne de présence chez *Elle* que je fais varier tous les jours ?

Ces moments d'attente sont douloureux, mais ils m'inspirent. Des mots tendres remplissent les notes de mon iPhone.

Léna, mon ange, mon amour. Que fais-tu de tes journées ? M'as-tu déjà oublié ? Je ne peux plus vivre sans la chaleur de ta peau, la sensation de tes mains sur mon corps, le frisson qui m'étreint quand je pénètre au plus profond de toi. Tu sembles parvenir à me maintenir hors de ton existence alors que ton absence me ronge. Pourtant je sens bien qu'à chacune de nos rencontres ton corps palpite comme le mien. Je pense ton corps et non ton cœur, j'ai retenu la leçon. Les deux ne sont-ils pas liés ? Peux-tu envisager une relation strictement charnelle ? Je le pouvais jusqu'à poser les mains sur toi. Je n'envisageais pas d'aimer quelqu'un comme je t'aime aujourd'hui ; j'étais froid, distant, je ne m'attachais à rien ni à personne. Et tu es là. Cela fait vingt-deux jours que nous vivons cette aventure qui ne me laisse pas de repos. Pourquoi disparais-tu au vingt-troisième ?

J'aimerais tant pouvoir te faire partager mes états d'âme, me délester de ce poids, te dire enfin ces mots qui me brûlent les lèvres. Te serrer contre moi. Te faire l'amour, bien sûr. Seulement te voir, de loin, sans te parler. T'entrapercevoir. Pourquoi ne décroches-tu pas ton téléphone ?

Je rentre chez moi à la tombée de la nuit, je suis si transpirant que j'ai besoin d'une douche froide. Je dois reprendre mes esprits, dépasser ce qui me dépasse. Je ne sais plus où j'en suis. Tout à coup, l'extase inespérée : les quatre lettres majestueuses de son prénom apparaissent sur l'écran de mon iPhone. Je dois me mordre les lèvres pour ne pas souffler « mon amour ».

— Tu fais quoi ? demande-t-elle, badine.

Si elle savait l'effet que ces simples mots ont sur moi...

— Rien, rien du tout...

— Tu viendrais me tenir compagnie rue du Temple ?

Chez elle ? Et si elle m'annonçait qu'elle quittait son mec ? Les impossibles qui régissent notre relation me rendent fou. La voilà qui cède sur la première des limites qu'elle a elle-même instaurées. Un espoir, enfin ! Je ne me reconnais pas. Je deviens jaloux de tout, je lutte pour ne pas l'imaginer avec son compagnon, son mec – je ne sais comment l'appeler. Mais elle n'est pas mariée avec lui. C'est peut-être passager. Je l'ai repéré depuis que je la guette. Il rentre peu. Depuis combien de temps vit-elle avec ce grand type sans muscles, aux cheveux noirs et à la peau pâle ? Que lui trouve-t-elle, franchement ? Il a une démarche de fille. Il n'a pas la puissance virile qu'il faut à Léna... Autant ne plus y penser. L'imaginer dans ses bras me dégoûte. Et dire que l'idée qu'elle appartienne à un autre me faisait bander, la première fois... Un concours à l'aveugle – lui ferai-je oublier l'autre ? Pensera-t-elle à moi en faisant l'amour avec lui ? Cessera-t-elle de le toucher ? Rêvera-t-elle de moi ? Fantasmera-t-elle sur mes pectoraux ?

— Bien sûr, j'arrive...

Je raccroche, le souffle coupé. Je cours sous la douche, je cours chercher des vêtements propres et je cours jusqu'à ma Vespa. Je manque avoir trois accidents sur la route. Je regarde ma montre à chaque feu rouge. La faire attendre... Quelle idée intolérable. Me voilà devant la porte qui hante mes jours et mes nuits. Le labrador au collier rouge et son maître en sortent. J'en profite pour entrer dans le hall, je monte les escaliers quatre à quatre. Au deuxième étage, la grand-mère et son cavalier king charles me barrent la route. Ce cabot aboie pour un rien. Je suis si près d'elle, je sens presque son parfum quand j'arrive sur le palier du quatrième étage, le cœur battant.

— Léna, fais-je, ému, quand je la vois enfin devant moi.

Sa beauté est renversante, dans sa petite robe marinière, toute simple. Elle est pieds nus, sur le parquet. Elle me sourit avec douceur, pose un doigt sur mes lèvres. Le contact de sa peau soyeuse me fait tressaillir. Je n'ose pas briser la sensualité du moment par une phrase indigne d'elle, alors que les mots se bousculent dans mon esprit. J'ai tant à lui dire. Sa main étreint la mienne, je lui ai manqué. Elle nous dirige vers le salon. Je m'assois sur le canapé, en la buvant du regard. Léna est sublime, si frêle, je pourrais la casser.

— Je croyais que tu ne me rappellerais jamais...

Le charme est rompu. Je m'en veux instantanément de lui avoir fait un reproche implicite. Elle est bien au-delà de cela, notre relation est bien au-delà...

Elle répond tout de suite :

— Mais si.

Pour me le prouver, elle commence à déboutonner mon pantalon. Je fais mine de l'arrêter, je voudrais l'embrasser d'abord, tendrement, puis fougueusement. Pourquoi se comporte-t-elle comme une courtisane ? Mais comment résister à ses mains et à sa bouche expertes ? Je me laisse aller, en rêvant à tout ce dont je rêve avec Léna. Je veux tout d'elle, surtout ce qu'elle m'interdit. L'appeler à n'importe quelle heure, lui tenir la main dans le jardin du Luxembourg au printemps, la prendre sur ma Vespa et la promener dans Paris désert, au mois d'août. Bruncher avec elle aux Deux Magots, devant tout le monde, alors que les feuilles des peupliers tombent en septembre... Boire un chocolat chaud au Flore en hiver. Je veux aimer et être aimé en retour. Je la veux tout à moi.

Cette idée m'excite si terriblement que je dois l'arrêter, je la prends dans mes bras pour l'embrasser. Ah, Léna, Lenochka, lumière de ma vie, feu de mes reins... (Oui, je lis Nabokov et j'oublie souvent qu'il écrit directement en anglais.) Je la sens impatiente, pleine de désir. Sans même se déshabiller, elle glisse sur ma verge tendue à exploser. Le monde cesse d'exister, il n'y a plus qu'elle, et moi – un abîme de désir. Je dois penser aux réprimandes de ma mère pour me contenir. Nous nous emboîtons si parfaitement. Nous sommes l'androgyne originel. Elle me fait l'amour avec passion, elle est là, tout contre moi. Mes sentiments me terrifient. Les frissons qui agitent mon corps en sont la meilleure preuve. Je l'allonge sur les coussins pour la prendre à mon tour, plus fort, plus profondément. Me noyer en elle, me perdre et ne plus jamais me retrouver. Elle jouit, je suis encore plus fou de désir.

Je ne l'ai jamais sentie si mienne. Nous sommes tellement proches à cet instant... Inséparables.

5

Ce soir, les éditions de L'Abricot donnent un cocktail pour le lancement de *Dangereux Louboutin II*. Laurène Mallord a fait envoyer les invitations plusieurs semaines à l'avance, et les détails des cartons et des enveloppes en papier de soie laissent penser qu'il s'agira d'une fête-spectacle comme on n'en fait plus, à la manière de la marquise de Casati, son idole. Elle s'est récemment offert le portrait que Man Ray a fait d'elle et m'a raconté que leur ressemblance la subjuguait tant qu'elle pensait de plus à plus à se faire teindre en rousse. Un détail lancé au détour d'une conversation à propos de la traduction. Je lui ai promis la version finale dans quinze jours – je suis optimiste.

Je sors de ma nuisette pour trouver une robe décente. M'extraire de l'atmosphère pesante de mon appartement pour affronter le monde réel. Mon choix s'arrête sur une robe blanche, avec un cerclage doré sur les épaules. J'enfile des sandales bleues, me coiffe soigneusement avant de me maquiller. Cela faisait des jours… Thomas qui m'a entendue ouvrir tous les tiroirs de l'appartement me demande ce que je cherche.

— Mon sac préféré, je n'arrive pas à mettre la main dessus !

Je lui propose de m'accompagner, il répond que c'est impossible, qu'il doit retrouver sa stagiaire. Je le regarde, interloquée. Je n'avais jamais encore relevé l'article féminin accolé à « stagiaire ». Surtout après 18 heures.

Il trouve mon sac, qui avait glissé derrière le canapé.

— Merci, mon amour.

Je l'embrasse sur le front en passant, il se promène dans l'appartement son carnet entre les mains et ne remarque même pas que je suis bien trop apprêtée pour un simple cocktail. Me remarque-t-il tout court, ces derniers temps ? Ma peau empeste Antonin. Un cri de désespoir qu'il ne semble pas près d'entendre. Il marmonne :

— Le jeu sur les H, c'est trop facile, n'est-ce pas... Des moulures ? Je ne dois pas voir trop compliqué. Il faut que ce soit beau, simplement beau. Conceptuellement cohérent. Quand on regarde ce qu'a fait Zaha Hadid pour Chanel...

— Bon courage, mon ange, lui lancé-je avant de fermer la porte.

Il est si absorbé dans ses pensées qu'il ne me répond même pas. Il vit dans un monde parallèle depuis qu'il s'est replongé dans ses projets de jeunesse. Il flotte, comme moi. Je me sens transparente – Thomas ne se focalise pas sur les incohérences de mon comportement, sur ces messages que je pianote à des heures tardives, en frémissant. Parfois, je vais aux toilettes en laissant mon téléphone sur le lit. Geste dérisoire.

Ces derniers temps, j'évite Antonin. Il doit sentir l'orage. J'accueille l'idée de cette soirée avec reconnaissance.

Voilà une occasion parfaite pour me divertir en toute innocence. Laurène m'en voudrait si je n'y allais pas. Après tout, il s'agit presque d'une obligation professionnelle... Boire du champagne avec les « collègues ». On pouvait imaginer pire comme retour dans la réalité parisienne.

Je prends le parti de marcher jusqu'à la rue des Archives, là où vit Laurène dans un hôtel particulier somptueux. Je m'attends à tout de sa part : des hommes-meubles nus, des serveuses uniquement vêtues de Louboutin... Le ton est donné par la décoration de la cour où la soirée aura lieu : les tables sont tendues de nappes à imprimé léopard, les serveuses ne sont pas nues mais portent bien des Louboutin et... les serveurs aussi ! Petite touche d'originalité que peu oseraient. Je ne m'en rends pas compte tout de suite, mais c'est bien le cas. La plupart marchent d'un pas mal assuré, ils restent donc debout derrière les magnums de champagne et autres petits-fours pour s'éviter le ridicule. Laurène est délicieusement sadique. J'admire son inventivité.

D'énormes compositions florales sont disposées çà et là, les gens se congratulent les uns les autres, ravis d'avoir été invités – par rapport au commun des vernissages, la soirée est inédite. Je suis heureuse qu'elle se déroule dans la cour et non dans l'hôtel proprement dit. L'atmosphère y est trop capiteuse à mon goût : les fenêtres masquées par d'épais rideaux bordeaux ou turquoise, de la taxidermie partout – une décoration luxueuse, un délire d'imagination, certes, mais qui en deviennent parfois oppressants. Un boudoir de cinq cents mètres carrés. Il fait si chaud ce soir.

On m'offre une coupe de champagne que j'accepte avec joie, en continuant à scruter la foule. Avec qui ai-je envie de parler, là, tout de suite ? La maîtresse de maison s'avance vers moi.

— Léna, ma chérie ! Tu es venue ! s'exclame Laurène, habillée d'une somptueuse robe en sequins verts.

Elle resplendit.

— Je n'ai pas réussi à avoir des léopards en laisse, c'est bien dommage. J'avais imaginé ne recruter que des serveurs kenyans et en affecter quelques-uns à la promenade des léopards au fil de la soirée. Des statues vivantes ! Mais avec les lois de protection des animaux... Comme si un animal avait son mot à dire. L'Europe a foutu en l'air ma soirée.

J'ai une brève pensée pour Clara, qui rêve d'acheter un immeuble entier pour accueillir tous les animaux de la SPA sur un ou deux étages. Heureusement qu'elle n'entend pas ça.

— C'est magnifique, Laurène. Isobel adorerait.

— Je n'en doute pas ! En revanche, je suis très embêtée pour les goodies. Je voulais offrir des Louboutin à tout le monde, vois-tu, mais il y avait la question de la taille. Moi, je porte du 36 et je sais que tu portes du 40. Je n'allais donc pas couper au milieu et acheter deux cents 38-39 ! Ça n'aurait eu aucun sens. Je me suis bornée à offrir des coffrets Ladurée et *Dangereux Louboutin* dans une édition collector à couverture métallique... Tu en penses quoi ?

Je me demande où elle trouve tout cet argent. Je me souviens qu'elle hésitait parfois à m'inviter au restaurant, il n'y a pas si longtemps que ça. Certes, le succès du roman... Je crois me souvenir d'un pari qu'elle avait lancé avec son riche mari, propriétaire de la demeure, qui pensait qu'elle ne vendrait pas plus de 3 000 exemplaires de « cette merde ». Au-delà, il s'engageait à verser x euros par vente supplémentaire... On sait qui a gagné.

D'ailleurs, je ne le vois pas. C'est un vieux monsieur très grand, toujours habillé avec élégance, aimable à souhait. Il adore Laurène. Je me flatte d'être dans ses petits papiers.

— Ce sera parfait. L'organisation seule est magnifique, tu n'as pas à t'en faire.

— Oh, Léna, tu as toujours le mot pour me rassurer. Tu es une perle... Au fait, la traduction avance comme tu veux ?

— Oui, je respecterai les délais sans problème.

— Qu'est-ce que je disais, une perle !

Une femme d'un certain âge, brune et élancée, passe à côté de nous. Laurène l'attrape par le bras :

— France ! Ma chérie, comment vas-tu ? Tu connais Léna ?

— Mais oui, bien sûr. Elle vient de nous écrire un papier sublime. Sublimissime. Je voulais te remercier mais je ne savais pas quelles étaient tes fleurs préférées. Voilà que nous sommes ici toutes les deux, déclare avec un petit rire France de Neuville.

— Je vous en prie, lui réponds-je avec un grand sourire.

— Alors, le courrier des lectrices sur mes *Louboutin* ? demande Laurène avant d'éclater de rire – elle regarde ses pieds, chaussés d'escarpins argentés rutilants.

Laurène Mallord ne perd pas le nord.

— Des merveilles, des merveilles ! Vraiment, ma chère…

Je m'éloigne en leur faisant un signe de la main. France de Neuville est bien conservée pour son âge, ses yeux noisette se noieraient dans un teint hâlé à la limite de l'acceptable s'ils n'étaient pas rehaussés par un maquillage adéquat. Ses cheveux brillent encore, sa taille est plutôt mince. Après trois bambins… Antonin tient beaucoup de sa mère. Je retiens un gloussement. Quel plaisir de serrer la main de ma rédac' chef en pensant à son fils à mes genoux, qui me suçote les doigts de pieds avant de remonter lentement le long de mes mollets ! Un délice, oui.

Je grignote quelques abricots fourrés au foie gras, un toast saumon-confiture d'abricot, je bois une gorgée de champagne à l'abricot – même un pique-assiette saurait en l'honneur de qui le cocktail est donné –, tout en observant la danse de deux puissances de la soirée. France et Laurène s'appréciaient avant tout intérêt commercial, me semble-t-il. Désormais, mon radar est brouillé – l'une comme l'autre jouent parfaitement la comédie.

— Puis-je avoir du champagne nature, s'il vous plaît ? demandé-je à un joli garçon derrière le bar.

Je commence à en avoir ma claque des abricots. Il doit voir sur mon visage que les pyramides d'abricots (frais) derrière lui ne me font pas fantasmer et croit spirituel d'ajouter :

— Beaucoup d'abricots ici, hein.

Bien trouvé. J'esquisse un sourire poli. Laurène a choisi ce nom pour sa maison comme une référence évidente au sexe féminin. Et maintenant, elle nous la joue fruit ; symboliquement, nous passons nos soirées à bouffer des chattes. Ce qui n'a jamais éveillé mon intérêt.

Je sirote ma coupe de Moët, au goût authentique. Une main se pose sur mon épaule, je me retourne avec mon sourire commercial sur les lèvres. Editeur, écrivain, journaliste, ami ? Mon sourire s'évanouit quand je découvre Antonin juste derrière moi, les yeux brillants. Je le tire par le bras pour qu'il sorte du champ de vision de France et de Laurène.

— Antonin, mais qu'est-ce que tu fous là ?

— Je pensais que tu viendrais à la soirée. Tu ne réponds pas à mes messages...

— Tu as conscience que ta mère est à trois mètres de nous ?

— Et alors ? Elle est trop occupée pour faire attention à toi ou à moi. Encore deux flûtes de champagne et elle serait capable de ne pas me reconnaître.

— Ce n'est pas une raison ! Tu veux vraiment finir tes études à Clermont-Ferrand ?

Il approche son visage du mien, je m'éloigne légèrement. Il est fou. Je pose mon verre sur le plateau d'un serveur et j'en récupère deux, à l'abricot. Passons.

— Je n'ai pas soif.

— Tu prends cette coupe de champagne pour te donner une contenance, veux-tu ? Bien. Maintenant, je vais te faire visiter. Tu pourras sortir par l'autre entrée de la maison, ni vu ni connu.

Il a l'air désespéré. Le cadet de mes soucis.

— Léna...

— Tu la vois, ma robe ? Ici, je suis le loup blanc, d'accord ? La proxémie va nous trahir, surtout par ta faute... Tu ne fais aucun effort. Quoi, tu es à Sciences-Po et tu ne sais pas ce qu'est la proxémie ? Mon chat, tu as encore tout à apprendre. En attendant, viens par là. Derrière les arbres.

— On n'est guère plus discrets... Tu m'as manqué, terriblement...

— Tais-toi !

Bien heureusement, tout le monde est trop occupé à se regarder le nombril pour nous voir nous faufiler derrière les arbres, sur le côté de la cour. Nous croisons un serveur dans le couloir principal, et une inconnue qui sort des toilettes. Je respire mieux. Je connais la maison pour y être venue déjeuner ou prendre le thé de nombreuses fois, surtout au moment où Laurène lançait L'Abricot, et avait besoin de conseils.

Je guide Antonin vers le jardin d'hiver, la pièce que j'affectionne le plus. Il tente, pendant le court chemin qui nous y mène, de renouer la communication entre nous, mais je lui intime le silence. J'ouvre les portes Art déco, et je fais entrer Antonin en l'attirant contre moi – réflexe. La sensation de son corps... Je l'avais presque oubliée. Je ne ressens plus rien. Lui ne perd pas l'occasion si galamment offerte et m'étreint lon-guement, en me couvrant de baisers fiévreux. Je le repousse. Nous nous asseyons sur une banquette en osier blanc, derrière des plantes tropicales – ou qui en ont l'air.

— Léna…

— J'avais oublié de préciser : pas de lieux publics, mais ça semblait aller de soi !

— Je n'ai pas pu résister. J'ai déjeuné avec ma mère et elle m'a parlé du cocktail…

— Comment es-tu entré, alors ? Tu n'avais pas d'invitation.

— Ma mère, si. J'ai appelé la secrétaire de Mme Mallord en me faisant passer pour son assistant et je lui ai demandé d'ajouter un + 1 sur l'invitation de ma mère. Pour son fils. C'est passé crème.

— Tu exagères. Si elle nous avait vus ensemble ? Elle n'est pas stupide.

— Elle a cinquante-cinq ans, par pitié.

— Tu es un imbécile.

Il m'embrasse en glissant sa main entre mes jambes. Mon irritation prend le dessus, l'apathie estivale, la fuite dans la volupté, cette léthargie, ce tourbillon de plaisir imbécile qui m'a totalement coupée de mes priorités, c'est bel et bien fini. Je traduis par-dessus la jambe un livre sans intérêt qui se vendra à plusieurs centaines de milliers d'exemplaires. Mon propre roman ne verra jamais le jour. Deux mois d'inconscience n'y changeront rien, bien au contraire. Cette aventure ne fait que confirmer la victoire du nunuche, sur le monde et sur moi.

Il est temps de se reprendre. Antonin a l'air désorienté. Je m'assois le plus loin possible de lui sur la petite banquette. Il me prend les mains. Antonin, il faut qu'on discute. Trop cliché. Il faut qu'on parle. J'ai des choses à te dire. C'est fini. Toi et moi, c'est fini. Ça ne peut plus continuer comme ça. Je suis désolée, mais ça ne fonctionne plus entre nous. Ce n'est pas toi, c'est moi...

Ridicule. Je me mords les lèvres.

— Non, je sais ce que tu vas dire, et c'est non. Non !

— Tu savais que ça ne durerait pas toujours, voyons...

— Léna, je... je...

Mais je ne peux pas décemment partir comme cela. Il est tout prêt à s'effondrer. Il mérite quelques mots... Alors je prends une grande inspiration en décidant de m'inspirer de la rupture de Mila et d'Anton – pour cause d'homosexualité. Les discours sont transférables. J'en suis réduite à ça.

Pitoyable.

— Je suis désolée mais nous sommes arrivés dans une impasse. Tu as ta vie, j'ai la mienne. Tu es si jeune, tu te remettras vite, tu seras mieux avec une fille de ton âge, qui voudra les mêmes choses que toi ; tu verras, tu trouveras ta moitié...

— Mais je t'aime..., gémit-il.

— Il ne faut plus y penser. Ça nous ferait trop de mal. Plus de contact : tu vas quitter *Elle* et retrouver Sciences-Po, la vie étudiante. Antonin, pourquoi tout gâcher ? Tu seras bien rive gauche, tu feras la fête, nous ne nous croiserons plus. (Pendant que je débite ma tirade sur un ton monocorde, il chuchote, comme s'il parlait seul, des phrases sans queue ni tête.) Je garderai un souvenir ébloui de nos étreintes. Je te quitte parce que je tiens à toi...

J'ai l'impression d'être Rodolphe plaquant Emma Bovary.

Il relève la tête, en larmes :

— Comment peux-tu dire ça ? Comment peux-tu imaginer de ne plus me voir, si tu tiens à moi ? Moi, je ne tiens pas à toi, je t'aime, Léna ! Je t'aime ! C'est toute la différence. Je serais prêt à n'importe quoi pour toi, la différence d'âge ne me fait pas peur, ni les entraves, ni les racontars, ni ma mère. Léna, tu es unique, tu es mon seul et unique amour, je ne peux concevoir la vie sans toi, je ne peux pas, je ne peux pas...

Que ne faut-il pas entendre ?

— Mais je souffre, Léna !

Ce cri fait remonter un dialogue de *La Répétition*, au moment où la comtesse quitte son amant (une référence plus acceptable mais moins utile pour me faire comprendre la rupture d'Anton). Il se superpose à ses lamentations. Je n'écoute plus du tout Antonin.

Je retire mes mains, et lâche :

— Je suis vraiment désolée pour ce malentendu.

Je m'éloigne le plus dignement possible, en récupérant ma coupe de champagne. Antonin éclate en sanglots. Il se lève. Je bifurque sur la gauche. Il fait mine de courir, trébuche et s'étale, pleurant toujours à grosses larmes. Je le plains, vraiment.

Je ne me doute pas un seul instant que Charles-Henri, le mari de Laurène, lit tranquillement du Dostoïevski dans un fauteuil en osier et qu'il écoute avec grand intérêt ce qui se passe de l'autre côté du rideau de plantes.

« LÉNA : Je commence à trouver que cela compte terriblement. Mon cher Antonin, vous avez réussi cette chose extraordinaire de rendre le péché plus ennuyeux que la vertu.

« ANTONIN : C'est bien. Je ferai semblant de ne pas savoir mon texte. Je lui compromettrai sa représentation ! J'en ai assez d'être le seul ici à souffrir.

« CHARLES-HENRI : Que dit Antonin ?

« LÉNA : Il dit qu'il souffre.

« CHARLES-HENRI : Comme c'est intéressant ! Laurène, mon petit cœur de roc, venez voir ce gracieux phénomène naturel : un homme qui souffre d'amour. Il ne faut pas perdre une occasion de s'instruire. »

Troisième partie

1

On sonne à la porte. « J'y vais », crie Thomas. Il est sur le point de partir travailler, déjà en retard ; Léna se maquille dans la salle de bains. Les retrouvailles de la nuit furent épiques, il en sourit encore machinalement. Le corps délié, la peau soyeuse de Léna, son abandon... Il en frémirait presque, une vraie jeune fille en fleurs. Thomas donne un tour de clef et passe la tête dehors tout en enfilant ses chaussures : « Oui ? » Devant lui se trouve un homme de taille moyenne, très carré d'épaules malgré une soixantaine bien avancée, cheveux blonds, petites lunettes derrière lesquelles brillent de grands yeux clairs. La ressemblance ne le frappe pas tout de suite.

L'homme le toise, hausse un sourcil – imperceptiblement – et dit d'une voix légèrement traînante, comme si Thomas était celui qui lui demandait un service : « Léna Braunschweig habite toujours ici ? » Thomas le dévisage. Bronchweg ? Il est monté au quatrième étage, il connaît son prénom... S'il avait étudié les boîtes aux lettres, il se serait heurté au Courtois-Roméo. Point de Léna. Brownshwaig ? L'homme a l'air discrètement ennuyé, ses paupières se ferment à demi. « Un instant », lâche Thomas en réussissant finalement l'exploit de mettre ses chaussures sans en défaire les lacets.

Il crie : « Léna, quelqu'un pour toi ! » Enfin, je crois, ajoute-t-il en pensée. L'homme sourit, à l'aise, derrière la porte entrouverte. Ou plutôt il ne sourit pas vraiment. Seuls ses yeux pétillent derrière ses lunettes. Un chatoiement qui n'est pas étranger à Thomas. Les pensées bondissent dans son esprit, ne pas oublier ceci, se rappeler cela… Pourtant… Le regard de Léna, derrière les lunettes d'un inconnu. Thomas renonce à comprendre. Il attend une poignée de secondes, et se décide à faire entrer l'homme. Il attrape son sac et reporte de quelques minutes son départ, pour étudier sa réaction. Il est pourtant très en retard. Mais il ne manquerait la scène pour rien au monde.

Léna a frémi dans la salle de bains. Quelqu'un pour elle. Antonin ? Il n'oserait pas… Tout de même pas. Oserait-il ? Il aurait attendu le départ de Thomas. Ou non. Une grande explication moliéresque virant au bain de sang cornélien. Quelle idiote ! Ne jamais coucher avec un imbécile, ne jamais coucher avec un imbécile… Elle finit de se brosser les cheveux, encore une minute de paix. Aucun éclat de voix. Peaufine son maquillage. Puis elle avance, la mort dans l'âme, traverse la chambre, le salon, arrive enfin dans le couloir. Elle s'arrête brusquement.

« Bonjour, ma chère », dit l'homme avec un léger hochement de tête. Thomas la fixe, intéressé. Elle écarquille les yeux, sourit avant de ravaler son sourire, et son expression devient incertaine. Le tout en quinze secondes. « Vous… », parvient-elle à articuler, pétrifiée. Au tour de Thomas de lever un sourcil, légèrement confus. Il ne s'attendait pas à voir Léna si bouleversée.

Léna n'est jamais bouleversée. Surtout elle ne perd jamais ses mots. Sa curiosité est piquée. Léna tourne la tête vers lui, pour chercher du secours. Puis elle finit par articuler : « Mon père, Alexandre Braunschweig... » Et sa voix se brise.

Les voir l'un à côté de l'autre est frappant. Thomas aurait tout de suite percé l'identité de l'inconnu si sa compagne ne lui avait pas laissé croire pendant des années que son père était mort. Pourquoi lui cacher une information de cette importance ? Ne se disaient-ils pas tout ? Il n'en revient pas de leur extrême ressemblance ; le même nez droit, les mêmes yeux bleu-gris, peut-être plus délavés avec l'âge, les pommettes, la forme du visage... La question lui brûle les lèvres, mais il sent que le moment est mal choisi. Le père le toise, évalue sa réaction. Les yeux de Thomas vont de l'un à l'autre, le silence s'étire. Léna s'appuie sur son bras, comme pour s'empêcher de tomber. Thomas fait un effort surhumain pour museler sa curiosité. Il tend la main à l'homme – « Thomas Courtois. » Silence. « Je vous laisse », lance-t-il en sortant. Il a envie d'ajouter : « Amusez-vous bien », mais il se retient.

Il a le temps d'entendre Alexandre Braunschweig déclarer sur le ton de la conversation : « Je suis garé en double file, je t'emmène déjeuner... »

Léna attrape son sac à main et sort docilement. Elle ferme la porte à clef, ses mouvements sont lents, décomposés. Comme ce fameux jour de mai où elle a posté l'enveloppe. Elle hait l'effet qu'il a instantanément provoqué en elle. Comme autrefois. Il s'attend franchement à ce qu'elle laisse tout en plan pour lui ?

179

Parce qu'il l'a décidé, aussi simplement que cela ? Et la voilà qui obéit comme une enfant de douze ans. « Allons faire un tour » était la formule consacrée. La promenade pouvait l'amener jusqu'à Venise ou Genève, elle n'avait ni livre ni manteau suffisamment épais. Adolescente, elle se rebellait parfois : « Mais dites-moi où vous m'emmenez ! Et si j'ai d'autres projets ? Je n'ai plus l'âge d'être prise par la main ! »

Vraiment, Léna ? Il n'a pas attrapé ta main, mais c'est tout comme. Il gagnait toujours. La preuve...

Elle descend lentement les escaliers. La réponse qu'elle attend depuis bientôt deux mois est là, en chair et en os. La réponse au courrier. Le Lecteur est venu la voir en personne. Le désir de savoir la tiraille. Les interprétations possibles de l'effort de venir jusqu'ici fusent sans qu'elle puisse trancher. La congratuler ? Le plaisir de la détruire, face à face ? Elle, d'ordinaire si à l'aise dans les relations publiques, retrouve le style paternel. Le mot suspendu en l'air. L'aposiopèse, toujours. « Je t'emmène déjeuner... » Dans ces points de suspension, une menace ou une promesse. Comme autrefois.

Son père, ici. Un fantôme. Il n'a pas changé d'un iota en douze ans. Douze longues années pendant lesquelles elle ne l'a pas vu, délibérément. Où elle a même voulu l'oublier, comme un ivrogne boit pour oublier et se rappelle sans cesse, à chaque gorgée, pourquoi il boit. Alexandre Braunschweig porte toujours les mêmes vêtements sobres, les mêmes lunettes, son visage est à peine plus ridé ; si ses cheveux ont blanchi, c'est imperceptible. Deux veinules ont éclaté sur ses pommettes. Rien de décisif. Léna se sent redevenir enfant.

Mais elle n'a eu à aucun moment la tentation de lui sauter dans les bras. Elle conserve ses distances dans l'escalier. Douze ans. Lui faisait-elle des câlins, à dix-huit ans comme à douze ans ? Elle n'a aucun souvenir de marques d'affection. Et ce « vous » affecté qui garde ses distances...

Mais, cette fois, il l'a tutoyée, contrairement à l'usage qu'il a lui-même établi. Même s'il s'offrait parfois ces petits décalages stylistiques, pour donner plus de force à une affirmation, pour singer la froideur ou la familiarité... Il était imprévisible. Ce passage permanent du vous au tu l'exaspérait. La figure de style qu'elle a identifiée avant la métaphore ou la synecdoque, dans le lexique distribué par son professeur de lettres en seconde, elle s'en souvient encore. L'énallage. « Vous ne répondez point ? Perfide, je le vois / Tu comptes les moments que tu perds avec moi », dit la malheureuse Hermione. Elle aimerait pouvoir lui dire : « Va te faire foutre » un jour dans sa vie ; le « te » s'étrangle dans sa gorge. C'est que l'on ne dit pas : « Allez vous faire foutre », même à son père.

Il ouvre pour elle la portière de sa Logan. Toujours ses petites manies surannées, pense-t-elle. Et sa voiture de professeur de lettres. « Un tas de ferraille destiné à m'amener du point A au point B », disait-il.

— Comment va la vie ? demande-t-il en l'air.

Les mots d'autrefois, la même voix légèrement ironique, qui a toujours l'air de se fiche pas mal de la réponse. Léna s'assoit, pose son sac à ses pieds. Elle répond :

— Bien.

Il referme la portière, contourne la voiture, et s'assoit au volant.

— Charmant, ce jeune homme. (Puis, après avoir pris le temps de s'installer :) Un peu léger, peut-être.

La flambante Renault démarre.

« Un peu léger. » Elle le revoit en train d'agiter les copies de ses élèves en chantonnant pour son auditoire imaginaire : c'est léger, léger, léger... L'euphémisme absolu. Elle revoit son expression railleuse derrière ses lunettes rondes, la bouche pincée, le stylo vert en l'air. Les volutes de fumée, la lumière jaune de sa lampe de bureau, son vieux siège de cuir sur lequel il se balance parfois. Il avait arrêté de fumer quand cela avait été interdit dans les cinémas. « De ma propre volonté. Hors de question qu'on m'y oblige, qu'un Etat stupidement hygiéniste dicte ma conduite. » Elle avait depuis son enfance horreur de l'odeur des cigarettes brunes. Elle hausse les épaules.

— Et votre mère, comment va-t-elle depuis tout ce temps ?

Léna lui jette un regard désagréable, l'envie d'allumer une blonde l'étreint. « Peuh, le tabac de fillette, une offense pour les narines raffinées ! » Elle n'y cède pas. Tout ce chemin, tous ces efforts pour lui lancer les piques habituelles. Douze ans d'absence.

— Bien, répète-t-elle.

Elle n'a toujours pas retrouvé ses mots.

Ils parcourent Paris en silence. Rue Cujas, il se gare miraculeusement devant le restaurant sur lequel son choix s'était arrêté – toujours aussi chanceux.

— Le Cosi, ça vous plaira, vous verrez.

Ils entrent.

— Braunschweig, j'ai réservé pour deux.

Il avait prévu son coup, à l'avance ! Il savait qu'elle dirait oui. Léna est mortifiée. Tout est toujours trop facile pour son père.

L'endroit lui ressemble, bien sûr. Une ambiance chaleureuse, en apparence, un tantinet universitaire – *Le Monde des livres* sur le comptoir, une bibliothèque décorative au fond, quelques professeurs de la Sorbonne en train de discuter des dernières publications révolutionnaires des PUPS – dire PUPS (l'acronyme des Presses universitaires de Paris Sorbonne) avait toujours fait rire Léna. Va-t-on savoir ce qu'il fera de ce déjeuner, ses phrases les plus cinglantes s'entouraient toujours des plus grandes précautions oratoires. Plus il parle, et plus on doit s'attendre au pire ; à la troisième proposition relative, entre deux digressions totalement annexes, émerge l'air de rien une vérité qui blesse. Le serveur lui fait un grand sourire, s'efface pour le laisser passer, et déshabille des yeux Léna, avec un air perplexe. Mon Dieu, il pense que le brillant intellectuel se paie une fantaisie ! Elle se force à sourire.

— Je vous ai installés à la table du coin, dit-il en attrapant deux cartes.

À l'intersection entre deux banquettes, Léna est certaine que c'est sa table habituelle. Son habitude de parler sans regarder les gens en face y est facilitée par l'angle.

Léna s'installe sans faire le moindre commentaire. Elle ne peut s'empêcher de penser que cette table est idéale pour les amants et maîtresses. Leurs genoux se frôlent. Léna croise les jambes en les éloignant résolument de celles de son géniteur qui prend ses aises. Il choisit le vin, aucun souvenir du nom. Elle ne fait pas attention à l'étiquette quand le serveur leur présente la bouteille selon les conventions. Il n'est pas mauvais, au demeurant. Léna fixe son verre : « Il a une belle robe, pense-t-elle. Peut-être un brin tannique. » Ses observations habituelles, alors qu'elle n'y connaît rien ou presque. Ces plaisanteries – qu'ils partagent depuis qu'il lui a appris à boire. Elle se tait.

Il la regarde en biais. Puis il feint de s'absorber dans la carte des plats, pour cesser de s'abîmer dans sa contemplation. Elle est belle, sa fille. Tellement grandie, à tous les sens du terme. Il ne le lui dira pas – pas tout de suite. Chaque chose en son temps. Elle a l'air un peu renfrogné, peut-être. Elle affecte la froideur, c'est bien naturel. Elle lui ressemble.

— Je rentre de ma tournée américaine – d'Harvard, ma dernière date – pour m'occuper d'un colloque sur Sade. 2014, c'est l'année Sade. Une montagne de conférences en perspective. Juste le temps de récupérer mon courrier. J'ai rendez-vous à la Sorbonne à 15 heures.

C'est tout lui – un flot de paroles et, tapi au milieu, le mot qui tue. Courrier. Léna tressaille à la mention du courrier. Un indice en passant. Il a parfaitement mesuré ses propos. Sans cette enveloppe postée il y a deux mois, et ces feuilles de papier glacé, ils ne seraient pas ici tous les deux. Il se sent heureux, très heureux même du prétexte d'être si près de Léna. Il lui prendrait presque la main – ça l'amuserait, c'est sûr, que le garçon voie se concrétiser son hypothèse galante. Il se retient – il se sait désagréable par nature. Le temps de s'adapter à un environnement hostile. Pourtant, il ne lui veut que du bien. Comment peut-elle ne pas le voir ? Elle doit le faire exprès, cette petite dinde. « Petite dinde » est plein d'affection, il sourit légèrement en appliquant le syntagme à la charmante jeune femme qui regarde ailleurs, et hume le vin rouge avant de vider le verre pour se donner une contenance.

— Je suis tombé sur un article très intéressant, il y a quoi, deux ans ? Sur ce roman-vanité, *Le Dernier Crâne de M. de Sade*. Chessex dans *Elle*, c'était osé. Les lectrices ont-elles le cœur assez accroché pour ses jolis récits de flagellation ? Sans parler des olisbos du divin marquis... Il y avait des choses, par-ci, par-là... Je dois admettre que je ne renie pas vos choix littéraires. Enfin, pas tous.

Léna reste impassible. Il la titille. Toujours de petits détails, cet art de tourner autour du sujet jusqu'au vertige. Cela ne l'atteint plus. Elle est assez grande, maintenant, pour ne pas se laisser manipuler par des procédés dont il a usé et abusé.

— Et si on partageait l'épaule d'agneau et ses petits légumes ? lance-t-elle.

A lui d'avoir l'air légèrement surpris. Est-ce l'idée de goûter au même plat ? La symbolique ? C'est pourtant simple, le menu y contraint les convives. « Epaule d'agneau et ses petits légumes (pour deux personnes). » Il la sent très loin, très dure, son visage est totalement dépourvu d'expression – au moment même où elle lui propose, provocante à son tour, de manger dans la même auge. Cela lui plaît. Il sourit pour de bon.

— Avec plaisir, ma chère. Il y en a marre des végétariano-vegan-et-autres-assimilés, n'est-ce pas. A temps perdu, j'imagine un essai extrêmement sanglant qui dépècerait les adeptes du légume exclusif. *Carnivore*. Je pensais même faire financer le pamphlet par le syndicat des bouchers, pour la beauté du geste.

Silence.

— J'ai lu pendant mon New York-Paris un roman fort plaisant, il faut que je vous en dise un mot. Cela faisait des semaines qu'à chaque aéroport la couverture m'attirait l'œil, dans tous les Relay. J'y ai vu un signe... Vous savez, le fameux concept du concernement de Starobinski à propos de Rousseau... Tout ce qui est écrit entre 1712 et 1778 vise Jean-Jacques. Ou Alexandre – pas le Grand, bien sûr !

Il rit légèrement à son bon mot, Léna relève le coin des lèvres, elle lui ressemble à s'y méprendre. Le serveur qui vient de noter la commande est troublé.

— *Dangereux Escarpins*. Non, pardon, ma langue fourche. *Louboutin*. Je déteste ces habitudes de *branding* à outrance, le mot même me débecte mais il faut être exact, n'est-ce pas... J'ai connu une fille qui travaillait dans la pub... Bref, après avoir apprécié pendant une petite heure les tribulations des personnages, je suis revenu à la fausse couverture, et quelle n'a pas été ma surprise ! Vous ! Starobinski avait vu juste, les milliers de copies de *Dangereux Louboutin* avaient bien été placées dans tous les Relay du monde à ma seule intention. C'était drôle d'attribuer des citations tronquées de Racine à des Américains idiots – pléonasme !

Léna lui offre son plus beau sourire hypocrite. Elle attend le coup de grâce, sans angoisse cette fois, comme une fatalité qui ne la *concernera* pas.

— Je me suis dit que vous étiez bien ma fille, après tout.

Pas de jugement de valeur ? Pas de diatribe virulente sur la littérature commerciale, la littérature actuelle, la littérature poubelle, la perte de sens du champ littéraire, point de Stendhal ou de Laclos qui se retournent dans leur tombe ? Aurait-il changé ? s'interroge Léna, circonspecte.

L'épaule d'agneau arrive dans une magnifique cocotte, entourée de petits pois, carottes, fèves, céleri, pommes de terre rôties, tous plus appétissants les uns que les autres. Le serveur découpe la viande devant eux. Léna, assez peu carnivore, contrairement à son père – sûrement en réaction à la surreprésentation de viande marinée dans ses deux repas quotidiens avec lui –, est conquise par l'exquis fumet.

— Vous auriez été jolie sur la photo de Normale sup.

Elle éclate de rire, un grand rire cristallin qui trouble la quiétude du restaurant – B. B. King en fond sonore. Il avait vraiment bien choisi. Elle aurait voulu détester l'endroit, la nourriture, la musique, mais elle se ressert en légumes, se lèche les lèvres avec gourmandise, entre deux verres de vin. Elle boit beaucoup, ses joues rosissent. Elle aurait voulu s'ennuyer mais son père, qui ne l'atteint plus, l'amuse. Normale sup. Il ne se remettra jamais de cette blessure narcissique. Son enfant, sa chair, et presque son cerveau, choisissant une fac anonyme plutôt que la voie prestigieuse de la rue d'Ulm… *Fatalitas* !

Léna a coupé les ponts avec lui il y a douze ans après un long tête-à-tête post-divorce. De longues années passées à s'avancer sur les programmes, à lire tout ce que la littérature avait de passionnant et de plus torturé. Après son bac, elle s'était inscrite sur un coup de tête à Paris-III. Paris-IV était hors de question. Le 3, c'était son chiffre. N'était-elle pas née un 3 juillet ? L'ombre de son père rôdait dans les amphithéâtres de la Sorbonne, sous les fresques de Puvis de Chavannes, entre les rangées trop étroites pour ses longues jambes. Quand son professeur de latin avait lancé le premier jour : « Braunschweig, Braunschweig, vous êtes la fille d'Alexandre ? », elle avait décidé de prendre le nom de sa mère. Ne plus être la fille de son père puisque la nouvelle Sorbonne, contre toutes ses attentes, se rappelait la vieille. Elle avait réfléchi trop longtemps pour que ce soit naturel. Et l'autre qui en rajoutait : « Vous avez un air de famille… » Le coup de grâce.

Elle avait répondu « oui » d'une voix claire. Sa décision était prise.

Alexandre Braunschweig, le grand ponte de Sade et de Diderot, le professeur adoré de la Sorbonne, le père attentif qui l'avait inscrite d'office à Henri-IV, qui ne parlait que de la voir normalienne et première à l'agreg, à son image, était mort. Elle travaillerait sur le XXe siècle, elle enterrerait définitivement son père en étudiant comment Chessex faisait le deuil du sien. Elle ne mettrait plus jamais un pied dans le Quartier latin.

Elle n'avait jamais parlé de son père à Thomas. Il n'avait pas fait d'études de lettres, ils s'étaient installés rive droite. Nul point de contact. Elle ne voulait pas qu'il en existe entre eux. Elle ne voulait pas que Thomas la questionne, qu'il tente de la convaincre de le revoir. Son père l'avait définitivement quittée l'année de son bac, voilà tout ce qu'il y avait à savoir. Et, ce matin, le fantôme a frappé à leur porte... Le Commandeur revenu d'outre-tombe. Quelques menues rectifications seraient de mise.

Le serveur arrive, tire Léna de ses rêveries et évite à Alexandre de dire une imbécillité supplémentaire. Il discute du vin : « Une merveille, vraiment. Oh, Patrimonio, je connais comme si j'y étais né... L'un des deux seuls endroits de l'île où affleurent des calcaires. Je sais même sur quels coteaux ont poussé ces raisins ! »

Depuis quand en connaît-il aussi long sur la Corse ?

— Vous voyez quelqu'un ? ose-t-elle.

Il sourit légèrement, ne répond pas. Après tout, il fait bien ce qu'il veut. Tant qu'il ne donne pas naissance à un enfant malheureux supplémentaire. « *All over again* », B. B. King et Mark Knopfler. Son morceau préféré. Elle voudrait détester la musique, ou ce serveur qui retrouve son visage d'enfant quand on lui parle des vallons de son île natale.

Le Corse patriote s'éloigne. Léna est délicieusement ivre de bonne chère et de vin. Son père lance :

— Quant à votre brimborion, trouvé dans mon courrier en rentrant...

A cet instant, elle se fiche pas mal de ce qu'il va dire. Elle n'a plus besoin de lui. Va *te* faire foutre. Allez *vous* faire foutre.

Mais la phrase injurieuse ripe sur ses lèvres, qui préfèrent déclamer d'un ton las :

— Et voilà le vrai combat... Le combat d'où sortira ou ne sortira pas la guerre.

— Vous citez Giraudoux, maintenant ? rit le père.

— J'ai grandi, lâche Léna, en regardant droit devant elle.

— Je sais.

Il pense ce qu'il dit. Il n'a que peu changé, lui, il le sait pertinemment. Toujours le même vieil imbécile. Mais elle, sa Léna... Elle ne sait pas combien il est fier d'elle. Oh, certes, accepter qu'elle se débarrasse de lui n'a pas été facile. Il lui en a terriblement voulu. Elle était si douée, promise à de grandes choses. Son miroir, son double-femme, encore plus parfait, peut-être. Sans perversion, sans penchant particulier pour la manipulation, infiniment plus sensible aux textes, il le lui concédait. Physiquement, elle n'était plus la jeune fille aux joues un peu rondes qu'il avait quittée. Son visage avait gagné en maturité, son regard était résolu, son allure parfaitement maîtrisée. Sa voie était pourtant toute tracée. Quelle douleur de la voir s'éloigner de ce qu'il avait imaginé pour elle ! Des années à la préparer, à la parfaire, à lui donner le nécessaire et surtout le superflu... Elle avait refusé l'obstacle. Il n'avait pas essayé de la revoir. C'était son choix. Des bribes lui parvenaient, il s'était procuré son mémoire, il lisait parfois des magazines féminins pour glaner un indice, trouver une réminiscence culturelle, imaginer ce qu'elle était devenue... Certains de ses étudiants s'amusaient à le voir lire *Elle*, presque en cachette.

Et puis il avait reçu son manuscrit, dûment conservé pendant son absence par sa concierge...

— J'ai beaucoup aimé la fin, dit-il.

Cela signifie qu'il a détesté le début ? Léna réfrène un mouvement de panique avec succès. Elle n'est plus une enfant, elle n'est plus la petite fille qui souhaitait que son père la regarde. Son avis, si précieux soit-il, ne lui est plus vital. Le temps de l'affrontement est bien fini. La guerre de Troie n'aura pas lieu.

— Le début n'est pas mal non plus.

Elle soupire. Toutes ses paroles inutiles pour une telle conclusion. A sa manière de sourire, elle sait qu'il a aimé. Est-ce du soulagement qu'elle ressent ? Une surprise intense ? Elle a tant rêvé ce moment qu'elle ne comprend pas tout de suite. L'instant perd de sa réalité. J'ai tant rêvé de... Le silence ne lui pèse plus. Ils se scrutent sans animosité.

Même s'il s'est beaucoup trompé – élever une petite fille, puis une adolescente, être mère et père à la fois –, ses intentions ont toujours été bonnes. Il voulait en faire la Créature par excellence. Eve ou Galatée. Elle l'avait quitté, elle avait refusé sa monstruosité – en partie seulement. Elle la portait à son insu en elle. Cela en faisait un être humain infiniment plus intéressant que lui. Il s'offre le droit de le penser, il peut être honnête, seul avec lui-même. Moins brillante, peut-être. Mais plus créative. Parce qu'il s'est beaucoup trompé, parce qu'il l'a fait souffrir. Un monstre charmant. Ma création, mais pas seulement. Le roman en était la meilleure preuve. Il avait toujours su que Léna lui reviendrait, un jour. Quand il avait ouvert l'enveloppe épaisse, presque devant sa concierge... Elle n'avait pas adjoint de lettre au manuscrit. Seulement le manuscrit. Il avait compris. Il avait reconnu tout ce talent qu'il pressentait. Ma fille a de la qualité, avait-il pensé. Il avait ressenti une fierté ridicule à l'idée qu'aucun éditeur sensé ne pourrait refuser le roman. Quoique, des éditeurs sensés...

Avec le temps, il a fini par accepter qu'elle ne serait jamais son double parfait.

— Nous nous ressemblons tellement, dit-il. Vous êtes moi et je suis vous. D'où ma conduite erratique.

— Je sais, admet-elle. Mais je ne suis pas vous.

Elle n'a jamais entendu quelque chose qui ressemble autant à des excuses dans sa bouche. Troublée, elle récite ces mots qui remontent à la surface après tant d'années :

> *Aimons donc sa rigueur utilement cruelle,*
> *On n'est heureux qu'autant qu'on a souffert,*
> *Aimons sa bonté paternelle*
> *Et la main dont elle se sert.*

— *Grisélidis.* Vous avez bonne mémoire.

— Je ne récite pas aussi bien que vous.

— Presque...

Elle part aux toilettes pour masquer son émotion, il règle l'addition. Elle le rejoint devant le bar. Il l'a adoubée. Le sentiment de paix qui la submerge lui est totalement étranger. Elle lui sourit, pose la main sur son épaule ; il frémit au contact de la main de sa fille. Ils sortent dans la rue, éblouie de soleil, ils chaussent en même temps leurs lunettes noires. Alexandre Braunschweig se tait, enfin. Il sort de son vieux cartable la liasse de feuilles annotées de son écriture fine. Il finit par dire :

— Je ne vais quand même pas faire attendre mes collègues.

Pendant qu'il s'éloigne en levant la main sans se retourner – comme il le faisait toujours pour lui dire au revoir –, Léna lit les quelques lignes qu'il a griffonnées, au stylo vert, à côté de la dédicace.

« Dans mes livres il s'agissait de toi, je ne faisais que m'y plaindre de ce dont je ne pouvais me plaindre sur ta poitrine. C'était un adieu que je te disais, un adieu intentionnellement traîné en longueur, mais qui, s'il m'était imposé par toi, avait lieu dans un sens déterminé par moi. »

Kafka, *La Lettre au père.*

Il a trouvé le moyen d'avoir le dernier mot, pense-t-elle enfin avec un sourire.

2

— Thomas, viens voir, la maquette est finie ! s'exclame une petite voix enthousiaste.

Elle appartient à Lou, la jeune fille fraîchement diplômée qu'il a prise comme stagiaire pour l'assister dans son projet. Une aubaine, elle est si douée – une île dans un océan d'incompétences, il suffisait de penser à tous les Bertrand Chapus de l'agence d'Hubert Lecocq pour s'en convaincre. Normal, on a fait la même école, songe-t-il avec une certaine fierté. Elle s'appelle Lou, sans p, évidemment. Thomas se demande pourquoi il pense immédiatement à cette terminaison inenvisageable. Elle a des capacités indéniables, elle se sert de Rhino, d'AutoCAD comme personne ; elle est particulièrement minutieuse quand il s'agit des maquettes.

C'est tout ce qu'il a remarqué chez elle, alors que ladite Lou est également belle comme un cœur. Une vraie poupée, brune aux yeux bleus, les joues roses ; sa petite taille lui va à ravir, ses jambes sont plutôt longues et sa poitrine menue. Aimable, polie, talentueuse – une jeune fille accomplie, d'à peine vingt-cinq ans. Le rêve de tout maître de stage. Thomas est bien trop plongé dans le projet Hermès pour faire attention aux regards de cocker qu'elle lui lance. Ses relations avec Léna connaissent une amélioration notable. Plus de descente en flèche en public, plus de piques lancées au hasard. De la douceur...

Il s'approche de la maquette, un parallélépipède orange supporté par une structure en H, qui définit le cheminement de l'exposition sur l'historique de la marque et permet d'exposer, à l'intérieur, les dernières œuvres des artistes résidents de la fondation. Passé, présent et avenir. Sur les murs, tous les symboles et imprimés liés à Hermès – il s'était inspiré des gravures de la montre qu'il avait offerte à Léna quand il avait décroché le projet. Caducée, cheval, calèche, et autres fioritures. Le caractère flottant du musée itinérant avait doublement séduit : Hermès, le dieu messager, toujours en déplacement, conceptuel à souhait. Totalement l'esprit de la marque, avaient souligné les mécènes avant de le congratuler. Idéalement, il eût fallu que le musée volât, mais les impossibilités techniques et l'importance d'intégrer le projet dans le contexte de Marseille, capitale européenne de la culture, avaient déterminé son utilisation de la mer.

Cette Méditerranée que les habitants de la ville jugeaient sale et désertaient. Nombre d'entre eux couraient le long de la corniche, y promenaient leurs chiens, se faisaient des déclarations d'amour sur des bancs judicieusement placés. Certes, il y avait aussi les gens louches du David, quand la nuit tombait. Sexe, drogue et rap. Ce qu'il avait retenu, c'était l'inscription de la ville dans le contexte maritime. Une embarcation qui suivrait les côtes, de l'Estaque jusqu'à la Pointe-Rouge, serait un double facteur d'intégration et de mise en évidence. On ne verrait que le pavillon Hermès. Bien loin derrière, l'affreux pavillon Chanel planté devant l'Institut du monde arabe après avoir fait le tour du monde. Cet ovoïde, cette chenille blanche, n'avait jamais convaincu Thomas.

— Elle est parfaite, répond-il en posant la main sur l'épaule de la jeune fille qui frémit insensiblement.

— Ah oui, tu trouves ? J'aurais pu ajouter des détails, surtout à l'intérieur, mais je voulais d'abord te demander ton avis…

— Non, vraiment, Lou. C'est top.

Il ne la regarde pas en la complimentant, il est tout à l'observation de la maquette. Elle a fait des empiècements en canson pour les moulures de l'intérieur. Lou rougit jusqu'aux oreilles, mais reste sur la réserve. Thomas observe la maquette sous toutes les coutures, comme s'il la déshabillait. Sous ses yeux perçants, son travail, sa capacité à devenir architecte, toutes ses années d'études sont en jeu. Elle tremble légèrement ; il n'a pas retiré la main de son épaule.

— Ta maquette est nettement plus soignée que la mienne ! s'exclame Thomas, toujours plus admiratif.

On lui en a demandé une version définitive, plus précise que celle qui lui avait valu la victoire, pour communiquer sur le projet, il y a seulement deux jours. Le travail de Lou est tellement irréprochable qu'elle gagnerait à être exposée.

Pour elle aussi, ce projet est une aubaine. Certes, elle est payée au lance-pierre, mais elle a la chance de bénéficier de l'attention exclusive de Thomas, de toucher à tout. L'année prochaine, elle pourra signer ses plans. En attendant, son statut est bâtard. Cette offre tombait du ciel, un ami de Thomas, François, chez qui elle avait fait un stage, avait appuyé sa candidature. Son rêve était devenu réalité.

— Lou, je n'ai rien à dire ! On boit un café tous les deux et, ensuite, prends ton après-midi, fais ce que tu veux, du shopping, va voir une expo, paie une bière à tes amis...

Lou n'a pas d'amis, mais elle le cache soigneusement. Quant à s'acheter des vêtements... Tout à son travail. L'harmonie règne entre ces deux perfectionnistes. Thomas n'a jamais été aussi bien assisté. Il pense de plus en plus à la proposition de François, boosté par le projet Hermès : s'associer pour construire une boîte spécialisée dans l'architecture éphémère. Il n'oublierait pas Lou, bien sûr.

Ils sortent tous les deux du grand bureau que François lui a prêté. Il est déserté tout l'été par l'équipe, qui se consacre à la conception des infrastructures du festival Sziget en Hongrie. Le genre de projets qui font rêver Thomas depuis plusieurs années. Il repense avec émotion au matin où il a posé fièrement sa lettre de démission sur le bureau d'Hubert Lecocq. Celui-ci avait pour l'occasion fait redescendre ses pieds sur le sol avant de dévisager son architecte avec un étonnement non maîtrisé. Démissionner d'un poste bien rémunéré, sûr et prestigieux ? Dans sa prestigieuse agence ? Une première. Même Perez, l'imbécile des ascenseurs, avait tenté de se faire oublier et n'avait pas osé donner sa dém' – Lecocq parle en ces termes. Personne ne quitte Hubert Lecocq. Quand Thomas était sorti du bureau en claquant la porte pour la forme au visage d'un Hubert totalement ahuri et en pleine remise en question (pour cinq minutes seulement), il s'était senti léger. Léger...

Comme maintenant, sa tasse de café à la main. Lou jase, à son habitude, il ne fait pas attention à ce qu'elle raconte. Il apprécie sa compagnie comme celle d'un collaborateur efficace mais bavard. Souvenirs d'école. Elle veut partager quelque chose, il le sent confusément.

— Tu sais, quand je suis arrivée à l'école, c'était particulièrement fou. Je ne sais pas si tu vois le genre, la soirée d'entrée, les bières dans le jardin ! Il y avait ce mec qui mixait de la musique, tu l'as peut-être connu... Je me demande même, maintenant que je travaille avec toi et que j'ai appris à te connaître, si je ne t'avais pas déjà vu. Tu faisais passer des entretiens ? Je crois bien que... Tu te souviens ?

— Oui, j'ai été dans plusieurs commissions, c'est vrai.

— Il me semble que tu étais dans mon jury...

— Possible.

Thomas est un peu ailleurs. Tout à la joie d'avoir une maquette en adéquation totale avec ses désirs, la parfaite représentation de ce qu'il compte réaliser. Les mécènes seront comblés, sans l'ombre d'un doute. La préfabrication des divers éléments ne tardera pas à être lancée. Tout se met en place. Il y a aussi l'épisode surprise de ce matin, dont il ne sait pas vraiment quoi penser. Cet Alexandre Braunschweig revenu d'entre les morts.

— Parle-moi encore de ce professeur anglais qui était si passionnant...

Thomas est vaguement inquiet. Que fait Léna, à cet instant ? Et si elle avait besoin de lui ? La retrouver s'impose comme une nécessité, il n'arrive plus à se concentrer sur autre chose.

— Une autre fois, je viens de me souvenir que je devais faire une course cet après-midi. Et toi, tu dois te détendre ! A demain, ma stagiaire préférée !

Lou rougit jusqu'aux oreilles en balbutiant « à demain ». Il a déjà claqué la porte.

Il rentre à pied pour se donner le temps de réfléchir. A vrai dire, il s'étonne de ne pas être plus surpris que cela. Comme si cette situation ressemblait à Léna. Comme si son existence, même après sept ans passés ensemble, restait une énigme. Ce mélange de frivolité et de profondeur. Cette habitude de gloser sur des détails inutiles jusqu'à en oublier l'essentiel. Léna, et son air de petite fille fragile qui resurgit par moments, quand elle délaisse sa carapace. Cet étrange mensonge expliquait bien des choses. Sa réticence face aux questions sur son enfance, son manque total d'efforts pour s'intégrer dans la famille Courtois. Thomas hausse les épaules. Les histoires familiales sont impénétrables. Il se résout à la laisser venir. Ne pas la presser de questions, ne pas la froisser. Elle lui expliquerait ce qu'il devait savoir, hors de question de faire une scène. Elle doit être suffisamment perturbée en soi. Toutes ces années... En arrivant devant l'immeuble, il ne remarque pas le grand garçon prostré sur le palier de la porte d'en face, en train d'écrire ou de dessiner dans un carnet. Il ne l'a toujours pas vu alors que cela fait des jours qu'il y est posté, dans les mêmes vêtements.

Il trouve Léna assise par terre, dans le salon. Elle fume une cigarette. Si l'on se fie à la fumée qui flotte dans la pièce, ce n'est pas la première. De son sac ouvert sur le parquet jaillissent des feuilles blanches. En le voyant arriver, elle se relève précipitamment, se dirige vers la fenêtre pour l'ouvrir un peu plus grand. Thomas marche sur les pages de son manuscrit. C'était donc aussi cela, pense-t-il. J'aurais dû le deviner avant.

— Tout va bien ? demande-t-il en scrutant le visage de Léna.

Elle a un air inhabituellement sérieux. Doux-amer.

— Je viens de comprendre que mon père n'était pas la source de tous mes problèmes. Ni le manuscrit.

Thomas ne sait que répondre. Il a l'impression que Léna ne s'adresse pas à lui. Elle est déjà ailleurs. Elle s'est rassise sur le tapis, et a écrasé sa cigarette. Il l'enlace.

— C'est moi, ajoute-t-elle en plongeant sa tête dans son cou. (Il la serre contre lui plus étroitement.) Je fiche tout en l'air toute seule. Je n'ai aucune excuse. J'ai été tellement stupide. Je suis désolée, j'aurais dû t'en parler. Mais je ne voulais pas...

Ils se taisent pendant un long moment. Thomas écoute la respiration saccadée de Léna, il distingue les notes fruitées de son parfum malgré l'odeur du tabac. Il lui caresse les cheveux.

— Ça ne fait rien. Je suis là. (Silence.) Comment vont Harold et Mila ? demande-t-il enfin d'un ton léger en relâchant son étreinte.

Léna sourit, les yeux brillants :

— Bien, je crois. Mila veut précipiter le mariage parce qu'elle a peur que sa mère ne meure d'un cancer.

— Tout un programme.

— Eh oui…, souffle-t-elle, la voix légèrement cassée.

Comme la vie est douce dans l'Arcadie new-yorkaise ! Le pincement au cœur, la douleur dans la poitrine ou dans le ventre sont enfin identifiés. La passion est réciproque. Alors on pense famille, chien, mariage. Léna se rend compte que son déjeuner, si bouleversant, paradoxalement douloureux qu'il fût, était une étape nécessaire. Elle revient sur terre, enfin. Elle prend aussi conscience de la chance d'avoir Thomas à ses côtés. Comment a-t-elle pu tomber dans les bras d'Antonin ? Dérisoires amours.

Dans la romance américaine, c'est toujours à l'instant où le personnage se rend compte que son épisode d'infidélité n'a aucun sens (si l'un des personnages était capable d'une mauvaise action, naturellement) que l'autre découvre la vérité. A l'instant. D'ailleurs, fruit d'un hasard diabolique, elle voit s'afficher sur l'écran de son téléphone un 0645… – parce qu'elle a pris soin d'effacer le numéro d'Antonin tout en mémorisant les premiers chiffres. Cela fait des jours – depuis la rupture – qu'il l'appelle en permanence. Qu'il lui écrit des messages aussi désespérés que tirés par les cheveux. Elle le retourne prestement. Nous ne sommes pas passés loin, songe-t-elle. Elle se déteste d'avoir à ce point laissé Antonin pénétrer dans son intimité alors que Thomas est là, si parfait. Qu'elle vient de relire les

inscriptions en marge de son père, totalement passionnée par ses remarques, qu'elle est troublée par la succession trop rapide d'événements imprévisibles malgré
sa passion de tout maîtriser, même l'agenda.

— Tu ne le prends pas ?

— Non, c'est un stagiaire pistonné qui s'inquiète
pour sa pige. Il veut que je relise son article mais ce
n'est pas le moment.

— Laisse-le s'inquiéter, oui.

Ils sont un peu désemparés tous les deux quand ils
se déshabillent dans la chambre. Thomas commence
par la faire jouir du bout de la langue, Léna s'abîme
dans la sensation, n'existe plus qu'entre les mains de
Thomas, voudrait que cette étreinte dure toujours. Elle
pense qu'elle pourrait mourir, sûrement la meilleure
chose à faire.

Antonin tourne et vire. S'assoit et se relève. « Léna,
oh, Léna… », gémit-il – lui aussi. Il allume sa dixième
cigarette en fixant de la rue les fenêtres de son appartement, avec l'espoir de la voir ; une silhouette, une
ombre le satisferait. Elle ne peut pas le quitter comme
ça. Ce qu'il y avait entre eux allait au-delà de l'entente des corps. Leur passion avait quelque chose de
déchirant… S'il ne s'agissait que d'une idylle physique,
pourquoi s'arrêterait-elle si brusquement, d'ailleurs ?
Antonin raisonne, dans ses brefs instants de lucidité.
Comment nier la puissance de leur lien ? Léna, mon
amour… Sa douleur lui inspire des vers qu'il retranscrit
immédiatement sur son moleskine. Avant de passer à
de la prose, le début d'une lettre poignante, faite de

mots qu'il n'a jamais osé prononcer tout haut – il est définitivement meilleur prosateur, juge-t-il.

Mon amour, mon amour, mon amour...

Mais l'inspiration ne vient pas.

Au même instant, Thomas sodomise Léna. Elle jouit en lui enfonçant les ongles dans les épaules. L'orage est passé.

3

A 8 h 30, le téléphone de Thomas sonne et les tire
du sommeil. Léna se tourne vers le mur. Il s'approche
d'elle et l'embrasse dans le cou, lui caresse le dos. Elle
maugrée :

— Quelle heure est-il ? Tu devrais peut-être...
— Non.

Léna se roule contre lui. Elle s'est réveillée en pleine
nuit en proie à une angoisse qui ne voulait pas dire son
nom. Incapable de retrouver le sommeil, elle a enchaîné
les pages Word, les yeux écarquillés devant l'écran de
son iMac, comme une machine. Si pleine de *Dangereux
Louboutin* qu'elle en avait la nausée. Elle devrait se sentir soulagée, son père, son manuscrit, l'adieu définitif
à Antonin. Le triomphe de la volonté. Elle a simplement mal au cœur. Et Thomas, tellement sensible à
son désarroi, qui n'avait fait aucun commentaire sur le
retour du monstre...

Ce qu'elle a été égoïste, comme elle l'a négligé !
Son succès, même. Elle se souvient du soir où il avait
appris la nouvelle. Son retour, extatique, une bouteille
de champagne à la main, chantant une ode au Ricard
et à l'Olympique de Marseille. Il avait trouvé Léna
curieusement absente, dans sa robe blanche froissée.

Le cendrier débordait sur la table basse. Il avait pensé qu'il s'agissait d'une suite de la veille, n'avait pas remarqué les mégots couleur sable parmi les habituels mégots blancs. L'avait prise dans ses bras, soulevée, embrassée. Il pouvait à peine parler. Léna serrait les dents, conséquence de l'après-midi ; il lui avait fait l'amour, longuement, dans leur lit. Culpabilisant de ne pas culpabiliser, troublée par la proximité entre les deux rencontres. Son corps était chamboulé : aux hormones de la monogamie, sécrétées avec Thomas, se confrontaient les nouvelles hormones de l'attachement (même pour un coup d'un soir, la biologie a ses petits secrets…) avec Antonin.

Elle ne culpabilisait pas. Elle ressentait un étrange sentiment de toute-puissance, qui l'enivrait, elle se serait giflée. Point de conscience de sa faute. L'*hybris* dans un monde sans dieux.

— Léna, tu dors ? Je vais rappeler ma stagiaire. Si c'est une urgence…, chuchote Thomas.

Léna est tout contre lui, engourdie de sommeil. Mais suffisamment réveillée pour ne pas perdre une miette de la conversation. Le féminin à « stagiaire » l'inquiète soudain.

« Ah, salut, Lou ! Oui, je suis un peu en retard ce matin. Insomnie. Mais c'est une idée merveilleuse. Oui, il faut voir… ce que ça donne… » Léna s'étire, bâille. Les pensées fusent dans son esprit malmené et l'empêchent de somnoler en paix. « Attends, je vais faire un croquis rapide… » Pourquoi une stagiaire trouble-t-elle un moment de langueur ?

— Mon amour, tu m'attrapes mon carnet ? lui demande-t-il en passant la main sous le lit pour récupérer un crayon.

Elle lui tend son carnet et s'enroule dans les couettes. A la fin de la conversation, Thomas a griffonné plusieurs pages. « Il faut qu'on revoie cette histoire de flottabilité... » Puis : « Je ne tarde pas trop, le temps de prendre une douche. »

— Cette fille est une perle..., lance-t-il, rêveur, à Léna qui relève un sourcil.

Parler de sa stagiaire en lui caressant le dos ? Elle frissonne. Et si... Elle est bien trop perturbée pour savoir si sa paranoïa chronique lui joue un tour. A quoi ressemble cette Lou ? se demande-t-elle. Est-ce une menace ? Thomas en parlerait-il si ouvertement ? Il lui embrasse la poitrine, glisse ses mains partout ; Léna est concentrée sur les bribes de son appel téléphonique. La toute petite voix de la fille à travers le combiné. Elle prend conscience qu'elle ne s'intéresse pas assez à l'architecture pour rivaliser avec une passionnée et qu'il travaille huit heures par jour avec elle. L'aigreur de la jalousie la prend toute, ce qui est un comble.

— Le projet avance comme tu veux ?

Il relève la tête, étonné qu'elle aborde le sujet à ce moment précis.

— A merveille, mon ange. Je vais bientôt descendre à Marseille pour suivre la construction.

— Et si je t'accompagnais ?

— Et tes délais de traduction ?

Cherche-t-il une excuse ? Léna pâlit, imaginant en un instant les étreintes passionnées de l'être aimé avec une jeune fille aux cris très aigus. Les moments de tendresse, d'abandon, à la fin d'une nuit à boire du café et à réfléchir sur un projet commun et passionnant. Les petits mots désespérés qu'ils s'échangent quand il passe par malheur un week-end avec elle. Léna s'éloigne dans le lit et le dévisage. Mais, bientôt, Thomas sourit, l'air innocent et ravi. Le temps de recomposer une expression acceptable ? Lui qui cache si mal ses émotions – il disait la même chose d'elle, il n'y a pas si longtemps. Tellement transparente... Et pourtant. Elle secoue la tête pour chasser l'image d'Antonin. Pas dans son lit, pas nue, pas à côté de Thomas.

— Fuck Isobel.

— Et Laurène ?

— Je t'adore. Il ne me reste que cinq chapitres. Six.

— Alors, oui, viens. Je pensais que ces trucs d'architectes t'ennuyaient à mourir...

— Il s'agit d'Hermès... Et j'ai envie de visiter la ville.

— Alors je t'emmène, bien sûr.

Ils font l'amour rapidement, Léna jouit et se rendort – toute-puissance des endorphines. Thomas court prendre une douche et s'éloigne de l'appartement en sifflotant – alors qu'il ne sait pas siffler. Tellement de bonne humeur qu'il donne une pièce au jeune clochard qui somnole devant le pas de la porte. Un nouveau. Il va se faire dégager, pense Thomas. Autant lui offrir de quoi petit déjeuner.

Léna s'éveille, l'effet apaisant de l'orgasme se dissipe. Thomas est parti. Elle passe par le bureau et jette un regard torve à l'ordinateur. Efface sans les lire les messages d'Antonin, pour éviter de ressentir de la pitié à son égard. A peine le temps de survoler « Léna, mon ange, mon cœur ». Autant se rappeler Antonin comme il l'avait séduite, un jeune homme à la musculature de gorille, arrogant, trop sûr de lui. Détruit par une courte liaison qu'il ne pouvait pas assumer. Trop jeune, trop doux à l'intérieur. Si vite embrasé par la passion. Peut-être y avait-il finalement du vrai dans la description des sentiments d'Harold pour Mila et de Mila pour Harold. On ne vit pas tous sur le même mode, songe Léna. Et si elle était inadaptée à la nouvelle mouture des relations amoureuses ? Et si tout un chacun tombait amoureux au premier regard, avant même la première étreinte ? Ou juste après. Où est passé le libertinage ? Sûrement dans un club échangiste du 16e arrondissement. Affligeant !

Comment avait-elle pu écarter totalement de son esprit la nouvelle collaboratrice de Thomas ? Perplexe, elle s'interroge sur ses sentiments : elle s'est envoyée en l'air avec un jeune imbécile pendant plus d'un mois, jusqu'à atteindre le terme de ce que cette liaison pouvait lui offrir : le moment critique du surgissement de l'amour. Pas vraiment de remords jusque-là. Pas du tout. Si Thomas avait fait de même, cela changerait-il quelque chose ? Pourquoi s'inquiéter tout à coup de sa fidélité, notion à laquelle elle ne pouvait plus penser sans un rictus ? L'absurde de la situation l'irrite, réflexion derrière laquelle elle se cache pour masquer ses inquiétudes réelles.

Elle revoit sa mère tendre un doigt inquisiteur et dire : « Ne fais pas aux autres ce que tu ne voudrais pas qu'ils te fassent. »

Qu'est-ce que ma mère vient faire dans mes pensées matinales ? Elle tartine ses biscottes, nerveuse. L'une se casse en plusieurs morceaux, comme pour symboliser les tiraillements de sa conscience. Comment en vouloir à Thomas, à supposer qu'il couche bien avec la fille, quel est son prénom déjà ? Elle peut tout juste faire mine de se fâcher un peu et lui exposer des soupçons qu'elle a oublié d'avoir depuis Antonin. Quelques mois avant Antonin. Depuis un moment.

Léna comprend grâce à Antonin à quel point elle tient à Thomas. Envisage presque de se marier pour contenter la famille et lui offrir un symbole sur un plateau. Pourquoi ne parle-t-il plus jamais d'enfants ? Parce qu'il couche avec cette fille ? L'aime-t-il ? Ce qui était un soulagement jusqu'à présent devient une angoisse. Et si ça signifiait qu'il n'y pensait plus du tout ? Qu'il n'envisageait pas d'avenir entre eux ? Ou, du moins, pas sur le vrai long terme. Cette fille ?

Il lui faut la rencontrer – pour en avoir le cœur net. Aller à Marseille est vraiment l'occasion parfaite. Après avoir bu son thé et fini ses tartines, Léna erre dans l'appartement, à demi nue. Autant offrir des plaisirs matinaux à ses voisins, de temps en temps. Espionner Thomas ne me ressemble pas. Je ne vais pas fouiller ses mails ou sentir ses chemises. Plutôt prendre mon courage à deux mains et continuer la traduction. Sans penser au reste.

209

Léna se dirige vers le miroir du couloir et inspecte son visage. Elle grimace légèrement. Son reflet ne lui réserve aucune surprise. Rien n'a changé dans l'agencement de ses traits, plutôt réguliers, ni même dans son regard. Clair, honnête – mon Dieu... De telles pensées devraient se porter sur un visage. Fin de l'insouciance. Elle sait à présent ce qu'elle veut, mais Thomas ?

Son portable vibre dans la cuisine, elle se jette dessus. Encore Antonin. Déçue, elle s'éloigne dans l'appartement. A l'heure qu'il est, Thomas fricote avec sa petite stagiaire. Ils doivent être en train de prendre un café.

Lou a préparé deux cafés, un peu plus tôt dans la matinée. Ils sont froids. Thomas entre dans le bureau en claquant la porte : « Lou y es-tu ? » Il a l'air particulièrement de bonne humeur. Plein d'humour. Conséquence de la conversation qu'elle a surprise de l'autre côté du combiné ? Elle a passé plusieurs coups de fil ce matin, les équipes sont arrivées à Marseille. Thomas lui fait une bise rapide, toujours un grand moment pour elle.

— Tout va bien, tu as l'air fatigué ? Trop travaillé sur le projet hier soir ? demande-t-elle, maniant l'ambiguïté avec l'habileté du serpent qui cherche à s'introduire dans le berceau.

— Ah, si tu savais ! J'ai lu tes mails ce matin, que des bonnes nouvelles. On installe donc les ateliers de préfabrication à La Friche ?

— Oui, j'ai eu l'accord définitif. Mais... tu me le dirais, s'il y avait un problème ?

— Bien sûr ! Mais tu n'as pas à t'inquiéter. Je te fais une confiance aveugle.

Elle sourit insensiblement.

— Tu as décidé des dates pour Marseille ? Je pensais descendre ce week-end, pour voir mes parents. Ils ont une villa à la Pointe-Rouge, alors si tu veux…

— Ça, c'est une très bonne idée.

— Ah bon ? souffle-t-elle, pleine d'espoir.

— Te reposer avant la dernière ligne droite. Je te rejoins lundi.

Elle soupire. Il avale son café avec une légère grimace, avant que Lou n'ait eu le temps de l'en dissuader. Thomas lui demande d'imprimer plusieurs fichiers, dont la traduction de Léna, pour qu'elle puisse la retravailler sans s'abîmer les yeux.

— Tu peux tout me relier ?

Lou acquiesce, un peu déçue d'être cantonnée à des tâches subalternes. Son enthousiasme est blessant, il l'éloigne de lui. Comme elle le sentait proche quand ils butaient sur les derniers ajustements…

— Franchement, tout est bouclé, on n'a plus qu'à attendre le début de la préfabrication. Prends du bon temps !

Le temps n'est bon qu'avec toi, songe-t-elle.

Thomas doit déjeuner avec l'un des responsables du concours, pensant bien faire, il donne sa journée à la jeune fille. Elle bat des cils, c'est elle qui a l'air fatiguée. Elle est si dévouée au projet. Même s'il s'agit du premier projet important sur lequel elle travaille, il lui faut apprendre à faire la part des choses, surtout, ne pas s'oublier. Il n'avait que trop payé son erreur par le passé. Tant d'années avant de trouver le parfait équilibre.

Thomas s'installe devant son ordinateur en sifflotant – toujours sans grand succès. Il ne sollicite pas Lou qui se dirige, faute de mieux, vers le sien, clef USB en main. Les pages sortent de l'imprimante, elle contemple Thomas qui répond à son courrier, absorbé, comme tout homme qui se respecte, par une tâche unique. Ses sourcils sont légèrement froncés, il se passe la main dans les cheveux, dans un geste infiniment sensuel. Elle soupire en le regardant taper sur le clavier, comme une héroïne de Lamartine. Thomas ne la regarde pas. Désespoir.

Elle rassemble les pages imprimées – une centaine, trie celles qui concernent le pavillon et met de côté le reste. Tiens, Thomas lui donne du travail supplémentaire. Comme ses autres maîtres de stage – « Toi ! Tu es archi, va donc photocopier des plans. » Des choses du genre, le tout courant. Avec Thomas, elle pensait exister par ses seules qualités. Il est peut-être comme tous les autres, il l'utilise sans vergogne pour la rejeter ensuite... Lou sent le chagrin la submerger. Les pages remplies de petits caractères attirent son attention : « En me levant ce matin, je me suis rappelé mon premier jour en tant que stagiaire d'Harold Sunset chez P.I.N.K. Investment Partners. Je portais ma jupe porte-bonheur... »

Un manuscrit ? Impensable de la part de Thomas. Sa « copine », alors ? Le cœur de Lou bat dans sa poitrine. Elle jette un coup d'œil de l'autre côté de la pièce, Thomas est toujours absorbé dans ses courriers électroniques. Elle imprime une autre version du manuscrit et le glisse dans son sac en toile. Puis se dirige vers Thomas avec les pages qu'elle a pris soin de relier.

Thomas a un mouvement d'inquiétude quand Léna lui propose de dîner avec Quentin et Clara – pour être exact, de leur faire à dîner. Le souvenir de leur dernière entrevue reste cuisant, comme si ces gens si charmants constituaient une preuve de sa mésentente avec Léna.

Il a dit oui, bien sûr. Le voilà en train de canaliser son appréhension, il découpe des petits lapins pour les cuisiner au vin blanc. Fait revenir oignons et champignons de Paris, plongé dans ses pensées. Quentin et Clara sont trop polis pour faire la moindre remarque, mais ils se rappellent forcément la scène. Léna en train de le rabaisser à tout prix, pour une raison qu'il n'a jamais élucidée. Son visage convulsé, le rictus de ses lèvres, il s'en souvient parfaitement. Il ajoute la viande. Son seul réconfort est de penser qu'elle n'était pas elle-même à ce moment-là.

— Tu veux de l'aide ? lance une voix qui précède le charmant visage, dans l'embrasure de la porte.

Léna s'intéresse à la cuisine. Il sourit.

— C'est presque fini, répond-il en épluchant les pommes de terre. Tu ne sais pas te servir d'un économe de toute façon.

Léna hausse les épaules et s'assoit sur le rebord de la fenêtre, une cigarette à la main. C'est le moment où il va hurler qu'on ne fume pas en cuisinant. Mais non, il lui sourit. Elle souffle la fumée dans un moment de béatitude. Jette un coup d'œil torve au basilic qui vit toujours sa vie de plante aromatique, sur le plan de travail. Observe Thomas.

— Tu as bientôt fini, donc. On pourrait peut-être envisager de se déplacer jusqu'à la chambre...

— Non, il faut surveiller un minimum.

— Oh, laisse ton lapin, sérieusement.

— La cuisine est une affaire sérieuse.

— Tu es insupportable.

— Pour quelqu'un qui aime les bonnes choses...

— C'est bien ce que je disais, chuchote-t-elle en l'attrapant par la taille.

Léna a toujours eu un problème pour évaluer les conséquences de ses desiderata. Il trouve ce défaut adorable, comme elle, dans sa robe fleurie. Il découpe soigneusement les pommes de terre, les dispose dans le plat beurré. Comme il est appliqué, songe Léna. Il cuisine un gratin dauphinois (sa petite faiblesse person-nelle) comme il esquisserait un croquis. Elle s'appuie contre la fenêtre, respire l'odeur du basilic et ferme les yeux. Antonin lui paraît si loin. Tout est si facile, l'évi-dence même, dans cette cuisine qui avait été le théâtre de ses déchirements antérieurs. Thomas lui tend un verre de blanc après avoir enfourné le plat. Il l'embrasse.

— J'ai pris deux billets de train pour lundi. Tu n'as pas d'obligations ici, j'espère ?

Léna secoue la tête et le serre plus étroitement.

Lou sort de son sac en toile l'épais manuscrit, relié par ses soins. Sans titre, pas de nom d'auteur. Très excitant, en soi. Très conceptuel comme objet. « ... et les talons hauts que mon père m'avait offerts – des Louboutin, bien entendu, en cuir verni beige. Ils ont toujours été un peu justes mais je ne l'ai jamais avoué à mon poup. Il m'épaule dans toutes les épreuves depuis ma plus tendre enfance, il me couvre de cadeaux ; je peux bien faire l'effort de supporter trois ampoules quand je porte ces beautés. »

Lou est instantanément happée par le texte même si le personnage ne lui ressemble en rien. Porter des Louboutin, jamais de la vie ! Tout ce qu'elle méprise chez les filles de son âge qui se comportent comme des princesses, et attendent que leurs fiancés finissent leurs études d'ingénieur – elles font pour la forme des études pour devenir architectes d'intérieur. Architecte d'intérieur. Ah, tu es en école d'archi, tu veux faire de la déco ? disent les imbéciles. Non, connard, je veux couler du béton et empiler des espaces en porte-à-faux.

« Mademoiselle Moon, je présume... »

Lou dévore les pages, perd totalement la notion du temps. Mademoiselle Moon, Mila... Ce prénom lui est familier. Harold Sunset. Leur histoire est si prenante. Porteuse d'espoir, malgré tout son mépris pour les choix vestimentaires du personnage, Lou s'y voit. Elle imagine Thomas en patron séduisant – pas très difficile. Loo Moon et Thomas Sunset. Même s'il n'a rien d'un Américain en costume, il a l'aura qu'elle imagine au personnage. Tellement irrésistible, à n'importe quel moment. Il peut avoir enchaîné les nuits blanches, avoir les yeux cernés, un T-shirt sale, il est toujours Thomas.

Lou oublie de manger, de se déshabiller, de se doucher. Elle qui lit si peu, si lentement, est sous le charme des mots de la compagne de l'homme qu'elle aime. Situation perverse s'il en est. Elle aimerait la mépriser, lire ce manuscrit comme elle comptait le faire, simplement par curiosité, et s'en lasser au bout de trois pages. Lire sans discontinuer quatre-vingts pages A4 ? Etre captivée comme cela ? Non, impensable. Et pourtant. Elle a commencé le roman assise sur son canapé. Elle ne le lâche pas pour aller aux toilettes et, quand elle revient vers son canapé, elle s'allonge, un coussin sous le ventre. Elle imagine les personnages évoluer sous ses yeux. Ils sont dans la pièce, tout à côté d'elle. Ils font l'amour contre sa fenêtre – ou de l'autre côté de la fenêtre. Lou sent l'excitation monter lentement en elle, une sensation sourde dans son bas-ventre. Sa respiration est hachée. Elle imagine la main de Thomas sur son épaule, sa voix dans son oreille : « Tu es parfaite, comme ta maquette. » Son souffle effleure son cou. Elle voit ses yeux verts s'allumer, sa main passe sur sa joue bronzée, dans ses cheveux noirs. Il lui sourit. Ils s'embrassent enfin, longuement, passionnément...

Quand Lou sort de sa transe, les pages du manuscrit sont éparpillées par terre.

Léna prend Clara dans ses bras :
— Tu m'as tellement manqué !

Pour quelqu'un qui l'a vue pour la dernière fois il y a trois semaines, Thomas la trouve un peu emphatique. Serre la main de Quentin. Fait une bise à Clara pendant que Léna salue Quentin. Ils se dirigent vers le salon, mais l'ambiance n'a rien à voir avec le dimanche fatal. Léna bavarde comme à son habitude, elle sourit, caresse la main de Thomas qui s'assied à côté d'elle. Leurs deux amis ont pris place sur des fauteuils, dos au miroir de la cheminée. Ils ont la politesse de ne pas afficher leurs doutes, s'ils en ont. Sur la table basse sont disposés verres, bouteille de tokay (un cadeau de Thomas à Léna, son vin préféré), houmous et toasts. (Il avait tenté de la dissuader de faire de l'houmous, même si c'est sa spécialité : « Tout le monde s'attend à manger mon houmous, c'est comme ça. ») Houmous et tokay... Thomas savait cette bataille perdue d'avance.

— J'ai fait de l'houmous ! s'exclame d'ailleurs Léna au même instant.

Hochement de tête général. Ils ont l'air contents, juge Thomas.

— C'est fou, j'ai testé ta recette et je l'ai ratée la dernière fois, dit Clara.

— Pourtant c'est d'une simplicité enfantine...

— Je sais.

Thomas sert trois verres, Clara pose la main sur le sien :

— Je crois que je ne devrais pas boire ce soir... C'est un peu tôt, mais...

Exclamations générales. Thomas ne peut s'empêcher de fixer le ventre parfaitement plat de Clara, moulé dans une robe d'un rouge flamboyant. Quentin sourit, il

218

a l'expression du mâle satisfait de savoir sa descendance assurée. Léna semble heureuse pour eux. Thomas imagine la scène à l'envers. Il imagine Léna lui annoncer qu'elle est enceinte. L'idée ne lui est pas désagréable. Improbable, mais... Il envie les certitudes du couple modèle qui lui fait face. Bien sûr, rien n'est jamais parfait. Eux aussi avaient eu leurs différends – il avait parfois joué au thérapeute de couple, avec Léna, il y a bien longtemps. Le temps avait lissé les choses. Dans huit mois, un petit être vagira au milieu de leur appartement. Ce doit être quelque chose...

Déjà enceinte ! Léna est fascinée par la rapidité avec laquelle tout s'enchaîne pour ses amis. Sans vagues. Clara ne vient pas de vivre toute une série d'événements traumatisants, elle ne s'est pas envoyée en l'air avec un jeune imbécile au corps de dieu grec, elle n'a pas remis en cause le concept même de vie de couple – comme dirait Thomas. Elle observe son amie, le teint bronzé (ils reviennent d'un safari) dans la robe rouge qu'elles avaient cherchée pendant des mois de lèche-vitrines. Eblouissante. N'est-elle pas elle-même un leurre vivant, souriante, bien habillée, bien coiffée ? Qui pourrait croire que, il y a moins d'un mois, elle jouissait dans les bras d'un gamin ?

Ils ont l'air réconciliés, se dit Clara. Elle jette un coup d'œil à Léna et à Thomas, puis à Quentin. Je me souviens du moment où j'ai su que c'était le bon. Très tôt dans notre relation, certes. Mais je le savais. Léna a dit quelque chose du genre pendant notre soirée daiquiris, je me suis sentie rassurée pour Thomas. Il a l'air si attaché à elle.

Léna leur annonce, tout heureuse, qu'ils partent ensemble pour Marseille. Glisse quelques mots sur le projet de Thomas. L'incite à leur faire le pitch – à force de le présenter aux mécènes, il est totalement rodé, dit-elle. Léna lampe son nectar doré, grignote, rit. Thomas la boit des yeux. Quentin parle peu, il était curieux de voir comment tourneraient les choses. Il avait dit à Clara que l'attitude de Léna lui semblait louche. Lui, non. Elle... Une indiscrétion, peut-être. Clara avait juré ses grands dieux que c'était impossible. Il avait gardé l'hypothèse en tête – une intuition masculine. Ce rapprochement éclatant lui donne raison, il en est certain. Même s'il ne pipera mot. Tout est pour le mieux, ils ont l'air heureux. Qui se préoccupe de connaître le détail des incartades de Léna...

Ils passent à table et font honneur au succulent repas de Thomas. Tous légèrement ivres, sauf Clara.

— Quel talent, quelle chance, Léna ! s'exclame-t-elle au détour de la conversation. Ce n'est pas Quentin qui cuisinerait un truc pareil.

— Mais si, je sais cuisiner.

— Seulement des lasagnes au saumon !

— Est-ce ma faute si on a toujours un musulman ou un juif à table ?

— C'est vrai que j'ai de la chance. Cuisiner m'ennuie à mourir, les coupe Léna en souriant à Thomas.

Elle le couve du regard. Elle doit avoir l'air très amoureuse, ce soir. Elle l'est.

— Moi, j'adore inventer de nouveaux plats. Toujours mieux faire. Cuisiner pour deux, bientôt pour trois...

Clara a déjà intégré le réflexe de frotter son ventre chaque fois qu'elle parle de son bébé.

Le manuscrit, reconstitué avec soin – heureusement, les pages sont numérotées –, s'arrête brusquement, en plein chapitre. Lou cherche frénétiquement dans son sac des pages perdues. Rien à faire, elles n'y sont pas. Qu'arrive-t-il à Mila et à Harold ? Leur rupture tiendra-t-elle, après le cocktail où Mila se ridiculise ? Elle se dirige pourtant vers le jardin d'hiver, ce qui suggère une réconciliation. Ou une dispute en bonne et due forme ? Le suspense est terrible. Il lui ôte le sommeil pour de bon. Elle se perd en conjectures, tourne et vire dans son petit lit, en proie à une tension nerveuse intense. Elle a besoin de croire en une fin heureuse pour ces deux personnages qui lui sont déjà tellement chers.

Pour avoir lu quelques articles sur la rentrée littéraire dans des magazines féminins, elle sait que la mode est à l'autofiction. Elle doit vouloir vendre des livres. Elle situe l'intrigue à New York pour mieux transposer ses frasques parisiennes. Lou sent dans le récit des amours de Mila et d'Harold un côté profondément authentique, peut-être cette manière de décrire les hésitations du personnage, ses sensations, ses déchirements intérieurs. On palpe l'expérience derrière la fiction. Si elle était pure, elle ne pourrait même pas imaginer de parler d'un autre homme dans un livre. Pire, de construire une scène érotique fictive. Bien sûr, d'un point de vue extérieur – et intérieur, elle se déteste pour cela –, Lou est émoustillée bien au-delà de ses préceptes moraux.

Les voir bafoués lui offre un plaisir particulier. Elle méprise l'auteur de ces pages, si brillantes soient-elles. Elle le méprise et elle l'idolâtre. Quel esprit... Délicieuse perversion. Délicate plume qui court sur son corps frissonnant.

Une certitude la tiraille particulièrement. L'auteur de ce brûlot aime Harold, quel que soit son nom. Par voie de conséquence, la compagne du grand Thomas ose lui être infidèle. Avec qui ? Son rédac' chef ? Lou roule dans ses draps, impuissante. Elle fixe le plafond en comptant les heures qui la séparent des retrouvailles avec Thomas à Marseille.

5

Quel bonheur de quitter Paris ! Léna ne pensait guère formuler une pensée pareille, surtout cet été. Surtout en se dirigeant vers Marseille. La pluie et la brume du Morvan cèdent la place aux pins, aux genêts, au soleil... Léna sourit malgré elle, sa main dans celle de Thomas. Il essaie de lire de son côté toute une série de brochures, probablement en rapport avec son projet. Léna a allumé son ordinateur mais elle est en permanence distraite par le paysage. *Dangereux Louboutin* attendra son retour à Paris. Ou un moment d'ennui, à l'hôtel. Elle embrasse Thomas dans le cou. Il s'appuie sur son épaule.

Toutes les possibilités semblent ouvertes. L'étau de chaleur parisien s'éloigne – d'ailleurs, en septembre, il pleut déjà. La Méditerranée offre un changement agréable de perspective. Léna est tout excitée, elle en oublie presque la maîtresse potentielle. Thomas, qui est déjà venu plusieurs fois, partage son enthousiasme communicatif. L'idée que son projet naîtra sous ses yeux dans peu de temps, qu'il sera conforme à l'idée de base, aux plans, à la maquette, le remplit de joie. Tout est pour le mieux dans le meilleur des mondes.

Quand ils descendent du train, Thomas porte les sacs, Léna se passe une main dans les cheveux, retire son foulard et le gilet qui couvrait sa robe légère. Ils sortent sur le parvis de la gare, en face des escaliers légendaires de Saint-Charles. Thomas lui montre du doigt Notre-Dame-de-la-Garde, pose leurs bagages par terre, l'enlace. « Elle ne devrait pas tarder », dit-il. Léna allume une cigarette en faisant quelques pas. Elle a une pensée pour Antonin. Cela fait quinze jours tout au plus qu'elle l'a quitté, et tout lui semble tellement loin. Si loin qu'elle distingue à peine ses traits, tout comme Harold et Mila lui ont semblé étrangers pendant les quelques minutes qu'elle leur a consacrées dans le TGV. Elle ne se reconnaît pas non plus, quand elle y repense. Comment a-t-elle pu être si stupide ? L'issue – la rupture douloureuse –, inévitable, lui prouve bien combien elle s'est leurrée ; Antonin était désespérément romantique alors qu'elle se contentait d'être romanesque.

Le téléphone de Thomas sonne : « On arrive ! », s'exclame-t-il. Il dirige Léna vers d'autres escaliers, sur le côté. A côté d'une Twingo verte se trouve une petite femme brune, dans une combi-short fleurie minimaliste, les lèvres pourpres et des lunettes de soleil noires. Elle sourit de toutes ses dents à Thomas, lui saute presque au cou. Léna se tient légèrement en retrait, elle écrase sa cigarette et tend la main à la petite femme – de près, elle est plus encline à dire jeune fille. Thomas la prend par l'épaule : « Léna... Lou. » Le sourire se fait grimace. Lou serre la main de Léna et articule un bonjour grinçant. Léna ne sait quoi penser de cet accueil.

Thomas n'a pas l'air gêné le moins du monde. Amour platonique ? Déçue que je séjourne dans le même hôtel, la même chambre, le même lit ? Que croyait-elle... Thomas dépose les sacs dans le coffre, il propose le siège avant à Léna qui refuse poliment. Puis il jette un coup d'œil à Lou :

— Ça ne va pas ? demande-t-il après avoir remarqué son visage décomposé.

— Un début de migraine, rien du tout ! Vous avez fait bon voyage ?

On sent que le vouvoiement collectif la fait souffrir. Léna la regarde dans le rétroviseur. Mignonne. Un peu jeune – tu parles, ajoute-t-elle, presque effrayée. Si elle-même ne s'est pas appliqué ce genre de critères... Elle a une petite voix d'enfant, qui part dans les aigus quand elle est angoissée.

C'est donc elle..., pense Lou après un long tressaillement. Elle sent son regard dans son dos, la distingue dans le rétroviseur, mais se refuse à la détailler. Elle n'a que trop vu la main de Thomas dans la sienne, sans parler de ses beaux cheveux et de ses longues jambes. Lou tente de faire diversion, terriblement embarrassée. Elle reprend pied :

— Je suis allée voir à l'atelier ce matin, la préfa est en cours. A l'heure qu'il est, il est impossible d'avoir une vue d'ensemble, mais, d'après les artisans, ça se goupille bien. Quant aux éléments de flottabilité, j'ai du nouveau : on a trouvé de magnifiques bidons orange de cinq cents litres dont une usine de Fos voulait se débarrasser...

Thomas est passionné par cette entrée en matière :

— A quoi ressemblent ces bidons ? C'est la nouvelle de la journée ! J'adore l'idée de recycler du matériel industriel. Ça donne au pavillon une dimension dont il manquait cruellement.

Cette petite est douée, il a beau se le répéter, elle l'émerveille toujours.

— J'ai pensé qu'en termes de communication, ce serait très efficace.

— Oh oui...

On sent que Lou est de nouveau dans son élément, malgré la proximité de Thomas dans la voiture, et malgré celle de Léna, pour le moins inattendue. Cette dernière fuit les préoccupations techniques ou offre aux architectes un peu d'intimité en positionnant discrètement son casque sur ses oreilles. Elle se laisse promener dans les embouteillages avec Allah-Las dans les oreilles, un morceau instrumental particulièrement planant, « Sacred Sands », si elle ne se trompe pas. Elle tape légèrement sur ses cuisses, ferme les yeux, les rouvre. Devant, Thomas et Lou sont toujours en grande conversation. Ils parlent avec les mains, y compris elle, censée conduire – mais, vu la circulation, il n'y a pas lieu de s'inquiéter.

La gestuelle de Lou confirme sa première impression ; elle est sous le charme de Thomas, c'est évident. Ses pommettes suggèrent qu'elle a le cœur tendre. Peut-être l'aime-t-elle carrément. D'un amour platonique, l'amour de Galatée. Thomas a l'air tout à fait naturel, elle nourrit chez lui une passion qui n'est pas érotique. A moins que je ne me trompe totalement...

La musique se coupe un bref instant. Le concept (un mot qu'ils viennent de prononcer) de préoccupation disparaît. Retour à l'adolescence. Elle est inconfortablement installée à l'arrière d'une Twingo pendant que son compagnon et la potentielle maîtresse de ce dernier ont une conversation passionnante, qui la dépasse, qu'elle ne comprendrait sûrement pas dans tous ses détails – une vraie connexion, dont elle est exclue. Au fond, elle sait déjà que ses soupçons sont infondés. L'optimisme la submerge. Les rues plus encombrées les unes que les autres se succèdent, avant la proprette avenue de la République et ses immeubles haussmanniens. Le ciel est bleu comme il ne l'est jamais à Paris, cela change la perspective sur les façades. Tout à coup, la mer. Ils arrivent sur le Vieux-Port, Léna est sidérée. Tous ces bateaux, au milieu de la ville – un véritable poumon bleu, pense-t-elle, en utilisant le jargon architectural. Léna se repaît du paysage. Thomas et Lou sont toujours en plein délire. Léna, aussi, à sa façon. Elle observe le va-et-vient des mouettes, les mâts des bateaux, encore et encore, la surface de l'eau qui scintille. La voiture avance lentement, bifurque dans une petite rue juste à côté du théâtre de La Criée, la remonte, s'arrête. Elle comprend qu'il est temps de retirer son casque.

— On est arrivés ? demande Léna, flegmatique.

— Tu déjeunes avec nous, allez..., continue Thomas sur sa lancée.

— Il faut que je repasse à l'atelier, j'avais dit...

— L'atelier peut attendre ! Eh oui, mon amour, on descend.

Si tu ne te fais pas violer sur un chantier dans cette tenue, je suis le pape, pense Léna, pourtant elle n'y connaît pas grand-chose. Juste les réticences de Thomas chaque fois qu'elle voulait l'accompagner, ne serait-ce qu'en robe... Chouette, elle accepte, conclut-elle. Je vais la disséquer à loisir. Lou sourit à Thomas, le temps que Léna sorte de la voiture. Elle a l'illusion de partager un moment d'exclusivité avec lui. Elle ôte ses lunettes en ouvrant la portière – beaux yeux bleus mis en valeur par le bronzage.

Je reconnais ce regard, pense Léna. Elle l'admire naïvement. Le regard d'Antonin, celui que je recherchais. Celui qui me flattait tant. Celui que je n'offrais plus à Thomas. Oui, ce regard avait bien disparu. Thomas n'est pas du genre à ressasser, il ne lui a jamais rien reproché. Léna ne regrette pas un instant sa petite incursion dans la routine de cette Lou, qui semble bien éprise de Thomas. Si petite, si maniable..., ne peut s'empêcher de noter Léna.

— Gare-toi et on se rejoint dans vingt minutes en bas, le temps de poser nos affaires. D'accord ?

La jeune fille se rend à ses arguments, le sourire un peu pincé. Elle chuchote une dernière fois :

— Tu es sûr que je ne vous dérangerai pas ?, avant de capituler.

Peut-être préférait-elle cristalliser en silence. Ou la vue de Léna était trop difficile à supporter. Thomas songe que Lou est plus timide qu'il ne l'aurait cru, mais ne va pas chercher plus loin. Seule Léna voit le mal. C'est une femme, après tout.

228

La chambre du Radisson est spacieuse, le lit moelleux (si large et si moelleux, elle a sauté dessus comme une enfant afin de s'en assurer), la vue imprenable sur l'abbaye Saint-Victor, les façades colorées des rues adjacentes, un jardin. Un tel changement de paysage, à seulement trois heures de Paris... Le port est totalement dégagé suite à des travaux épiques, d'après ce que lui explique Thomas. Ils s'y promèneront plus tard. L'endroit est parfait pour travailler un peu, avant de parcourir la ville, de déjeuner avec Thomas (et Lou, donc), de faire l'amour avec Thomas, de se baigner dans la piscine ou dans la mer... Toutes ces idées défilent agréablement dans la tête de Léna.

— Vingt minutes pour ouvrir un sac et pendre deux robes ? rit-elle dans son oreille.

Elle ne sait pas si elle doit bien prendre l'érection qui tend le pantalon de Thomas. Et si Lou...

Je deviens paranoïaque. Gifle-toi, Léna.

Aucune de ces pensées n'est formulée à voix haute, bien heureusement. Elle a tôt fait de faire glisser sa culotte, d'ouvrir le pantalon de Thomas qui s'abandonne à ses soins sur le lit. Non, il ne peut pas penser à Lou. Pas à ce moment précis.

Lou a peu dormi ces dernières nuits. Obsédée par le manuscrit que Thomas lui a demandé d'imprimer. Bouleversée. Elle l'a relu trois fois – peut-être plus. D'abord subjuguée par l'histoire, ensuite admirative de la maestria avec laquelle Léna décrit les sensations et les sentiments des personnages. On s'y voit, songe-t-elle. On s'y voit vraiment. Ses différentes lectures l'amènent à décrypter l'histoire sous-terraine. Le personnage ne ressemble pas à Thomas, même si Lou se le représente à chaque page – la *mimèsis* fonctionne à plein. Elle ressasse ses conclusions. Il s'agit d'un autre. Seul Thomas pourra le démasquer. Comment l'y amener ? Il lui faut se rendre compte de son erreur – de toute façon, les écrivains sont des gens sans principes, c'est bien connu. Talentueux, ils font vivre un monde complexe et passionnant et nous sortent de notre quotidien. Mais amoraux, incapables de sentiments profonds et durables, handicapés du cœur. L'architecture est une passion à plein temps, de plus. Elle ne se partage pas.

Voir Léna en personne est étrange. Lou admire son texte, mais connaît ses failles. Elle sait quels sont ses mauvais penchants. Comment une fille au visage si angélique peut-elle faire de telles horreurs ? Assumer de les écrire, par-dessus le marché ? Thomas a l'air si amoureux. Quelle hypocrite ! Elle soupire en marchant nerveusement.

Lou, comme beaucoup de jeunes lecteurs, s'emballe ; elle est incapable de faire la part du vrai et du faux. Elle attend l'amour de sa vie et son erreur passagère en bas de leur hôtel – elle s'est garée en cinq minutes, il suffit de connaître un peu le quartier et le tour est joué. Elle détaille la piscine dans laquelle ils se baigneront – elle se baignera –, la vue sur le fort Saint-Jean, sur Saint-Victor. Un cadre idyllique pour de tendres sentiments, avec cette odeur de fleur d'oranger qui flotte, à cause du four à navettes tout proche. Déjà un quart d'heure, pour poser deux sacs et se rafraîchir le minois. Après avoir lu le manuscrit de Léna, il n'est pas difficile d'imaginer ce qu'elle lui fait, là-haut. Un ouvrage d'assujettissement.

Léna et Thomas descendent en se tenant par le bras, elle rit dans son cou. Thomas a l'air d'excellente humeur. Il a un geste que Lou et Léna trouvent inapproprié au même instant : il attrape le bras de Lou, comme s'ils étaient un joyeux trio. Raideur des femmes.

— Allez, on va manger des moules !

Léna glousse. Lou ne relève pas.

Toute relation sociale a pour enjeu la prise de pouvoir. Léna observe Lou placer ses pions entre deux services. Thomas ne voit rien. La petite stagiaire en fait trop, elle se sent en danger – ce qui n'est pas son cas. Elle s'en persuade. Ne pas s'abaisser à entrer en compétition avec un inférieur.

— Alors pour les murs, tu as trouvé le cuir adéquat ? demande-t-il.

Elle s'empresse de répondre :

— Je me suis rendu compte d'un truc : grâce à l'économie liée aux bidons, on peut se permettre de consacrer plus de budget à l'habillement des murs. J'ai dégoté un cuir d'Espagne à tomber par terre, l'artisan est sur place.

Sourire poli de Léna. Elle boit une gorgée de Ricard par correction, alors qu'elle déteste ça. Lou a remarqué sa grimace, et la ressert dès qu'elle a fini son verre. Bien vu. Thomas se régale.

Léna sourit et fait mine de les écouter discuter des derniers arrangements qui concernent le pavillon.

— Tu n'as pas une photo des bidons ? Je voudrais pouvoir mieux visualiser le résultat !

— Tu les verras en personne dans une heure.

— Je sais, mais...

Seules des bribes parviennent à Léna, obsédée par ce pastis qu'elle se refuse à boire. Thomas pose la main sur l'avant-bras de Lou dans un geste parfaitement naturel et amical. Ils n'ont jamais couché ensemble. Enfin, une certitude. Elle les a bien étudiés, elle peut goûter son saint-pierre sans inquiétude. Un délice.

— Tu as bien vérifié la classification des matériaux pour les histoires d'inflammabilité ? Pour un bâtiment fréquenté par le public, c'est quoi déjà, M0 ou M1 ? J'ai eu un coup de fil angoissé hier...

— Je crois que les normes ont changé. Les nouvelles unités européennes, c'est s1, s2, p1... Mais j'ai tout bon.

— Tu es parfaite !

Une femme à la robe rose pâle très courte, juchée sur des Louboutin, rappelle à Léna qu'elle ne doit pas oublier ses obligations parisiennes. Elle profite d'un court instant où Lou a la bouche pleine :

— Thomas, au fait, tu as pensé à imprimer les pages que je t'ai envoyées ?

— Je les ai transmises à Lou. Tu les as laissées à Paris ou...

— Non, tu les avais oubliées, j'ai tout pris avec moi. Elles sont dans ma voiture.

— Parfait. Mon ange, tu vas pouvoir travailler sur ta traduction pendant que je remonterai les bretelles des artisans !

Il est tout excité. Traduction ? Lou avale de travers. Elle pense avoir mal compris. Les personnages sont tellement adaptés à la situation, ils ont l'air si vrais... Elle aurait juré... Léna lui fait un grand sourire.

— Merci beaucoup, Lou. Lou, sans p ?

— Pas de p, non.

Qu'ont-ils tous à me demander s'il y a un p à la fin de mon prénom ?

6

Thomas part très tôt suivre l'évolution de la préfabrication. Des journées aussi parfaites, il en connaît rarement. Même s'il s'est couché tard, après un dîner plantureux, une promenade au bord de la mer – pour montrer à Léna l'itinéraire qu'il a choisi pour son pavillon –, une étreinte interminable, il se réveille aux aurores. L'excitation de la nouveauté, cette ville, qui lui donne une énergie folle. La présence de Léna le ravit. Ils sont de nouveau inséparables. Thomas marche le long du Vieux-Port, appréciant la rigueur provençale des façades de Fernand Pouillon, profite du soleil matinal avant d'apercevoir la Twingo verte s'approcher.

Lou se cache derrière ses lunettes de soleil. Elle a passé une nuit affreuse, impossible de s'endormir, il faisait trop chaud. Elle tournait et se retournait dans ses draps, imaginait ce que faisait Thomas à l'instant même. Oh, elle ne le savait que trop ! Elle n'avait pas résisté à relire le manuscrit une fois de plus. Quelle horrible brûlure dans sa poitrine ! Sa mine resplendissante, quand il monte dans la voiture, parle d'elle-même. Léna est belle. Lou se sait pimpante, mignonne, jolie ; elle n'a pas de complexes. Pourtant, quand elle a vu Léna... Comment rivaliser ? Comment ne pas

donner raison à Thomas, elle est tellement fascinante…
Son côté obscur, comme elle l'appelle, qui s'exprime
dans ses textes (traduction ou non), doit ajouter à sa
séduction. Elle comprend ce qui attire Thomas. Si elle
était un garçon, elle aussi…

Désespoir absolu. Lou est désespérée. Elle avait cru
qu'un séjour à Marseille permettrait à Thomas et elle
de se rapprocher. Elle avait tenté de le mettre sur la
voie à Paris, mais rien à faire. Elle pensait que la
ville de ses origines lui porterait chance, qu'il verrait
enfin ce qui était une évidence pour elle. Un hasard
cruel contrecarrait ses plans. Alors qu'elle démarre,
le téléphone de Thomas vibre. Il lui fait signe de se
garer. « … alors tu portes un pantalon ». Lou comprend et jette un coup d'œil à son short. La prend-il
pour une traînée alors que ses tenues lui sont exclusivement destinées ?

— Ça te dérange si on attend deux minutes que
Léna arrive ? Elle est réveillée et ça la tenterait de
visiter les ateliers avant qu'il fasse trop chaud.

Hasard cruel, pensait-elle il y a une minute.

— Non, bien sûr.

Que répondre d'autre ? Au point où elle en est…
Un signe contradictoire : une manière de dire, laisse
tomber, ils s'adorent, il ne t'aimera jamais. Les seuls
moments de solitude avec Lui te seront arrachés par
Sa présence, physique ou non. Elle recule. Voit dans
le pare-brise arrière s'avancer une jeune femme mal
coiffée, vêtue d'un pantalon noir et d'un T-shirt blanc
légèrement transparent. Des formes exquises. Il n'y a
rien à dire.

« Bonjour, Lou », s'exclame-t-elle. Thomas se lève pour la faire entrer, tirer le siège, il l'embrasse au passage. « Mmmm, mon amour. » Ces mots crèvent le cœur de Lou, elle prend sur elle pour rester impassible. Tout son corps est glacé. Léna s'installe derrière, la tête à moitié renversée sur le siège, des lunettes de soleil sur le nez. Lou lui jette un coup d'œil en faisant marche arrière. Elle lui rappelle terriblement quelqu'un. Impossible de mettre un nom dessus. Quel sans-gêne, s'allonger ou presque sur la banquette de ma voiture ! Comme s'il y avait écrit sur son front : « J'ai fait sauvagement l'amour avec l'homme que tu aimes toute la nuit. » Cette pensée fait frissonner Lou. Elle n'arrête pas de frissonner depuis ce matin.

Le trajet Vieux-Port-La Friche n'a rien à voir avec les trajets habituels de Thomas pour visiter des chantiers, rien à voir avec les corvées de La Chapelle, La Courneuve, tous ces La Quelque chose... L'idée de voir son projet se construire sous ses yeux est si bouleversante, le montrer à Léna est un accomplissement supplémentaire. Il enfile ses chaussures de sécurité et le reste de l'attirail avec grâce, aide Léna à s'équiper. Elle a l'air fine, comme ça, pense Léna en regardant Lou, petit débardeur et short, grosses chaussures et casque blanc. Elle effleure la main de Thomas, la lumière les aveugle.

Pour l'heure, les éléments du pavillon commencent à peine à être fabriqués. Léna est un peu dubitative.

— Regarde ces bidons, une merveille !

Thomas les a fait assembler sur le sol. Seul début de structuration de l'espace.

— Là, il y aura l'entrée. Tu imagines des façades orange. Tout reposera sur les bidons. Là, tu suis un H intérieur. Il faut imaginer avec les sensations de la mer, le côté mouvant. D'où les lignes très épurées.

Thomas serre fort sa main. Léna n'est pas très douée pour se représenter des volumes qui n'existent pas encore. Elle se laisse bercer par la description de Thomas. Lou discute avec les ouvriers, mais ne tarde pas à se rapprocher d'eux pour rompre l'harmonie du moment. Point trop n'en faut.

— Un cube orange, c'est une très belle idée…, dit Léna.

— Ce n'est pas un cube, c'est un parallélépipède, corrige Lou.

Léna hausse les sourcils.

— Quelle différence ?

— Un cube est fait de carrés, un parallélépipède de carrés et de rectangles. On aurait perdu beaucoup d'espace en hauteur, tu comprends ? répond Thomas avec douceur.

Les voir si proches, si complices, redouble sa douleur. L'amour secret de Lou pour Thomas est inscrit depuis de longues années dans son âme. Ce dernier a oublié – ah, sa mémoire des visages et des prénoms… – qu'elle appartient au harem des charmantes jeunes filles venues se rouler dans les draps bruns de l'architecte célibataire qu'il était. Elle avait à peine dix-neuf ans, elle entrait en première année. Elle n'oublierait jamais cette nuit où, après une soirée dans la cour de l'école où tout le monde avait abusé des bières à un euro, il l'avait prise par la main. Le grand Thomas Courtois, dont tout le monde vantait les mérites, diplômé avec les honneurs, l'avait remarquée. Son cœur avait battu très fort, puis s'était habitué à ce nouvel état de fait : elle allait perdre sa virginité avec le plus mystérieux ancien élève de l'ESA. Sa grâce aérienne, sa haute taille, ses cheveux bruns, presque noirs, ses yeux verts, sa peau mate ; il était le parangon de l'artiste incompris. Elle avait beaucoup rêvé de ses dents étincelantes, mais ne se souvenait pas de son haleine qui devait être terrible, maintenant qu'elle y repensait dans ses rares moments de lucidité.

Aujourd'hui, elle était sa stagiaire. Ils passaient leurs journées, parfois leurs nuits ensemble, depuis maintenant deux mois. Quelle ne fut pas son émotion quand François lui proposa de travailler avec Thomas ! Elle y avait vu un coup du destin, un signe qui liait de nouveau leurs destinées. Il l'avait sûrement oubliée, se disait-elle, réaliste, mais elle se rappelait cette nuit pour deux. Elle n'avait jamais cessé de l'aimer.

La main dans la main, ils descendirent le boulevard Raspail cette nuit-là, jusqu'à sa chambrette à Vavin. Il ne lâcha pas sa main dans les escaliers, ni même pour ouvrir une dernière bière fraîche qu'ils partagèrent, entre deux phrases incohérentes sur l'avenir du monde. Thomas était ivre, mais il bandait. Il l'était trop pour se rendre compte qu'il tenait entre ses bras une vierge effarouchée. Lou tremblait d'émotion. Il but la moitié de la bière en une gorgée et se pencha pour l'embrasser. Ils passèrent de la moquette au lit aux draps douteux.

Les prières de Lou furent exaucées : elle ne saigna point. Et apprécia du mieux qu'elle put, c'est-à-dire en serrant parfois les dents, l'étreinte avec son cher Thomas, le grand Thomas. Qui finit en lui demandant, la bouche pâteuse :

— Dis, comment tu épelles ton prénom ?

On ne lui avait jamais posé la question.

— Eh bien, sans p, répondit-elle, désarçonnée.

— Sans p ?

— Oui, Lou, sans p. Pas comme un vrai loup.

— Tu as un merveilleux prénom, tu sais...

Il s'était endormi. Ils ne burent pas de café ni ne mangèrent de croissants matinaux ensemble – elle s'était éclipsée aux alentours de neuf heures avant de revenir dans le lit. Thomas dormait si profondément qu'elle se décida à partir sans même prendre une douche. Midi et demi. Elle croisa une grande blonde aux lèvres rouges, des Persol sur le nez, au niveau du cinquième étage, sans se douter que Thomas ferait l'effort auquel il n'avait pas consenti pour elle – se réveiller d'une caresse et dévorer les deux pains au chocolat qui se trouvaient dans le sachet qui s'agitait au bout de son long bras.

De loin, elle voyait Léna avec ses lunettes de soleil sur le nez. Elle venait de se faire un chignon – l'image même de ce qu'elle était, six ans en arrière. Lou se souvenait, maintenant. Elle avait pris sa place pendant toutes ces années. Il était grand temps de corriger une injustice.

7

Léna et Thomas s'embrassent sur le quai de la gare Saint-Charles. Elle se love contre lui, comme pour se rassurer, et s'imprègne du moment. Le soleil dore sa peau, les voyageurs qui traînent leurs valises à côté d'eux n'existent pas, il n'y a que Thomas, sa respiration chaude dans son cou et ses bras qui l'enserrent. Léna redoute le retour à la réalité parisienne. Ici, aucune ombre ne subsiste entre eux, point de mésentente, nul souvenir qui pèse. Ils étaient béatement heureux. Elle consent enfin à s'éloigner, un sourire triste sur les lèvres. Thomas la suit des yeux jusqu'à sa place dans le train avant de se détourner. Léna fixe le quai par la fenêtre, mélancolique. Une parenthèse enchantée... Loin de Paris, elle respirait l'air marin avec délice, elle se sentait en sécurité – malgré la présence épisodique et peu engageante de Lou. Elle n'avait pas encore la maturité nécessaire pour faire la part de sa vie personnelle, d'un amour platonique mal placé et d'une relation professionnelle, la pauvrette. Léna avait beau regarder les amours non réciproques d'un œil sceptique, elles n'en existaient pas moins. Lou en était la preuve vivante.

Rentrer à Paris signifiait retrouver la présence angoissante d'Antonin, sur le trottoir d'en face – même si elle avait bon espoir qu'il se serait lassé –, ou un peu plus loin. Le nombre de messages quotidiens avait diminué, hier, son portable n'avait pas vibré une seule fois. Il devait s'être fait une raison. Elle l'espérait : elle n'avait jamais voulu le réduire à cet état de désespoir puéril ; qu'il souffre autant, pour si peu, la peinait. Que pouvait-elle y faire ? Néant. Alors elle n'y pensait plus.

Le premier jet de la traduction est fini, elle l'a envoyé à Laurène la veille au soir – en bâclant un peu, certes. Elle arrêterait enfin de la harceler. Une source d'anxiété en moins. Léna avait passé une soirée particulièrement délicieuse, le spectre de *Dangereux Louboutin* éloigné, l'impression d'avoir terminé quelque chose, après un dernier effort. Les mots l'étourdissaient encore légèrement quand Thomas était rentré à l'hôtel. Harold, Mila, des rebondissements jusqu'à la fin, leur mariage comme dans ses pires cauchemars. Léna traduisait tel un automate, écœurée par le dernier chapitre. Ils se mentent à eux-mêmes en permanence, créent de faux problèmes alors qu'au fond ils désirent exactement la même chose. La dispute pendant la répétition du mariage ? Ridicule. Leur réconciliation était encore plus déprimante. Le désaccord entre Antonin et elle était cruel. Elle ne partageait pas sa folle passion. Etait-il si imprégné d'eau de rose que cela ?

Elle aurait préféré passer encore quelques jours à Marseille, une semaine ou deux, y rester pour toujours en fait... Ne pas quitter Thomas. Pourtant elle savait qu'elle ne pouvait pas raisonnablement accaparer son attention à un moment aussi crucial, même s'il semblait ravi de sa présence. « Normalement, tout roulera. Pas de gros retard prévu, l'avait-il rassurée. Mais rentre, si tu veux, tu reviendras pour l'inauguration... » Nul besoin de rien ajouter. Elle ne pouvait pas éternellement fuir Paris, sa cuisine, sa boîte aux lettres.

Thomas arrive à l'atelier seul, en fin de matinée. Lou espère que celle qui gâchait sa vie est enfin partie, loin, très loin. Elle pourrait être morte, Lou le réconcilierait avec l'existence. On se remettait de tout, avec un peu de volonté. Ne s'était-elle pas entêtée à finir ses études d'architecte alors que, le premier jour, cet affreux directeur avait commencé son allocution par ces mots : « Dites-vous bien que, sur une promo de cent, il y en aura maximum trois qui vivront d'architecture. Et ce ne seront pas des filles. » Ce sexisme l'avait outrée. Pour se venger, elle avait couché avec son fils. Elle avait appris que le père, grand architecte au demeurant, traumatisait autant ses élèves que son propre chérubin. Il la baisait avec paresse, maladroitement. Elle avait osé lui demander d'accélérer, poussée par la comparaison avec Thomas. Il avait éructé : « Tu demandes à Schumacher de passer la cinquième quand il est en seconde ? »

Lou n'avait pas épilogué. Elle l'avait laissé terminer sa petite affaire, son honneur vengé – elle pourrait raconter à tout le monde ce qu'il en était. Elle ne l'avait jamais fait. Elle s'était remémoré l'amour avec Thomas – sa flamboyante perte de virginité, quelques mois auparavant. Elle avait compris que la route à suivre était faite d'abstinence, de rigueur et de travail, pour un jour être à sa hauteur. Elle s'était spécialisée dans le type de projet qu'il affectionnait, elle avait lu, glané toutes les informations disponibles à propos de ses travaux. Elle n'ignorait rien de Thomas Courtois. Elle rêvait du jour où elle pourrait venir à lui, toute pleine de ce savoir acquis par la force du souvenir.

Il appréciait l'architecte en elle mais pas la personne, se désolait Lou. Elle commençait à se faire une raison, et à rejeter ce pressentiment qu'il y avait de la vérité dans le manuscrit de Léna, peut-être n'était-ce qu'une traduction, fort à propos. Thomas parlait d'une association avec François. Elle ne pouvait se priver d'une possibilité d'embauche, pas après toutes ces années de travail acharné.

L'aimer toujours... Il lui fallait être raisonnable, rien ne l'empêchait d'être amoureuse de lui *ad vitam æternam*. Et travailler à ses côtés, devenir l'indispensable éminence grise. Un jour, il la remarquerait. A-t-elle un autre choix ?

Elle frissonne rien qu'à le regarder. Il marche, dans la lumière. Il salue brièvement tout le monde, et les gens lui sourient. Même quand il s'emporte parce que tel détail est bâclé, on lui sourit. Toute l'équipe le respecte. C'est beau, le perfectionnisme. Beau comme Thomas. Elle aussi est heureuse, lorsqu'il est dans les parages. Ses lèvres s'étirent naturellement, son cœur bat plus vite. Elle rayonne, et son bonheur trouve un écho dans celui de Thomas. Lou a l'impression d'être une gamine devant un sapin de Noël chaque fois qu'ils entrent dans les ateliers. Elle regarde la construction évoluer d'un œil presque maternel. Ce pavillon est son bébé, presque autant que celui de Thomas. Elle ressent une immense fierté quand elle l'imagine prendre la mer.

Quelle idée merveilleuse il a eue ! Un symbole, la mer, la mère, le renouveau, la renaissance.

L'amour la rend intelligente, les mots d'esprit lui échappent. Thomas s'approche d'elle comme dans un rêve – elle a encore mal dormi, une horreur depuis qu'elle est arrivée à Marseille. Elle en est réduite à fumer joint sur joint pour trouver le sommeil. Il s'avance dans un brouillard de THC et d'insomnie.

Elle se ressaisit.

— Thomas, je voulais te dire ! L'article est sorti. Tu sais, le journaliste que tu as eu au téléphone et à qui j'ai fait visiter les ateliers. (Elle lui tend *La Provence*.) « Le montage qu'on attendait tous : une prouesse dans l'ingénierie ».

— Il n'y est pas allé avec le dos de la cuillère, dis donc.

— Ce Marcel Scamarelli est un Marseillais pur souche, tu sais.

— Flatteur en tout cas, bonne pub. « Monter un musée sur l'eau, il n'y a qu'à Marseille qu'on en a d'assez grosses pour faire ça. »

— Il a écrit ça ? Tu te moques de moi.

— Non, mais on sent que c'est ce qu'il voulait dire !

Thomas éclate de rire. L'article l'a mis d'excellente humeur. Tout se déroule comme prévu dans les ateliers.

— Tu fais quelque chose, ce soir ? Il faut fêter ça, demande-t-il.

Elle croit rêver, un fol espoir étreint sa poitrine. Lou a mauvaise mine, trop de stress, sûrement. Thomas s'en veut de l'avoir délaissée, mais Léna... Il a un sourire de volupté. Lou mérite un moment de détente. Ce n'est pas juste de ne penser qu'à son propre plaisir.

— Je ne fais rien, non.

Les yeux de Thomas brillent, note-t-elle avec émotion. Elle se sent rougir, regarde ailleurs pour masquer son trouble.

— Parfait, je vais réserver une table au restau que j'ai découvert avec Léna.

Petit coup au cœur en l'entendant prononcer avec autant de naturel le prénom honni. Il se propose de l'amener dîner au même endroit, comme s'il la mettait à sa place. Elle ne va pas s'en plaindre.

Ils s'installent dans un restaurant, sur une terrasse en bois au milieu d'un jardin enchanteur – La Passarelle. Vue sur Saint-Victor, tout près de l'hôtel de Thomas, derrière La Criée. Lou rayonne. Elle n'a pas eu le temps de se changer, mais elle s'est recoiffée et tartinée de Touche Eclat pour gommer ses cernes. Ses lèvres sont rouges comme celles de Léna, dans son souvenir. Elle voudrait lui dire que cette dernière n'est pas qui il croit, qu'elle en revanche serait prête à tout pour lui. Les mots restent coincés dans sa gorge. Elle se ressert un verre de vin.

— Tu dois être très heureux en ce moment, lance-t-elle.

Une phrase passe-partout. Il pourrait saisir la perche et lui parler de ses doutes. Elle se rappelle les regards qu'il lançait à Léna. Comment le mettre sur la voie ? Lou soupire. Il acquiesce.

— Tout se passe pour le mieux. Bientôt, la totalité des pièces sera fabriquée... Je pense parfois au montage. Ce sera tellement excitant de les voir s'assembler ! Et le moment où il prendra la mer...

Il ramène ses réponses au travail. Une impasse. Lou se ressert en vin. Elle rêve de fumer un joint, là tout de suite, pour se détendre. Elle connaît la politique de Thomas vis-à-vis du tabac, elle se doit de ne pas tomber dans la même ornière que la compagne en titre. Elle se tient droite, obsédée par l'utilisation du couteau à poisson – elle est née ici, mais ses parents ne sont pas du genre couteau à poisson. Elle s'essuie la bouche après chaque gorgée de vin, comme on le lui a en revanche bien appris. Thomas part dans un grand délire architectural, les yeux brillants, son verre à la main. Lui ne songe pas à s'essuyer les lèvres. Il a même tendance à jouer avec son couteau. Lou l'écoute avec dévotion. Il est passionnant. Elle aimerait qu'il lui parle de Léna. Son manuscrit est dans son sac, mais elle ne voit pas comment amener le sujet. Pas maintenant.

Lou n'a pas l'habitude de boire. Elle enchaîne les verres, impuissante. Elle sait, elle est persuadée de savoir une chose qu'il ignore. Et ne peut rien faire. Et s'il disait qu'elle affabule ? Ce genre d'informations n'est pas facile à distiller. Elle se refuse à perdre toute crédibilité à ses yeux. Elle ne peut rien dire. Cette sensation mesquine, ce désir de tout étaler qui ont pris possession d'elle après la lecture du manuscrit ne lui ressemblent pas. L'idée que ce charmant sourire pourrait s'effacer des lèvres de Thomas lui est même insupportable.

A la fin du dîner, Lou tient à peine debout.

— Je te ramène chez toi, propose Thomas.

Il a beaucoup bu, mais il a encore la maîtrise de ses gestes. Il peut conduire. Mais où est-ce, chez toi ? se demande-t-il, perplexe. Elle semble hors d'état de formuler une phrase intelligible. Elle rit sans discontinuer. Je suis ridicule, pense-t-elle, et elle rit de plus belle, incapable de s'arrêter. Ridicule, ridicule...

— Allez, je te mets dans un taxi, tu récupéreras ta voiture demain. Donne-moi juste ton adresse...

Ridicule...

— Je me souviens plus de mon adresse, lâche Lou entre deux gloussements.

— Lou...

— Je te dirai pas, voilà. Je me souviens plus.

Thomas réfléchit quelques instants. Elle est totalement incohérente, elle va sûrement vomir. Gérer des gens ivres est l'une des premières choses que l'on apprend en école. Il a toujours bien tenu l'alcool. Son hôtel est à deux pas. Elle pourra toujours monter pour se rafraîchir un peu.

Il doit presque la porter, les jambes de la jeune fille flageolent. Thomas ressent une légère culpabilité, il n'aurait pas dû commander une bouteille entière après leurs apéritifs. Mais le pic-saint-loup n'était pas servi au verre. Il avait envie de pic-saint-loup. Une main sur son épaule, l'autre agrippée à ses côtes, juste en dessous de sa poitrine... Lou ose à peine respirer. Le moment est tellement spécial. Elle gémit sans s'en rendre compte. Thomas est étonné par la facilité avec laquelle il retrouve ces gestes qu'il pensait oubliés depuis longtemps. La sensation d'un corps totalement souple, qui n'est pas celui de Léna, abandonné contre lui, le trouble.

Il fait un petit sourire à la réceptionniste comme pour excuser le défilé de femmes dans sa chambre d'hôtel. Au fond c'est un grand hôtel. Il ne l'a pas bien regardée, elle ne travaillait peut-être pas quand Léna y dormait. Pourquoi penser à cela ? C'est une réceptionniste, après tout.

Lou entre dans la chambre, son expression est indescriptible. Elle s'assoit sur le lit, maladroitement, elle rit encore. Thomas l'observe. Tant d'années qu'il ne ramène plus de jeunes filles dans son lit. Il ressent le même frisson qu'à vingt ans.

Lou se maudit d'être à ce point ivre. Elle n'apprécie pas cette chance, inespérée, ce moment où elle pénètre dans l'intimité de Thomas. Où il lui offre cette occasion. Il est là, il lui passe de l'eau sur les tempes, lui parle, elle n'entend rien. Elle ne voit que ce sourire léger sur ses lèvres, ces grands yeux verts qui la dévisagent, presque inquiets. Elle reste assise, figée dans sa position. Il va chercher un verre d'eau dans la salle de bains. Quand il revient, Lou s'est allongé sur le grand lit, presque au milieu, instantanément endormie.

Thomas lui touche le bras. Aucune réaction. Il n'ose pas la faire bouger. Elle dort si bien, son visage de poupée appuyé contre son épaule. Ses cheveux étalés sur l'oreiller. Sa poitrine se soulève, indécente. Tant pis, je dormirai sur le fauteuil. Il se dirige vers la salle de bains, prend une longue douche en espérant qu'elle se réveillera entre-temps. Quand il en sort, Lou est toujours dans la même position. Il s'approche de son visage, sa respiration, à peine perceptible, est régulière. Une légère odeur de vinasse. Thomas est secrètement soulagé de la voir si profondément assoupie.

Son fauteuil manque tellement de confort qu'il se résout au bout d'un moment à se coucher de l'autre côté du lit. A une distance respectable de Lou. Il observe la jeune fille, toujours immobile, dans le noir. Seule la forme de son corps se détache grâce au petit filet de lumière, entre les rideaux. Il n'a jamais été tenté par les belles endormies, les filles ivres, ni par le viol, en général. A l'exception de Léna, le matin. Elle se réveille toujours si vite, ça ne compte pas.

8

Léna, de l'autre côté de la France, vient de s'endormir quand son portable sonne dans le bureau. Elle n'oublie jamais de l'éteindre, pourquoi faut-il que ce soir... Thomas doit vouloir l'embrasser virtuellement après ces nuits de grâce, passées l'un contre l'autre. Léna avait si peur de le perdre qu'elle l'étreignait toutes les nuits. Hmmm, je t'aime mais je n'ai pas le courage. Il insiste. Et si c'était important ? Elle saute de son lit et court vers l'alcôve. « Laurène Mallord » ? A cette heure ? Le harcèlement, cela commence à bien faire. Elle décroche le téléphone en bâillant.

— Léna ! Dieu merci tu ne dors pas encore ! lâche la voix soulagée de son éditrice.

— Euh, non. Que me vaut le plaisir ?

Elle part tout de suite dans les aigus :

— Léna ! Ton texte... Je...

— Tu ne l'as toujours pas reçu ? Je te l'ai envoyé il y a deux jours.

— Si, je l'ai reçu ! Justement ! Mais ce n'est pas le texte, bon Dieu !

— J'ai eu un été chargé, je le retravaillerai si tu as trouvé trop de scories, ne t'inquiète pas. Ces derniers jours, je n'ai pas beaucoup dormi...

Léna sourit en disant cela.

— Je ne parle pas de scories ! Je parle du texte lui-même ! Tu l'as réécrit !

— Impossible, Laurène...

— Je te jure ! Je ne déconne pas avec le business. Dans ta version...

— Ma version ?

— Oui. Dans ta version, le livre finit *mal.* Comme si on pouvait imaginer une romance qui se termine dans le sang. Léna, je ne sais pas sous quelle substance tu es, mais... ce n'est pas du Isobel Carmicheal !

— C'est impossible pourtant...

— Bon Dieu de merde, Léna, tu pouvais me le dire si ça te soûlait de faire cette traduction. En plus, me voilà dans un état critique, j'ai déjà fait passer les épreuves avant corrections à tous les journalistes...

Elle l'entend allumer une cigarette – ou un cigare de Charles-Henri. Laurène prend une profonde inspiration. Léna l'imagine, toute petite dans un de ces énormes fauteuils de cuir qu'elle affectionne tant, en train de crier pendant que son mari lit posément à l'autre bout de la maison.

Elle ne comprend toujours pas exactement ce qui lui vaut tous ces hurlements.

— Je vais allumer mon ordinateur et relire le fichier tout de suite, Laurène. Tu es sûre que...

— Certaine ! Tu crois que j'aurais avalé une demi-bouteille de Lagavulin, sinon ?

Vu sa taille, elle doit exagérer. Léna attrape son sac de voyage et en sort son ordinateur portable. Elle s'assoit sur le bord du lit, le téléphone coincé entre la joue et l'épaule, elle meuble :

— J'ai passé quelques jours à Marseille, j'ai beaucoup aimé la ville, vraiment...

— Léna, j'en suis ravie, mais ce n'est pas le moment.

Le Mac est allumé, Léna cherche le fichier, l'ouvre. Elle fait défiler les pages en lisant en diagonale. Du *Dangereux Louboutin* pur jus. De l'Isobel Carmicheal de bonne qualité. Toujours du Isobel. Elle respire – Laurène avait peut-être abusé de whisky, peut-être même de LSD, son entendement était brouillé, même en rapport avec du business, comme elle disait... Fausse alerte. Angoisse vespérale. La nuit, les éditrices, comme les enfants, voient des monstres sous leur lit et la journée elles signent des contrats pour d'infâmes romans à tour de bras.

— Je ne sais pas si tu l'as appris, mais Thomas a gagné le concours de la fondation Hermès. Il faudra que tu viennes à l'inauguration de son pavillon, ce sera...

Sa voix se brise. Elle tombe sur le récit circonstancié de la scène de la douche avec Antonin, suite illogique d'une partie de jambes en l'air dans la limousine d'Harold. Une sueur froide descend dans son dos. Comment a-t-elle pu ? Léna plaque une main devant sa bouche, ses yeux s'écarquillent.

— Mon Dieu, murmure Léna, à court de mots.

— Ça y est ? Prends-toi un petit verre, on peut en discuter si tu veux.

— Je suis dans mon lit. Mais je crois que ça vaut bien une cigarette. Je reviens tout de suite.

Elle pose le téléphone, fouille dans son sac à main, ouvre la fenêtre et allume une Davidoff. Cela faisait longtemps. Bonheur de l'afflux de nicotine vers son cerveau malmené.

Elle parcourt d'un œil la suite du texte. Après sa rupture avec Antonin – chapitre 14 –, tout revient dans l'ordre. Mais la fin, la fin...

— Léna ?

— Oui. Je regarde la fin.

— Franchement, une fin ouverte chez Isobel. Ça l'est un peu, mais façon tout est bien qui finit bien. Ils se marièrent et eurent beaucoup d'enfants. Pas dans le genre flaque de sang, « le marié s'est tué en voiture » !

Comment ai-je pu modifier la fin sans m'en rendre compte ? se demande Léna en se frappant le front. De la cendre tombe dans les draps.

— Laurène, je ne comprends pas moi-même. Je suis confuse. Je reprends tout demain, je te renvoie le fichier après-demain dans le pire des cas. Vraiment, désolée.

— J'ai cru que je ne savais plus lire. Tu me vois rassurée – enfin, partiellement, parce que d'après ce que tu me dis...

— N'en parlons plus. Je vais commencer tout de suite. A demain par mail, Laurène. Encore mille excuses.

— Si tu veux qu'on en discute...

— Non, non vraiment.

— Décidément, Léna, que d'aventures. Bises.

Elle raccroche là-dessus. Léna écrase sa cigarette avant de la jeter par la fenêtre. Elle n'a même pas regardé s'il y avait quelqu'un en bas. Quelle horreur. Vraiment, ces deux mois ont été une succession d'erreurs. Totalement réveillée, elle allume la lumière, commence à ranger son sac pour reprendre son souffle avant de relire la traduction plus posément sur son iMac. Quand elle aura repris ses esprits. En le vidant sur son lit, elle remarque une grosse enveloppe kraft parmi ses robes. Des feuilles reliées. Mon Dieu. La traduction imprimée par Thomas. Reliée avec un soin… inhabituel. Travail typique de stagiaire. Une stagiaire amoureuse imprime et relie un texte. En lit-elle quelques mots ? Quelques pages ? Elle, à sa place, aurait lu le texte entier. Etait-ce cela, ce regard étrange, en biais, de Lou ? Au-delà de la simple jalousie ? Et si elle l'avait montré à Thomas ?

Léna s'affole puis inspire profondément. Il aurait été bizarre, il lui aurait offert de s'expliquer. Il n'aurait pas cru Lou. Il savait que *Dangereux Louboutin*, c'était de la soupe. Elle ne lui lisait jamais que des passages choisis. Pour rire. Il ne prendrait jamais au sérieux quelque chose qui venait, de près ou de loin, d'Isobel Carmicheal. Angoissée, elle vérifie par réflexe le texte du premier tome de *Dangereux Louboutin*, qui trône dans sa bibliothèque. Les personnages sont bien conformes aux caractères esquissés au début, Stanford et Belle, deux travailleurs opiniâtres et dominés par leur sexualité tout du long.

Un bruit assourdi parvient aux oreilles de Thomas. De l'eau coule, derrière une porte, un peu plus loin. Ses paupières sont encore lourdes, il a le réflexe de regarder à côté de lui, dans la chambre sombre. Il ne distingue plus la silhouette sur les draps blancs. Il se rendort.

Léna doit prendre une douche, il fait chaud pour un mois de septembre, songe-t-il. Il bâille, se met sur le dos. Une lumière tamisée envahit la pièce. L'aube ?

Il se frotte les yeux, les détails de la chambre lui rappellent qu'il n'est pas à Paris. La porte de la salle de bains s'ouvre. Un rayon de lumière l'aveugle d'abord. Ses yeux s'habituent à la lumière jaune. Lou s'avance, nue, vers lui. Il lui faut un moment pour se rendre compte que la jeune femme qui se tient au bout du lit n'est pas Léna. Confus, il admire les courbes du corps offert, la taille si fine qu'il a l'impression qu'on pourrait la briser, cette poitrine ronde, haut placée, ce sexe impudique. Les cheveux trempés de Lou dégoulinent sur ses épaules. Il est désarçonné par l'expression d'extase peinte sur son visage ; ses yeux brillants, sa bouche entrouverte.

Thomas se redresse contre la tête de lit, pour s'éloigner de l'apparition. Incapable de dire un mot. Elle grimpe sur le lit à quatre pattes, s'approche. Le rêve de tout homme, en théorie. Il ouvre la bouche, impuissant. Elle retire lentement son caleçon. Sa queue se tend, contre sa volonté. Il ferme les yeux un instant, s'enfonce dans l'oreiller. Elle le prend dans sa bouche. Tout au fond, tout de suite. Sa langue le parcourt avec raffinement ; Thomas rejette la tête en arrière, étouffe un gémissement, plonge les mains dans les cheveux de Lou. Il se cambre de plaisir, se rend compte que ce n'est pas Léna et pousse une exclamation inintelligible. Il repousse Lou avec le plus de douceur possible, légèrement effaré de ce qu'il vient de lui laisser faire. Ses yeux sont pleins de larmes — elle est encore ivre, espère-t-il. Elle aura tout oublié. Sa stagiaire, sa stagiaire. Les mots dansent dans sa tête.

— Je suis tellement désolé, marmonne-t-il en remettant son caleçon.

Lou est toujours nue, elle s'est recroquevillée sur le bord du lit, ne bouge pas, ne dit rien. Thomas l'attrape par les épaules, elle grelotte. Il la fait entrer dans les draps et reste assis au bord du lit, en se maudissant d'avoir contribué à ce moment gênant. Il aurait dû instaurer une distance plus claire entre eux. Pourtant, elle avait bien vu Léna. Elle savait qu'il n'y avait aucune ambiguïté possible… Ah, les jeunes filles. Il lui caresse les cheveux pour la rassurer. Secoue la tête par moments pour être bien sûr qu'il ne rêve pas.

— Ce n'est pas la première fois, tu sais, murmure-t-elle, sans le regarder.

Les conversations après l'amour, surtout inachevé, surtout avec sa stagiaire, sont étranges, c'est tout naturel, se dit Thomas. Il faudrait y penser avant. Histoire de se dissuader d'offrir à sa stagiaire de partager son lit. Nouvel assaut de culpabilité. Il ne sait pas quoi répondre.

— Je m'en doute, hasarde-t-il.

— Tu ne comprends pas. Je veux dire, avec toi.

— Je ne suis pas sûr de te suivre.

— Il y a sept ans, un soir, nous nous sommes rencontrés dans la cour de l'ESA. Tu m'as prise par la main et tu m'as emmenée dans ton appartement…

Pitié, pas ça. Il ferme les yeux, pris d'une angoisse ineffable. Pire que de coucher avec sa stagiaire. Ce récit, il l'a déjà entendu vingt fois. Toujours la même amorce. Mais plus depuis des années, des années qu'il n'a pas ramené de fille dans son lit, des années qu'elles ne se sont pas épanchées sur son épaule. Quand il rouvre les yeux, il se retrouve face à ce regard de cocker auquel il n'a jamais prêté attention. Le regard d'une fille amoureuse de lui depuis... combien d'années déjà ?

— Tu ne te rappelles pas...

Sa voix a encore baissé d'un ton.

— Mais bien sûr que je me rappelle ! s'exclame-t-il en se maudissant intérieurement pour la centième fois en un quart d'heure.

Comme si ça allait changer quelque chose. Quelle mémoire impossible. Si seulement il avait pu avoir la révélation le jour de l'entretien de Lou... Il aurait pris soin des distances...

Maintenant, la scène (ou une scène possible) se reconstitue lentement. Il se souvient surtout de son issue, les deux croissants qu'il avait retrouvés sur la table de son coin cuisine. Et de Léna, arrivée à l'improviste, fraîche comme une rose alors qu'il sommeillait encore, juste après le départ de l'acquéreur des deux croissants – à l'identité mystérieuse. Maman ? Elle l'aurait réveillé et se serait tapé le ménage. Justement, Léna se plaignait de l'odeur, ouvrait les fenêtres. Son regard suspicieux tombait sur les croissants : « Tu ne préfères pas les pains au chocolat ? — Si, bien sûr. — Alors pourquoi y a-t-il des croissants frais sur la table ? » Elle avait poussé le vice jusqu'à les tâter. « Frais, pour de bon. — Aucune idée. Vraiment. Je ne me souviens de rien, je les ai peut-être achetés ce matin pour te faire une surprise et puis je me suis rendormi. Comme j'étais dans un état second, je me suis trompé. J'ai un peu exagéré sur la boisson hier soir. »

Comme Lou ne portait pas de parfum – pas plus aujourd'hui –, Léna n'avait rien soupçonné.

Mon Dieu, cela lui revenait maintenant. Cette fille qui le dévisageait avec une intensité inhabituelle... Il avait bien vu qu'elle était jeune, mais elle était si fraîche, si disponible. Même ivre mort, il avait senti une résistance inhabituelle au moment de la pénétrer. Elle était vierge. Il avait dépucelé sa stagiaire sept ans avant qu'elle le devienne. Ces problèmes de déontologie lui donnent la migraine.

Maintenant, il ne leur reste plus qu'à faire comme s'il ne se connaissaient pas bibliquement, comme si elle n'était pas éperdument amoureuse de lui, comme si elle ne s'était pas jetée sur sa bite, à son corps défendant, comme si rien de tout cela n'avait jamais existé.

9

Thomas prétexte une affaire pressante à Paris pour quitter Lou. Elle a l'air discrètement blessée. Après une journée un peu étrange à se frôler sans le vouloir au milieu de leur équipe, il pense qu'un peu de distance leur fera le plus grand bien. Ne plus dormir dans cette chambre maudite. Léna sera agréablement surprise, ajoute-t-il en pensée. Il n'en peut plus d'être loin d'elle. Depuis l'épisode avec Lou, son absence l'obsède ; la revoir, la toucher, la prendre dans ses bras devient une nécessité vitale. Se laver de Lou. Il en a assez de dormir dans cette chambre saturée de sa présence, de se coucher avec cette lumière jaune qui lui rappelle la jeune fille, nue, désirable, offerte... impossible, interdite, stagiaire.

Son aveu lui pèse. Il sent qu'elle voudrait en dire plus, qu'elle voudrait expliquer, argumenter, se justifier. Thomas ne lui laisse pas une occasion de lui dire plus de trois phrases, jamais en privé. Il ne maîtrise pas sa gêne. Il a si peu d'aptitudes pour ce genre de situations... Un peu de distance. Léna, embrasser Léna. Avoir une certitude, enfin.

Quatre heures après avoir pris la décision de fuir, il est en bas de son immeuble. Il sprinte jusqu'à l'ascenseur, qui met un temps infini à monter jusqu'au quatrième étage, puis ouvre la porte d'entrée, fébrile. Il l'appelle. Personne. Il cherche les traces de sa présence dans l'appartement – deux jours sans elle, il est perdu. Il a besoin de toucher quelque chose. Une veste par terre dans l'entrée, qu'il ramasse ; dans la cuisine, rien ; le lit défait, son ordinateur portable sur le parquet, juste à côté. Une légère odeur de tabac qu'il trouve presque agréable, qui ne le gêne pas plus que le temps gris. Il décide de se rasséréner en préparant un repas comme elle n'en a pas mangé depuis deux jours à en juger par la propreté des plaques et par le vide abyssal du réfrigérateur. Il n'a pas cuisiné depuis si longtemps, un réel plaisir en perspective. Le retour de la routine.

Thomas attrape son trench, un sac en toile et descend en sifflotant. Léna remarquera forcément son sac, dans l'entrée – si elle arrive et qu'il est déjà rentré, elle sentira une odeur familière. Il lui fera une surprise, ce sera charmant. Il la serrera dans ses bras. Déjà, il se sent plus à l'aise, à quelques centaines de kilomètres de sa découverte marseillaise. En parlera-t-il à Léna ? Non, il aurait trop peur de se trahir. Sa gestuelle. Peut-être sa voix. Elle ne comprendrait pas, elle lui en voudrait. Et si elle décidait soudain de le quitter ? Alors qu'ils s'entendaient de nouveau comme au premier jour. Dire la vérité, toute la vérité, n'est pas toujours l'option la plus rationnelle. Quelle ironie, lui qui a toujours été partisan de la transparence…

Je l'attends depuis des jours, il ne se montre plus. Elle ne m'intéresse plus. C'est lui que je veux. Il est passé tout à l'heure, trop furtivement pour que je le vise. Il m'a surpris dans un moment d'inattention. Il fallait le faire. Des heures, des journées à le guetter et au moment où il arrive...

Cette fois, il ne le ratera pas. Il le regarde marcher, la tête en l'air, un sac de courses sur l'épaule, dont sort un poireau. Son ouïe s'est tellement aiguisée qu'il l'entend siffler de loin – mais ce type ne sait pas siffler. C'est lui, il tourne au coin de la rue, il s'approche dangereusement...

De son sac de squash, il sort lentement un fusil de chasse à l'éléphant, le même modèle que celui d'Hemingway – il s'était suicidé avec, d'après la légende. Sa mère lui avait raconté l'anecdote quand il était petit, un soir avant de s'endormir. De là provenaient une bonne partie de ses traumatismes. Sans parler de son enfance malheureuse à Clignancourt et des mecs de son âge qu'elle s'envoyait.

Avec des gestes lents, il le charge, l'air le plus naturel possible. Par chance, les passants sont rares. Le temps est trop mauvais pour que les familles s'attardent dans le square. Ce n'est pas l'heure où les propriétaires de chiens de la rue du Temple sortent le leur. Il vise. Bouge légèrement le bras pour atteindre la position parfaite ; le fusil est lourd, incrusté d'ivoire, un long canon et une crosse épaisse. Bien sûr, il eût été plus discret avec un revolver. Mais le poétique, le romanesque de cette action désespérée sont liés à l'objet. Il n'a jamais compris la poésie du Beretta ou du Colt, ces noms barbares, à la James Bond.

La référence à Hemingway lui a toujours plu, cette histoire racontée sur l'oreiller d'un lit une place a fait vibrer une corde en lui pendant de longues années, qui menaient jusqu'à cet instant. Admiration, cristallisation, apprentissage. Le fusil avait accepté de changer de maître, il le sentait.

L'angle est parfait. Antonin se prépare à tirer, il ferme puis ouvre rapidement l'œil suivant une technique qu'il a peaufinée pendant des heures ces derniers temps. Son bras se raidit, son index devient un engin de mort. Il appuie sur la détente. Le bruit est magnifique, il résonne en plein Paris. Des têtes émergent des fenêtres des immeubles qui saturent la rue. Elle ? Si elle voyait ça ! Il ricane méchamment. De l'agneau, il est passé à la hyène. Ses moments de faiblesse sont bien finis, s'il se poste ici presque tous les jours, c'est pour l'avoir, lui. Point pour la voir, elle. Le supprimer de la surface de la Terre, après l'avoir réduit à néant, en faire de la poussière, et, si possible, de la poussière désagréable à regarder. Le fusil de chasse à l'éléphant est l'arme parfaite. Pour perpétrer le crime parfait. Il part d'un grand rire diabolique.

Toujours de la fumée, il s'avance. L'homme est au sol, son sac éventré. Le poireau gît quelques mètres plus loin. Une ribambelle d'oignons l'accompagne, des haricots verts, des haricots rouges, des haricots plats, des haricots blancs, un sachet de boucherie, encore légèrement sanglant. Des fruits frais, pêches et framboises, ont été écrasés dans sa chute. Il est allongé face contre terre. Antonin souhaite se repaître du visage détruit de son adversaire. Il imagine – parce que le monde n'est pas parfait, il ne l'entend pas – les cris de désespoir, une femme blonde qui se jette sur le trottoir et le supplie de l'épargner. Il lui répondrait qu'il est déjà trop tard. Mais elle n'est pas là. Le monde n'est pas parfait. Il attrape l'épaule de l'homme. Une odeur de café chaud vient lui chatouiller les narines.

Il cligne des yeux. Il est assis devant une tasse en porcelaine, remplie de café fumant. Il est saisi d'étonnement quand il relève les yeux : pourquoi l'homme sur lequel il vient de tirer, à mort, a-t-il l'air si vivant ? L'a-t-il tué en retour, se trouvent-ils ensemble dans un espace intermédiaire entre la vie et la mort, le paradis et l'enfer, les... limbes ? Doit-on souffrir le calvaire de se voir pardonné par son adversaire ? Doit-il accepter cette tasse de café ? Quand l'homme se met à parler, il sursaute. Tout cela lui semble tellement réel.

— Vous étiez inconscient, en bas. Il me semblait vous avoir déjà vu. Vous habitez le quartier ? Je peux appeler quelqu'un ?

Antonin fixe Thomas, affolé. Son champ de vision s'élargit. Il n'est pas dans les limbes, mais dans la cuisine de Léna. Thomas lui sourit, tout en mettant des gousses d'ail et des feuilles de basilic récemment cueillies sur la plante voisine dans un blender. L'odeur du basilic. Des haricots attendent d'être écossés dans un saladier de verre en face de lui. Par réflexe – il aidait souvent Maria, sa cuisinière, quand il était petit –, il attrape un haricot vert. Clac, clac. Pose les extrémités d'un côté, le haricot prêt pour la cuisson de l'autre.

Thomas fronce les sourcils :

263

— Vous n'êtes pas obligé... (Puis :) Vous avez les mains propres ?

Alors, comme un automate, Antonin se lève de sa chaise et se dirige vers l'évier. L'odeur du basilic et de l'ail, entêtante, s'ajoute à celle du café. Les limbes, cela doit ressembler à ça. Faire la cuisine pour la femme qu'on aime avec l'homme qu'elle aime, à cause de qui elle ne vous aimera jamais. Les pensées d'Antonin reviennent lentement dans la sphère du logique. Il boit une gorgée de café, puis écosse un, deux, dix, trente haricots, sans prononcer une parole. Encore estomaqué par l'image de Thomas à terre et de son visage sanglant parmi les framboises qu'il a entrevue un instant. Quelle délicieuse hallucination... Quel dommage... Les couteaux avec lesquels il émince les oignons et dégraisse l'épaule d'agneau sont aiguisés, d'utilisation facile, il ressentirait avec plus d'authenticité la vie s'échapper du corps de son adversaire qu'avec le fusil de chasse à l'éléphant. Les limbes. Penser à demander à sa mère si elle avait finalement cédé aux prières de Maria, et l'avait fait baptiser. Antonin n'a pas de souvenir d'enfance, si ce n'est le fusil de chasse et les haricots de Maria.

Le calme relatif revient avec les haricots plats. Thomas se demande quelle sera la réaction de Léna quand elle trouvera un parfait étranger, ramassé sur le trottoir d'en face, affairé à écosser des haricots dans sa cuisine... Entre deux haricots, Antonin pense à une phrase à lancer en l'air, comme une bombe. Subtile, mais meurtrière. Pire qu'un coup de couteau, à moins de frais. Depuis qu'il a les mains propres, bien occupées, ses instincts de spadassin se sont apaisés. Le plus spirituel,

le plus efficace, reste : « Comment va votre femme ? »
Il a envie d'ajouter : « Depuis que je l'ai baisée. » Plus
subtil, et il ferait probablement le lien : « Depuis que
vous avez un nouveau pot de basilic. » Ah, ce basilic. Cette odeur. Elle terrasse Antonin, tout comme
cette tasse de porcelaine, cette cuisine, cet appartement
même. La vue sur la rue, sur la place qui est devenue
la sienne depuis des semaines... Cet état auquel il était
réduit, par la faute de cette passion dévorante...

Le haricot craque entre ses doigts crispés. « Comment va votre femme ? », encore le plus efficace, oui. Il
attrape un haricot et le casse en deux pour se donner
du courage.

« Comment va votre femme ? », lance-t-il, d'une voix
rocailleuse – il n'a pas émis le moindre son depuis
plusieurs heures, peut-être même depuis plusieurs jours.
Antonin a perdu toute notion du temps, de la réalité,
il a également perdu la mémoire et son portefeuille.

Thomas redresse la tête, il commençait à s'habituer
à la présence tranquille de ce jeune homme, aux habits
sales mais bien assortis, silencieux comme un moine et
appliqué comme une Portugaise. Ce « gneu gneu gneu
gneu ? » le laisse pantois. Il lève les sourcils et se tourne
vers lui, le couteau en l'air. Et s'il était sourd-muet ?
Cela expliquerait bien des choses.

Il se met à faire la conversation, comme s'il était
seul. Cette présence humaine, qui ponctue ses propos
de moins en moins fréquents « gneu gneu gneu », l'aide
à mettre en place ses idées. Il lui parle un long moment
de ses doutes concernant le montage des éléments de
son pavillon, son angoisse paradoxale au moment où

la préfabrication prend fin, où il connaîtra enfin la reconnaissance... « Gneu gneu. — Oui, je ne dis pas tout... » Curieusement, il n'arrive pas à aborder le sujet Lou. Même si le jeune handicapé garderait sa langue... Il ne l'entend probablement pas. Tous les haricots sont écossés, Thomas les place dans une cocotte après avoir fait revenir les oignons, il ajoute l'ail et le basilic, de l'eau et la referme. « Merci... — Gneu. » A ce moment-là, il pose la main sur l'épaule du sourd-muet, et, en lui faisant un grand sourire, il articule dans son champ de vision :

— Il se fait tard, je vais vous raccompagner en bas.

Bien sûr, il a pris garde de retenir les questions relatives à son handicap, qui lui brûlaient les lèvres. Ce garçon si appliqué en matière de haricots dessine peut-être comme un ange...

10

— Thomas ! Thomas ! Mais où es-tu, tu ne dors quand même pas à une heure pareille ? Thomas ! Ecoute !

— Salle de bains...

Leur train pour Marseille part dans deux heures. Il repense à Lou, il l'évite depuis cette fameuse nuit. Cela ne pourra pas durer éternellement. Il a fait de son mieux pour ne rien changer à son attitude, mais il est mal à l'aise. Il appréhende de devoir passer la journée à côté d'elle, tout à côté d'elle, pendant le montage. Et si elle essayait de s'expliquer ? Léna voulait l'accompagner. Il allait en faire une annexe de son propre corps. Un bouclier. Mais il ne doit rien laisser transparaître, c'est la difficulté.

Pourquoi crie-t-elle ? Si c'est pour lui dire qu'on lui propose je ne sais quoi et qu'elle va rester à Paris, il préfère ne pas l'entendre...

— Le facteur !

Elle sautille dans la salle de bains comme une gamine. Thomas la regarde d'un œil perplexe, de la mousse étalée sur la moitié du visage, le rasoir en l'air. Il ne saurait dire qui a l'air le plus bête.

— Moui ? articule-t-il.

— Mon manuscrit !

— Mmmm ?

— C'est une enveloppe simple, estampillée, c'est oui !

— Mais ouvre-la donc ! s'écrie-t-il d'une voix qu'il ne reconnaît pas.

Il avale en prime un peu de mousse à raser.

Si elle est sûre d'elle et que la réponse est négative... Il ne veut pas la voir s'effondrer, de manière générale, et en particulier pas aujourd'hui. Elle s'éloigne en gambadant ; au bruit du parquet, il devine qu'elle se dirige vers le lit pour se jeter dessus. Son expression dans le miroir n'est pas glorieuse. Pas de fausse joie, pas de fausse joie, scande-t-il. Il finit posément de se raser.

— Oui !

Intense soupir de soulagement. Il se rince le visage et peut enfin sourire. Elle revient en courant, lui saute dans les bras.

— Bravo, mais je n'en ai jamais douté ! Toutes ces angoisses... Pourquoi voulais-tu tellement l'envoyer par la poste ? Je me suis toujours posé la question.

— Mon seul contact sérieux, c'est Laurène. Je n'avais aucune envie de publier mon roman aux éditions de L'Abricot.

— Hum, oui. Bon, ce n'est pas tout, mais il faut que tu te prépares, nous allons être en retard.

— Ce que tu peux être stressé... Laisse-moi profiter de la bonne nouvelle !

— Dans le train, tu veux ?

Léna chantonne en choisissant des robes qu'elle empile sur le lit.

— On ne part que trois jours…

— Quel rabat-joie !

Elle leur assortit ses sous-vêtements, ajoute un gilet, une veste, *Le Docteur Jivago*, enfourne le tout dans un grand sac Longchamp. Thomas est quasiment prêt. Il a sorti son costume avec grand soin de la penderie, pour le cocktail. Sinon, les habituels T-shirt noir, slim noir lui siéront parfaitement pour le montage et les derniers arrangements. Il regarde Léna s'affairer, rajouter une robe, sa trousse de toilette, un foulard… Elle attrape son sac à main, oublie son paquet de cigarettes sur la commode. Il se réjouit de cette bonne résolution.

— Au fait, j'ai voulu fêter la fin du pavillon, donc je nous ai pris une chambre au Sofitel. Tu verras, la vue est impressionnante. Ça te changera…

Elle se serre contre lui, tout naturellement ravie. Thomas soupire, cette excuse est plus vraisemblable que la vérité – je n'arriverai plus jamais à fermer l'œil dans la chambre où Lou…

Le montage se déroule sans anicroche. Quelle excitation de voir arriver les éléments les uns après les autres s'assembler avec soin sur la plage du David… Le travail des artisans est irréprochable. Thomas a accouru, il craignait un incident de dernière minute. Seulement une journée pour tout monter, ce soir, c'est l'inauguration. Il est prompt à imaginer le pire, un accident quelconque, sur la route ou sur le chantier, qui mettrait tout à mal. Lou l'a longuement seriné quand il est arrivé au petit matin. Elle était déjà sur place, à

7 heures, elle l'a accueilli avec un grand sourire, sans gêne.

— Tu es là depuis hier soir ?

— Hier dans l'après-midi. J'avais envie d'échapper au temps parisien dégueulasse. De m'imprégner de l'ambiance ici avant le grand jour.

— Tous les camions sont là, il ne manque plus qu'à les décharger. J'ai vérifié, il y a tout. Je dis ça parce que tu as ta tête des mauvais jours.

Il lui sourit, reconnaissant. Quelques semaines ont apaisé le cuisant de l'événement. Elle a plus de maturité que moi, songe-t-il. Ou elle a plus à perdre dans cette histoire. Le soleil se lève à peine, le fond de l'air est frais. Thomas frissonne. Il pense à Léna, bien enroulée dans la couette de luxe du Sofitel. Elle ne l'a même pas entendu partir au petit matin. Sa résolution de la prendre avec lui ne tenait pas, il n'en pouvait plus de tourner dans la chambre, sans savoir ce qui se passait de l'autre côté de la corniche.

— Je te fais un café ?

— Avec plaisir.

Il la regarde s'éloigner, un œil sur les manutentionnaires qui déplacent avec soin les énormes palettes. Il parvient enfin à ne plus superposer sur son visage sérieux et plutôt fermé l'expression d'extase de Lou. Il ne la voit plus nue chaque fois qu'il cligne les yeux. Plutôt encourageant pour la suite. La jeune femme revient avec un gobelet en carton, Thomas avale son café en regardant la mer, le ciel gris clair, les éléments orange qui se détachent du sable encore plongé dans l'obscurité.

— Tout va bien se passer, lance-t-il tout haut.

— Mais oui, Thomas. La préfabrication est nickel, les délais sont respectés. Pour ce qui est des monteurs, il n'y a pas de souci à se faire. Tu pourrais presque retourner te coucher...

— Tu rigoles ! Impossible de dormir dans ces conditions.

Ils s'assoient tous les deux sur le sable humide.

— Quelle aventure, murmure-t-il après un silence. Tu as été parfaite de bout en bout, je voulais te remercier une fois de plus.

— Attends ce soir pour ça... Mais c'est moi qui te remercie.

Ils sont tous les deux soulagés de réussir à échanger deux phrases sans silence gênant. Thomas se relève au bout d'un moment pour vérifier que les bidons sont bien disposés. Il revient vers Lou :

— C'est vrai, je n'ai aucune raison de m'inquiéter.

— Retourne te coucher !

Il secoue la tête. S'entendrait-il aussi bien avec sa stagiaire si c'était un garçon ? Parfois un relent de culpabilité le prend à la gorge. Il avait dû lui laisser espérer quelque chose. Pourquoi y pensait-il encore maintenant ? Il voudrait tout oublier mais il n'y parvient pas. Il voudrait se convaincre que cela n'a jamais existé, mais ce n'est pas si simple. Une ombre persistante sur ces deux derniers mois, qu'il ne parvient pas à dissiper. Il a l'impression d'avoir fait quelque chose d'affreux et il s'en veut terriblement.

Léna arrive à la plage, en avance. Elle a passé une heure à se préparer, elle veut être éblouissante, pour faire honneur à l'occasion. Elle porte une robe blanche en dentelle, ses cheveux sont nattés, ramenés en couronne. Son maquillage est impeccable. Thomas est repassé un peu plus tôt à l'hôtel pour prendre son costume et l'embrasser. Toujours anxieux, à quelques heures de l'inauguration. Après une matinée de spa, un après-midi à lézarder en lisant sur les rochers du Petit-Nice, Léna est totalement détendue, heureuse, apaisée. Toujours aussi excitée à l'idée que son manuscrit sera bientôt publié. Il n'aura pas le succès de *Dangereux Louboutin*, mais qu'importe. Il existera, en dehors d'elle-même, en dehors de son père.

Elle se hâte pour mieux rassurer Thomas, être à ses côtés, pendant les mondanités. Elle rit en pensant aux femmes juchées sur des talons hauts qui s'essaieront à descendre le long de la plage. Puis elle voit un chemin de bois – trop tard. Elle marche pieds nus, ses sandales à la main, pour apprécier la texture du sable sous ses pieds. Thomas discute avec un type petit et râblé, la peau écrevisse et la chemise jaune, et l'éternelle Lou. Son visage s'illumine quand il la voit arriver.

— Léna, ma compagne… Marcel Scamarelli, l'auteur d'un florilège sur le pavillon…

— Oh, mais c'est trop d'honneur ! Enchanté, mademoiselle, s'exclame le journaliste avec un fort accent marseillais.

Thomas lui lance un regard réprobateur.

— Ravie, ravie, répète Léna en riant.

Serait-il jaloux de ce petit gros qui parle comme un poissonnier ? Elle sent l'attention de Lou sur son corps, dévoilé par la robe. La jeune fille détourne le visage pour ne pas croiser son regard. Petite robe turquoise, assortie à ses yeux. Un peu trop maquillée, un peu trop jeune, décidément. Léna en vient à avoir de la peine pour elle. Et presque un début de sympathie.

Thomas prie le journaliste de les excuser et s'éloigne en prenant Léna par la taille. Il fait un clin d'œil d'encouragement à Lou qui sourit au journaliste. Ce dernier retrace pour elle sa destinée, somme toute très similaire à celle de Marcel... Pagnol.

— Le saviez-vous, Marcel Pagnol *et* Edmond Rostand ont fait leurs classes au lycée Thiers, comme moi...

Le couple s'écarte en gloussant, il se rapproche du pavillon :

— Je l'ai vu de la corniche, de très loin. Et maintenant, à cette distance... C'est impressionnant, vraiment ! On dirait la maquette...

— C'est un peu le but, répond Thomas, débordant de joie.

— Tu me fais visiter ?

— On doit attendre le discours de Gaudin. Mais je te montrerai tout quand les invités seront partis...

— Une visite privée ? Chouette.

Léna l'embrasse. Le pavillon : le cube – non, le parallélépipède, c'est vrai – orange est plus imposant qu'elle ne l'avait imaginé. Un musée, même itinérant, occupe un certain volume. Il n'empêche... Elle regarde Thomas, admirative. Il lui en parle depuis des mois, elle ne pensait jamais en voir l'aboutissement, elle ne voyait pas la fin de cet été infernal. Il vient de produire quelque chose de tangible, de beau. Elle s'en réjouit pour lui.

Les invités affluent sous un auvent mis en place pour l'occasion, avec l'estrade, dos à la mer.

— Tu as préparé un discours ? demande Léna.

— Juste quelques mots. Les gens ne viennent jamais que pour le buffet, c'est bien connu. Et je passe après le maire...

Une silhouette familière se dessine dans la foule, un grand monsieur aux cheveux blancs, aux habits coloniaux – costume croisé beige, petit foulard autour du cou.

— Mais c'est le mari de Laurène ! s'écrie Léna en tirant sur le bras de Thomas.

Ils avancent vers Charles-Henri Mallord. Laurène est à côté de lui, dans une robe à imprimé Mondrian. Léna frémit en imaginant Laurène faire une allusion à la traduction. Mais elle la sait trop fine pour cela.

— Laurène, Charles-Henri ! Quelle surprise de vous voir ici !

— Thomas nous a fait le plaisir de nous envoyer une invitation, nous en avons profité pour venir admirer la transformation de la ville mal-aimée des Français..., répond Charles-Henri avec un sourire caustique. Félicitations, Thomas, on ne parle que de ton pavillon dans les revues spécialisées. Je suis même tombé sur un article dans *La Provence*. La consécration !

Thomas lui serre la main, le remercie en deux mots. Charles reprend :

— Léna, comment vas-tu depuis la dernière fois ?

— Parfaitement bien, merci, répond-elle, même si « la dernière fois » n'évoque rien pour elle.

— Au fait, ma chérie, les petits soucis avec *Dangereux Louboutin* sont réglés, je voulais te le dire de vive voix, glisse Laurène en lui faisant une bise.

— Quels soucis ? fit Thomas, étonné.

— Oh, rien, rien. Trois fois rien, réplique Laurène.

Léna acquiesce :

— Vous avez fait bon voyage ?

— Oh, le TGV, quelle épopée ! Bon Dieu, en trois heures, que d'émotions. J'ai vu un couple se déchirer, un enfant perdre son innocence, une grand-mère dormir, une jeune fille en train de dévorer *Dangereux Louboutin I*... L'Orient-Express français, vraiment. Et encore, nous étions en première.

Léna ne peut s'empêcher de sourire, Laurène a toujours été emphatique. Cela contribue à son charme. Elle est étonnée de voir le couple parisien ici. Son sourire se fige quand elle voit s'avancer France de Neuville et un jeune homme très musclé. Elle croit un instant qu'il s'agit d'Antonin. Elle respire mieux quand il s'approche – ce doit être son professeur de tennis, encore. Il a l'air à l'étroit dans son costume.

— Nous traversons la France pour nous enfoncer dans la province, qui l'eût cru, ma chère ? lance-t-elle à la cantonade.

Elle fait une bise à tout le monde, même à Thomas qu'elle n'a jamais vu. Le professeur de tennis semble encore moins à l'aise. Elle repart de sa voix haut perchée :

— Janus adore Marseille, il y a passé son enfance...
(Coup d'œil amoureux – on pouvait l'imaginer – à
l'étalon.) J'ai saisi l'occasion pour visiter le MuCEM
et toutes ces installations fantaisistes. Nous avons
même pris une photographie dans le grand miroir
devant le Vieux-Port. C'était fort distrayant ! Bien
vu, Marseille !

Un brouhaha couvre les propos de France, les gens
se tournent vers l'estrade – le maire vient d'arriver.
L'air débonnaire, en train de serrer les mains, surtout
du troisième âge. Léna remarque que les chevelures
blanches sont surreprésentées.

— Il soigne son électorat conservateur, explique
Lou, qui s'est glissée à côté d'eux.

Léna hausse les épaules. Tiens, elle est encore là,
celle-là... On sent une vague d'intérêt dans l'assistance. A la fin du discours, champagne. Les serveurs
passent avec des plateaux saturés de verres. Le moment
approche.

— Marseillaises, Marseillais, mes chers concitoyens.
Je suis honoré de vous présenter l'aboutissement d'un
grand projet, porté par une grande ville. Marseille est
audacieuse, Marseille a été choisie pour être la capitale
européenne de la culture en 2013. Marseille, ce n'est
pas seulement l'Olympique de Marseille, comme on
le pense dans la capitale. Un pêcheur de mes amis,
Marius, m'a un jour ouvert les yeux sur un fait d'une
importance capitale. Nous, les Marseillais, sommes un
peuple de caractère, avec une histoire, des coutumes,
des particularités...

— J'imaginais un accent marseillais plus prononcé, je suis déçue, chuchote Léna, à moitié appuyée sur Thomas.

— Pour la couleur locale, tu as Marcel Scamarelli.

— Pardon ?

— Le journaliste en jaune avec qui on parlait tout à l'heure.

— Ah oui, c'est vrai...

— La culture est un axe quotidien de la vie des Marseillais qui se rendent à l'Opéra, au théâtre de La Criée ou du Gymnase... Ce faisant, ils participent à l'enrichissement de la *civitas*...

— La ssivitas ? Le type qui a écrit ce discours a surestimé Gaudin...

Léna entend Laurène et Charles-Henri pouffer, ils sont juste devant eux.

— C'est pour cela que je suis aujourd'hui plus qu'honoré de l'attention portée par la fondation Hermès au développement culturel de Marseille, capitale européenne de la culture pour 2013...

Scamarelli commence à se lasser du verbiage de son maire préféré. Il note sur son carnet : « Le gratin parisien, perles, grandes dames, beaucoup de talons à semelles rouges (pourquoi rouges ? A élucider), hommes en costume, pour l'occasion, Marseille. Bonne franquette. *Civitas*. Gaudin en grande forme. » Il se donne une contenance, justifie son badge *La Provence*, tout en lorgnant vers le buffet en train d'être mis en place. Marseille, capitale de la culture, est suffisamment riche pour offrir des petits-fours de qualité. Encore quelques minutes, le temps que Gaudin finisse son allocution, puis celle de l'architecte, peut-être trois mots d'un type de la fondation Hermès. Il regarde sa montre. Dans quarante minutes, je bâfre, glousse-t-il silencieusement en reluquant la viande des grisons étalée sur de grands plateaux.

— Une capitale européenne de la culture, ce n'est pas...

Le maire ouvre la bouche en voyant un jeune homme courir vers lui, se placer devant l'estrade – devant lui – et hurler :

— Regarde ce que tu as fait de moi !

Jean-Claude Gaudin reste coi. Il ne le connaît pas. Etrange de dire de telles choses sans avoir les *cojones* de le regarder en face. Le jeune homme, le visage convulsé, agite une enveloppe kraft en l'air. L'assistance a un mouvement d'effroi. Il crie encore et sort des feuilles de l'enveloppe qu'il balance dans la foule.

— Regarde, regarde, regarde, regardez tous !

Le maire devient tout rouge, se reprend et fait signe qu'on l'arrête. La plaisanterie n'a qu'assez duré. Le jeune homme s'avance dans la foule, droit sur Léna et Thomas.

Thomas bredouille : « Mais... je le connais... », en pensant très fort : « C'est mon sourd-muet ! »

Léna tourne la tête vers lui, pâlit. Les pensées tourbillonnent dans sa tête. Antonin, ici ? Antonin, avec les épreuves de *Dangereux Louboutin*, prêt à ruiner son existence. Devant Thomas... Elle s'effondre à ses pieds. Thomas est si étonné qu'il n'a pas le réflexe de la rattraper avant qu'elle touche le sol. Un malaise ? Il oublie instantanément son sourd-muet et se concentre

sur Léna. Il ne l'a jamais vue s'évanouir. C'est inhabituel. Un malaise. Et si... et si elle avait arrêté de
fumer parce qu'elle était enceinte ?

Lou n'a rien perdu de la scène. Mon Dieu, serait-il
possible... ? Elle jette un coup d'œil à Léna, les yeux
fermés, le visage blanc comme un linge. Thomas lui
tapote les joues, dans un geste d'amour qui fait toujours
mal. Lui revient tout à coup une scène qu'elle avait
surprise quelques mois plus tôt – quand exactement,
elle ne saurait dire. Elle était heureuse, à l'époque.

Il est 18 heures, elle fume un joint chez sa meilleure
amie, à la fenêtre. Il fait chaud, toutes les fenêtres
sont ouvertes – celles des voisins également. Son amie
s'exclame tout à coup : « Regarde ! Ce n'est pas la
première fois que je les vois baiser ! » Sa très bonne
vue de loin lui permet de distinguer le visage tordu de
plaisir d'une femme à la chevelure blonde luxuriante,
allongée sur le plan de travail de sa cuisine. Le type
qui la baise est athlétique, une statue grecque, bronzé,
en mouvement. Elle en avait assez croqué au Louvre
pour savoir à quoi ressemblait un torse d'Apollon. Elle
tend le joint à son amie, très intéressée par la scène.
« Dans mon souvenir il était moins musclé », dit-elle
avant d'avaler la fumée. Le visage fin du type est illu-
miné, il crie comme s'il était seul au monde. Il attrape
la fille, on ne distingue plus que ses cheveux blonds,
dans son cou. Puis il la rallonge, s'agenouille. Dans le
mouvement, un pot de fleur s'écrase par terre.

« Tu as vu ce mec ! », s'exclament-elles ensemble.
Lou n'est pas du genre à fantasmer sur n'importe qui,
son intérêt est esthétique. Son corps est parfait. Elles

rient pour masquer leur gêne – elles auraient donné
n'importe quoi pour être à la place de la blonde. Lou
coupe dans le vif : « Tu as encore de l'herbe ? » A
l'époque, elle ne savait pas que Thomas vivait rue du
Temple.

Harold, c'était lui.

Harold avance vers eux, la bouche béante, grimaçant
de colère, les sourcils froncés, avec dans les yeux une
lueur de folie. Nul besoin de se pencher et de lire l'une
des pages qui atterrissent sur le sable pour savoir qu'il
s'agit du manuscrit-traduction de Léna.

Une escouade de policiers fait irruption comme une
nuée de mouches sous les lampions. Le maire s'étouffe
d'indignation. Dans la confusion, on fait signe que le
buffet ouvre. Le reste des discours, quand on aura réglé
son compte à l'importun.

Scamarelli, qui avait apporté son carnet pour la
forme, note frénétiquement. Un bon titre lui vient, le
pouvoir du champagne. Il a déjà englouti une coupe,
il profite d'un plateau qui passe pour la reposer et en
récupérer une autre avec une agilité que ne laissent
supposer ni son tour de taille ni son visage ingrat.
Pique-assiette né.

« *Plus belle la vie* au pavillon Hermès. Un fou/timbré
intercepté par le fameux commissaire du Panier, en
train de jeter des manifestes autonomistes corses en
plein cocktail. » Il ne les a pas encore lus, mais qu'est-ce
que cela peut bien être, à part des manifestes autonomistes ? Ce jeune homme est bronzé comme un Corse.
Ses racines. Il sera toujours temps de rectifier ensuite.
« Réactions outrées de la plupart des invités, une dame

– la mère de l'impertinent autonomiste si on en croit ses déclarations – l'attrape par l'oreille, il hurle et fend la foule. » « Ecarte la matraque du policier. Pouvoir de la mère corse/sicilienne/juive. » Rayer la mention inutile. « Une jeune femme fait un malaise, le coup de l'émotion » – rechercher si elle est atteinte d'un cancer, même si elle a toujours ses cheveux, si elle est diabétique, épileptique ou enceinte. « … interrompant le discours de Jean-Claude Gaudin, notre maire… Hué par les élus et la population marseillaise… Mère coriace maîtrise jeune homme musclé, acclamée par les élus et la population marseillaise… Vieil aristocrate sardonique avec foulard autour du cou éclate de rire sous le regard courroucé de sa compagne. »

Une nouvelle idée ! « Le drame européen de la culture ». Scamarelli hésite. Est-ce un meilleur titre ? Il suggère un article de fond. Relations Marseille-population corse. France-Corse. Douze mille signes ! Peut-être même vingt mille ! Il faudra le proposer au rédac' chef, il tranchera entre l'option pe-o-ple, comme il dit, ou édito géopolitique local.

Scamarelli se frotte les mains. Il est bien content d'avoir volé à Simoncini la couverture de l'événement. Il sirote sa coupe de champagne, glisse son carnet dans sa poche et allume une gitane en attendant la suite des événements.

Quand Léna se remet de sa pâmoison, Thomas a tout compris. Il se sent trahi, floué – tous ces mois à lui mentir, à faire exister l'Autre dans un texte, même une traduction alimentaire… Il est si blessé qu'il quitte Léna sans autre forme de procès. Six mois plus tard, il ne résiste pas à acheter le livre de l'être tant aimé, alors qu'il se remet à peine et que l'agence qu'il a fondée commence à être reconnue. Il le lit avec horreur en imaginant qu'elle pensait déjà à Antonin au moment d'en concevoir l'intrigue, même s'il lui est dédicacé – surtout s'il lui est dédicacé. Ultime trahison. Il tente sans succès de réparer son cœur brisé auprès de son associée, une jeune architecte qui n'est pas Lou, parfaite sous tous rapports et d'un ennui terrible. Il hait Léna si profondément qu'il sait qu'il l'aime et l'aimera toujours. Léna, inapte au repentir, vit une crise de conscience non moins profonde, qu'elle noie dans les bras d'une série d'étalons ressemblant à s'y méprendre à Harold, mais plus jamais deux fois avec le même – elle a appris de ses erreurs. Elle écrit toutes les nuits, sa peau empeste l'odeur de l'autre, et son appartement le tabac. Les romans s'enchaînent. Les médias l'aiment. Elle sourit si bien.

Thomas a vu juste : Léna est enceinte. Ils s'aiment follement. Marseille est la ville de tous les prodiges : capable de rendre la parole à un sourd-muet, autonomiste corse par-dessus le marché. Leur petite Catriona est une merveille, elle ressemble beaucoup à sa mère, avec les yeux verts de son père. Léna vient de publier *Catriona aime les bonbons*, un album illustré par Thomas.

De retour à Paris, Thomas et Léna passent plusieurs nuits à arpenter leur appartement, ils font et défont leurs valises. Incapables de se faire à l'idée de quitter l'autre, incapables de ne pas le quitter. Thomas ne demande rien à Léna ; au fond, il sait. Il n'avoue rien non plus. Ils se sentent coupables et, pour parvenir à vivre avec cette culpabilité, chacun la reverse sur l'autre. Leurs disputes sont d'une rare violence. Léna maudit plusieurs fois son inconséquence, sans pour autant la regretter.

Puis le calme revient. Léna accepte finalement d'épouser Thomas, dans une robe blanche, devant trois cents invités extatiques. Thomas monte sa propre agence. Léna publie son troisième roman. Ils sont heureux, comme on dit.

Composition et mise en pages
Nord Compo à Villeneuve-d'Ascq

Cet ouvrage a été imprimé en France
par CPI Bussière
à Saint-Amand-Montrond (Cher)
en mai 2014

Dépôt légal : août 2014
N° d'impression : 2008908
Imprimé en France